W0359758

LES LÉGENDES DE BLACKWELL

I. LES LOUPS DE L'APOCALYPSE

Cet ouvrage a été réalisé par les éditions Milan
avec la collaboration de Loriane Béhin.
Correction : Ingrid Pelletier
Mise en pages : Petits Papiers

Text copyright © 2013 by Kelley Armstrong and Melissa Marr
Interior illustrations © 2013 by Vivienne To
All rights reserved
First published by Little, Brown and Company,
a division of Hachette Book Group, Inc.
Putnam, New York
Translation copyright © 2014 by Éditions Milan

Pour l'édition française :
© 2014, Éditions Milan, pour le texte et l'illustration
300, rue Léon-Joulin, 31101 Toulouse Cedex 9, France
Loi 49-956 du 16 juillet 1949
sur les publications destinées à la jeunesse
ISBN : 978-2-7459-5729-0
www.editionsmilan.com

K. L. ARMSTRONG & M. A. MARR

LES LÉGENDES DE BLACKWELL

1. LES LOUPS DE L'APOCALYPSE

Traduit de l'anglais (américain)
par Emmanuelle Pingault

MILAN

M. A. : À Dylan. Il est né pour toi et à cause de toi (au fait : oui, il y aura des chèvres).

K. L. : À Alex et Marcus. Même si je vous inflige des supplices au moment de votre adolescence, jamais vous n'aurez à affronter un serpent géant. C'est promis.

1

◆

MATT

UN FACE-À-FACE

Matt traversait le centre-ville de Blackwell, son sac de gym à la main, sa veste sur l'épaule. Il faisait sombre, avec un vent glacé venu du nord, mais le froid était agréable car il relevait les cheveux du garçon, ruisselants de sueur. Après deux heures de boxe, il avait hésité à faire un détour pour plonger dans la Norrström, qu'il avait pourtant vue couverte de glace, ce matin-là. De la glace en septembre. Bizarre. Même dans le Dakota du Sud, l'hiver ne venait jamais si tôt...

Un muscle de sa jambe se contracta et, grimaçant, Matt fit halte pour se masser. Le prochain tournoi avait beau être une rencontre amicale – dont les profits seraient reversés aux victimes du tsunami de Hawaï –, son entraîneur, Forde, avait insisté pour qu'il travaille dur, comme pour un match de championnat.

Matt reprit son chemin en boitillant. Il avait envie d'appeler chez lui pour qu'on vienne le chercher, mais il se retenait. Il avait commis cette erreur l'hiver précédent, un jour où Forde avait annoncé l'arrivée du blizzard. Ce jour-là, il s'était fait raccompagner – puis enguirlander, au motif que ses frères n'étaient jamais tombés si bas, eux, même par grande tempête. Il n'avait pas non plus le droit de monter en voiture avec ses copains car c'était un mauvais exemple. En effet, si les fils du shérif Thorsen n'étaient pas en sécurité dans les rues de Blackwell le soir, alors qui y était ?

Il tendait le bras vers sa jambe une seconde fois quand il vit un mouvement sur la place. Il releva vivement la tête, les paupières serrées. Devant le centre de loisirs, deux enfants escaladaient un vieux navire usé par le temps. Des boucliers étaient alignés de chaque côté, comme si une armée de guerriers invisibles ramait à bord du drakkar, leur écu à portée de main. Sur la coque était gravé un dragon menaçant.

Les enfants préparaient probablement un coup encore plus fumant que celui que Matt et son copain Cody avaient monté lors du Sigrblot, la fête du printemps. Ce jour-là, le défilé avait trouvé le drakkar caché sous une bâche… et émettant des criaillements. En soulevant la toile, on avait alors découvert des oies couronnées de petits casques vikings.

Le meilleur gag qui soit : ainsi avait réagi la foule. Malheureusement, Matt avait dû prétendre qu'il n'y était pour rien. Si ses parents avaient découvert la vérité… Ils ne l'auraient pas privé de sortie, non. Il aurait juste eu droit à une « leçon de morale ». Pour lui expliquer qu'ils étaient profondément déçus. Que ses frères étaient nettement plus raisonnables. De quoi donner envie d'être privé de sortie.

Quelques pas plus loin, il constata que les cheveux d'un des gamins, un petit brun ébouriffé, avaient bien besoin d'être coupés, et ses habits, lavés. Il était avec une fille. Ses vêtements à elle étaient moins douteux, mais ses cheveux tout aussi broussailleux.

Fen et Laurie Brekke. Super. Deux cousins qui commettaient bêtise sur bêtise. Matt songea qu'ils préparaient peut-être une farce, tout bonnement... jusqu'au moment où Fen se mit à tirer violemment l'un des boucliers.

Il n'était pas rare que, devant les âneries de ce garçon, Matt se contente de regarder ailleurs. Ce n'était pas toujours facile. En tant que fils du shérif, il recevait des leçons sur le vandalisme depuis qu'il avait l'âge de graver au canif un banc de jardin public. Pourtant, là, il ne s'agissait pas d'un banc. C'était un drakkar, un vrai – un objet historique qui faisait la fierté des habitants de Blackwell. Et voilà que Fen le démembrait et tapait dessus.

Tandis que l'esprit de Matt s'échauffait, son pendentif s'échauffa lui aussi. Il tendit la main vers le bijou en argent. C'était une sorte de marteau renversé, presque aussi ancien que le drakkar. Le marteau de Thor. Dans la famille de Matt, tout le monde en avait un. Thorsen n'était pas seulement leur nom de famille. Ils descendaient bel et bien du dieu nordique.

Quand Matt releva les yeux vers Fen et Laurie, son amulette brûla encore plus fort. Sur le point de leur crier dessus, il hésita et inspira profondément, humant l'air froid.

La voix de sa mère lui revint : « Tu dois apprendre à te maîtriser, Matty. J'ai du mal à comprendre pourquoi tu n'y arrives pas. Jamais un Thorsen n'a eu ce problème. Tes frères y sont parvenus bien avant toi. »

Maîtriser son humeur – et le marteau de Thor – était particulièrement difficile en présence d'un Brekke. On aurait dit que le Marteau avait deviné qu'ils descendaient du dieu Loki, le fripon. Les cousins l'ignoraient, mais Matt le savait et, tout en les regardant, il en était conscient.

Il inspira une nouvelle fois profondément. Il devait intervenir, certes, mais intervenir calmement. Il pourrait peut-être faire comme s'il passait par là, l'air de rien, afin qu'ils le voient et déguerpissent avant d'être pris en flagrant délit.

Fen remarqua Matt, qui continua de marcher, histoire de leur donner une chance. D'être indulgent. Pour que son père soit fier de lui...

Fen se pencha vers le drakkar pour se remettre à tirer sur le bouclier, d'un coup sec.

– Hé ! appela Matt.

Il n'avait pas crié trop fort, ni trop sévèrement. Juste assez pour leur faire comprendre qu'il les avait vus, leur laisser le temps de s'échapper...

– Ouais ?

Fen le regarda droit dans les yeux, le menton en l'air, les épaules dressées. Il était plus petit que Matt. Plus maigre aussi. Tout ce qu'il y avait de fort, chez lui, c'était son attitude, qui lui valait toujours de se battre avec des garçons plus grands que lui... sans la moindre peur.

Laurie se plaça près de son cousin. Matt ne voyait pas son visage mais elle exprimait à coup sûr la même chose que Fen. Ils n'étaient pas près de filer. Il avait été naïf de le croire.

– Vous ne devriez pas faire ça.

En s'entendant prononcer ces mots, Matt eut envie de se donner une claque. C'était pile ce qu'on attendait de la part du fils du shérif. Le lendemain, dans tout le collège, Fen et Laurie répéteraient la phrase en l'imitant, les lèvres pincées, roulant des yeux.

Matt se racla la gorge.

– C'est un objet rare, il est très précieux pour la ville.

Comme si c'était mieux !

– Pour ta ville, oui, riposta Fen. Thorsen-ville.

– Allez… arrêtez, d'accord ?

– Je fais ce qui me plaît. Et toi, si tu veux m'en empêcher…

Fen fit un pas en avant, souriant de toutes ses dents et, l'espace d'une seconde, Matt crut apercevoir… Il secoua la tête.

– Écoute, tout ce que je demande, c'est…

– La réponse est : non.

D'un bond digne d'un champion olympique, Fen quitta le bateau et ajouta :

– Et tu vas faire quoi, là, Thorsen ?

Le pendentif de Matt se remit à chauffer. Il inspira profondément. Le refroidir. Avant tout, le refroidir.

Un conseil que Forde lui avait énoncé pendant une séance lui revint en mémoire. Il avait expliqué à Matt comment intimider l'adversaire. « Tu es grand, avait-il dit. Profites-en. »

Matt oubliait facilement qu'il était haut sur pattes. Chez lui, il arrivait à peine aux épaules de ses frères. Pourtant, il était effectivement le plus grand élève de quatrième.

– Ce que je vais faire ? reprit Matt en écartant les épaules avant de bander ses muscles et d'avancer. T'empêcher de continuer.

Les yeux de Fen émirent un rayonnement froid et dur qui fit hésiter Matt, mais pas plus d'une seconde. Il s'arrêta devant Fen et s'étira de toute sa hauteur.

Laurie descendit du bateau pour rejoindre son cousin. À les voir côte à côte, on aurait dit des jumeaux. Elle se pencha et murmura quelques mots à l'oreille de Fen. Pour l'inciter à agir, Matt en était sûr.

Fen la repoussa d'un geste. Voyant qu'elle hésitait, il lui adressa à voix basse un mot qui ressemblait à un grognement. Laurie regarda Matt avant de se retirer dans l'ombre du drakkar. Fen s'avança.

– Tu te crois imbattable parce que tu as gagné deux ou trois fois sur le ring, hein ? Mais c'étaient pas des vrais combats, ça. Je parie que tu n'as jamais cogné personne sans tes gants de boxe.

– Tu as des trous de mémoire ! Je me rappelle le jour où je vous ai réduits en miettes, Hunter et toi, quand vous étiez ligués contre Cody.

Fen pouffa de rire.

– On avait quel âge ? Six ans ? J'ai appris deux ou trois choses, depuis, Thorsen.

Matt avança encore d'un pas. Il était certain que Fen reculerait. C'était évident. S'en prendre à Matt, c'était complètement fou. Il n'avait pas seulement gagné deux ou trois fois sur le ring. Il avait gravi tous les échelons jusqu'à devenir champion de l'État.

Fen écarta les pieds pour ne pas perdre l'équilibre au cas où il recevrait un coup. Il comptait se battre. Se battre vraiment. Matt aurait dû le deviner. Sa mère lui répétait toujours que c'était pour ça qu'il avait des ennuis : il analysait mal les événements.

S'il combattait Fen, son père allait le… Matt inspira profondément. Il ne voulait même pas penser à la réaction de son père.

Le respect. L'autorité. Voilà ce qui permettait aux Thorsen de traverser Blackwell la nuit. Pas la violence. S'il se bagarrait avec Fen Brekke, son père le traînerait devant le conseil et chargerait l'assemblée de statuer sur son cas. L'humiliation qui en découlerait serait bien plus pénible qu'une éventuelle sanction.

– Tu y tiens absolument ? reprit Matt.

Fen fit craquer sa nuque en agitant la tête latéralement.

– Oui, absolument.

– Dommage. Comme je prépare un grand match, je dois m'économiser pour faire face à un adversaire, un vrai.

Il tournait les talons quand il entendit un grognement de chien et vit Fen bondir en avant, les yeux jaunes et luisants, les dents nues. Matt s'accroupit. Son amulette cracha un éclair de rage qui coloria tout en rouge.

Il sentit une force lui envahir le bras. Il entendit le craquement. Il vit sa main s'illuminer et tenta de se retenir. Trop tard.

La boule chauffée à blanc jaillit de sa main et explosa, avec une détonation et un souffle qui le firent trébucher en arrière. Fen décolla du sol. Il percuta le drakkar, sa tête partit en arrière et heurta la coque avec un bruit sourd. Puis il s'affaissa.

Laurie hurla quelques mots que Matt ne comprit pas. Elle courut vers son cousin. Matt la rejoignit. Laurie s'agenouilla pour secouer Fen par l'épaule. Il grogna, les paupières tremblantes.

– Il va bien ? demanda Matt, accroupi à côté d'elle.

Elle se redressa, brandissant son sac pour le cogner.

– Tu viens de l'assommer, là !

– Je ne l'ai pas fait exprès. Désolé, je…

– Je n'ai jamais vu une chose pareille. Tu lui as jeté un truc qui brille, pour l'aveugler avant de le taper ! Tu trouves ça normal ? (Elle se renfrogna.) C'est bien une méthode à la Thorsen.

– Je n'ai pas…

– Ça va, c'est bon. Casse-toi. Fen ne fera plus de dégâts, ce soir.

Elle leva le nez et ajouta :

– À moins que tu n'appelles ton père pour qu'il nous mette en cellule ?

– Pas question. Je voulais juste… (Il avala péniblement.) Il faudrait l'emmener chez le médecin.

– Tu crois qu'on a les moyens de payer un docteur ?

– J'ai ce qu'il faut. Je vais…

– On ne te demande qu'une chose : casse-toi ! coupa-t-elle.

– Mais s'il est…

– Va-t'en. Dégage !

Matt se redressa, hésitant, mais elle avait gardé son regard noir et Fen reprenait conscience. Il valait mieux que Matt ne soit pas là quand il reviendrait à lui. Il marmonna ses excuses une fois encore et recula pour les laisser tous les deux.

2

◆

LAURIE

TRANSFORMATION

Laurie aida Fen à se relever. Son cousin avait du mal à admettre qu'on l'aide, et le fait que Matt l'ait flanqué par terre n'arrangeait rien. Les garçons éprouvaient l'un envers l'autre une détestation naturelle qu'elle ne comprenait pas toujours, mais cette fois, elle avait son opinion. Matt était une enflure.

– Je vais le buter, lança Fen pour la troisième fois en trois minutes. Il se prend pour un héros alors que c'est juste un gosse de riche.

– Je sais.

– Je l'aurai.

Fen remonta sur la coque du bateau.

Laurie se retint de le contredire. Elle ne voulait pas le trahir, mais ils savaient l'un comme l'autre qui était le meilleur au combat. Matt était un rottweiler, et Fen, à peine un corniaud: même s'il se donnait à fond, il ne partait pas gagnant.

Elle se contenta de remarquer:

– Il faut filer avant qu'il mette son père au courant et que les flics débarquent.

Il l'ignora et continua :

– Il fera moins le malin quand je lui tomberai dessus, après les cours.

– Être contrôlé ou arrêté ne te donnera pas l'air malin, à toi non plus, avertit-elle le plus calmement possible.

– Peut-être que je ne serai pas arrêté…

Fen se pencha vers elle. Il tenait le sac d'une main et, de l'autre, le bouclier qu'il était en train d'arracher quand elle l'avait rejoint.

Laurie se tourna vers le vieux bateau qui trônait devant le centre de loisirs.

– Qu'est-ce qui t'a pris ? On aurait pu se cacher. Tu l'as vu venir, je le sais.

– Il ne me fait pas peur, lança Fen.

Il se dressa au milieu du navire pour observer la ville.

Laurie frissonna. Il n'était pas difficile d'imaginer Fen en guerrier viking. Elle ne tremblait plus autant qu'au moment où elle avait ordonné à Matt de ficher le camp, mais elle était aussi fébrile que le jour où elle avait touché par mégarde un fil électrique effiloché dans le garage d'oncle Eddy. Elle regarda Fen.

– Son père, c'est le shérif. Il pourrait t'expulser… ou te dénoncer au maire. Tu sais à quel point ce Thorsen-là, le maire, déteste notre famille.

– Je n'ai peur d'aucun Thorsen.

Fen redressa les épaules et lui adressa un regard digne de son propre père, ce qui ne valait rien de bon. Celui qu'elle appelait oncle Eddy ne reculait devant aucun défi. Même si elle ne savait pas exactement ce qui lui avait valu d'être envoyé en prison, elle aurait parié que l'affaire avait commencé par un défi.

Fen tira sur le bouclier.

– Je n'arrive pas à le détacher.

– Laisse donc ce truc !

Elle se frotta les mains.

– Bon…

Le garçon sauta par-dessus le bord de la coque et la rejoignit.

Laurie ne comprenait pas toujours son cousin mais elle savait qu'il était assez têtu pour s'attirer – voire leur attirer – des ennuis. Ils n'avaient pas besoin de ça.

– Matt ne vaut pas la peine qu'on se prenne la tête.

Après un petit râle ironique, Fen admit :

– T'as raison.

– Donc, tu te tiens à distance, de lui et du bouclier ?

Elle le regarda, espérant une promesse qui ne vint pas. Voyant qu'il restait muet comme une carpe, elle lui donna sur l'épaule un petit coup de tête qu'elle trouva aussitôt ridicule.

Mais Fen lui répondit d'un coup de tête sur le front.

– T'inquiète.

Elle se tut. Elle voulait lui dire à la fois « Je me fais du souci pour toi, idiot », « Tu n'as pas trop mal ? » et « Dis-moi quelque chose ». Fen avait compris. Dans la famille, du côté du père de Laurie, on savait communiquer sans les mots. Surtout son père, d'ailleurs – du moins, quand il était là, ce qui était devenu rare.

– Viens, dit-il. Faut que tu rentres chez toi.

Ils se mirent en chemin. Elle n'aurait pas le temps d'accompagner Fen jusque chez lui, et même si elle l'avait eu, il ne l'aurait pas laissée faire. Il incarnait le grand frère qu'elle n'avait pas, bien décidé à la protéger, tout en la rendant folle. Du côté des Brekke, presque toute la famille la traitait comme s'il fallait la préserver. Elle savait qu'ils veillaient sur elle en toutes circonstances. Au collège, personne ne la provoquait, et elle aurait presque juré que Fen avait promis de tabasser quiconque s'en prendrait à elle.

– Ça me déprime, de ne plus fréquenter personne, déclara-t-elle.

À part Fen, elle ne voyait sa famille paternelle que lorsqu'elle la croisait dans la rue. Fen était dans sa classe, donc ils se côtoyaient tous les jours, mais il n'y avait jamais de réunions de famille autour du barbecue, de soirées, pas même de bavardages. Sa mère se tenait loin des Brekke et, depuis que son père était parti pour l'un de ses interminables voyages, Laurie était privée de cette partie de la famille.

– À eux aussi, tu leur manques... comme oncle Stig.

Fen ne mentionna pas le demi-frère de Laurie, Jordie, encore moins sa mère. Les Brekke n'avaient pas complètement exclu Jordie, mais il n'était pas des leurs. Il leur rappelait surtout que les parents de Laurie s'étaient séparés puis que sa mère avait tenté de refaire sa vie, en vain. Désormais, sa mère accueillait son père quand il revenait en ville. Quant à lui, il traitait Jordie comme un fils, mais pas Fen, même s'il admettait que Laurie ait un demi-frère. Les autres Brekke n'étaient pas si souples.

– Oncle Stig a téléphoné, ces jours-ci ? demanda Fen.

Sa voix exprimait un tel espoir que Laurie souhaita, et ce n'était pas la première fois, que son père pense à joindre aussi Fen. Bien sûr, il l'appelait rarement, elle aussi, et il aurait fallu être naïf pour en attendre davantage.

– Oui, il y a quelques semaines. Il va venir me voir. Du moins, c'est ce qu'il a dit, ajouta Laurie en baissant la tête.

Fen lui donna un petit coup d'épaule.

– Il viendra.

– Ou pas…, ajouta Laurie.

Les deux hypothèses se valaient. Le père de Laurie se montrait et repartait en fonction de ses humeurs. Parfois, il téléphonait ou envoyait des cadeaux, quand il y pensait.

– Peut-être même qu'il restera un moment, suggéra Fen.

Laurie devina ce qu'il ne disait pas : « Comme ça, vous pourriez m'héberger. » Fen n'avait pas vraiment de logement. Depuis plusieurs années, oncle Eddy était détenu pour un crime dont personne ne voulait parler devant les enfants, et tante Lillian avait fait sa valise des années plus tôt. Fen déménageait de proche en proche, comme un sac de vêtements qu'on se refile. Quand le père de Laurie passait un moment en famille, il invitait souvent Fen à séjourner chez eux. Et, quand il s'en allait, Fen partait lui aussi. La mère de Laurie ne lui demandait jamais ouvertement de décamper, mais Fen s'en allait – sans qu'elle le retienne.

– Tu pourrais éviter de te battre avec Matt ? Ou avec n'importe qui ? lâcha-t-elle.

Fen s'arrêta, lui lança un regard et reprit sa marche.

– La vie serait plus simple si tu cessais de te bagarrer avec lui, reprit-elle en lui serrant le bras. Maman se fait du souci à cause de ton influence sur Jordie et, si Papa reste un moment avec nous, ce serait bien que tu nous rejoignes.

Ils tournèrent au coin de la rue, à deux pas de chez elle. Gris et terne, l'immeuble ressemblait à un géant en pierre accroupi, comme ceux dont parlaient les contes qu'on leur avait fait étudier à l'école. Des escaliers de secours – que le propriétaire insistait pour nommer « balcons avec vue panoramique » – couraient tout le long du mur. Les seules couleurs visibles étaient des tags rouges et bleus.

Fen la serra contre lui, avouant ainsi qu'il avait un peu honte, et promit :

– Je vais essayer d'éviter les ennuis, mais pas au point de passer pour un dégonflé.

Elle ne pouvait pas en espérer davantage. Fen ne cherchait pas vraiment les ennuis ; c'étaient les ennuis qui les trouvaient, elle et lui, un peu trop souvent. Ou alors, ils ne savaient pas résister aux défis. C'était d'ailleurs ce que sa mère pensait. « Pourtant, j'arrive à éviter le pire, moi. » Laurie avait été convoquée plusieurs fois chez le principal, M. Phelps, pour une histoire de casier de vestiaire, mais sinon, elle n'avait rien fait de mal, dernièrement. Cela ne durerait pas si elle continuait de traîner avec Fen.

Comme il n'avait pas d'amis, elle se sentait coupable quand elle ne lui tenait pas compagnie. Mais elle se sentait tout aussi mal quand cela lui valait d'être punie. Il avait trois fois moins d'ennuis quand elle était à ses côtés mais elle, elle en avait trois fois plus. Ce soir-là, par exemple, il avait affirmé qu'il avait besoin de son aide, et elle l'avait suivi. Elle se demandait s'il avait voulu casser le bouclier ou le voler. Sachant que Vetrarblot, la grande fête saluant l'arrivée de l'hiver, n'allait pas tarder, les deux hypothèses étaient plausibles, et problématiques.

Laurie monta en courant jusqu'à son appartement. Sa mère était infirmière de nuit, et une voisine, Mme Weaver, tenait compagnie aux enfants après les cours, sans appliquer trop strictement la règle du « ne-traîne-pas-en-sortant-du-collège ». En revanche, elle insistait pour que Laurie rentre avant que Jordie soit couché. La jeune fille reprit son souffle une ou deux fois avant d'atteindre le quatrième étage. L'immeuble n'était pas assez haut pour qu'on y installe un ascenseur, mais les marches étaient assez nombreuses pour qu'elle se plaigne en arrivant. Si jamais une tornade s'abattait sur la ville – c'était envisageable, dans le Dakota du Sud –, elle était certaine qu'ils mourraient sur place. Chaque appartement avait sa cave, et sa mère lui avait juré qu'il était possible de l'atteindre à temps en courant dans l'escalier, mais cela représentait tout de même cinq niveaux à descendre. Ils s'étaient déjà réfugiés au sous-sol une fois ou deux, mais en général, ils restaient dans l'appartement pour attendre que ça passe et écouter la tempête, ne comptant gagner la cave que si c'était nécessaire. C'était un mauvais calcul.

Elle songeait à cela quand elle arriva devant la porte, tourna la clé dans la serrure et entra. La lumière était éteinte ; seuls les scintillements de la télévision projetaient des rayons dans la pièce. Mme Weaver ne tarderait pas à partir, mais Laurie verrouilla la porte de l'intérieur.

– Tu es en retard, dit la gardienne quand Laurie entra dans le salon.

– Jordie dort déjà ?

Mme Weaver secoua la tête.

– À moins qu'il n'émette des ronflements qui imitent des explosions et des sifflements de vaisseau spatial, non, il ne dort pas.

– Alors je ne suis pas en retard, fit remarquer Laurie. La règle, c'est que je sois là avant qu'il dorme.

– Bien essayé, mademoiselle.

Malgré son ton sévère, Mme Weaver ne put retenir un début de sourire.

Laurie ouvrit la chambre de son petit frère. Des livres et des jouets étaient amassés un peu partout, mais leur mère ne lui faisait jamais de reproches. Jordie était son « petit ange », le bébé qui ne la fâchait pas. Quand l'institutrice téléphonait, c'était toujours pour annoncer de bons résultats ou expliquer qu'il avait remporté un prix. « Il aurait dû naître chez les Thorsen. »

– Dors bien, lui dit-elle. Ne fais pas tout exploser.

– Il y a un volcan qui a explosé pour de vrai.

Jordie se tortilla dans son lit et se retourna pour la voir.

– Un quoi ?

– Un volcan. (Il imita une nouvelle éruption.) La pointe s'est envolée comme une fusée. C'est cool, non ? La lave, la fumée et…

– Maman ne veut pas que tu regardes les infos, soupira Laurie.

– Ni que tu rentres tard. Je ne lui dirai rien, à condition que tu te taises.

Son grand talent de marchandage lui avait permis d'accumuler une bonne réserve de bonbons. Sa sœur roula des yeux.

– Entendu, admit-elle.

Elle referma la porte derrière elle et retourna au salon. Mme Weaver avait rangé son tricot et remettait ses chaussures.

Elles se dirent bonsoir et Laurie s'enroula dans le canapé, son cahier de maths à la main.

Le bruit de la serrure la réveilla. Ou presque. Somnolente, elle se laissa mener au lit par sa mère. Elle n'était pas inquiète par nature, mais ce soir-là, son aventure avec Fen l'avait déboussolée. Sans l'intervention de Matt, elle aurait réussi à convaincre son cousin de ne pas toucher au bouclier. Peut-être. En tout cas, Matt n'aurait pas dû lui jeter à la figure ce drôle d'objet lumineux.

– J'ai vu Fen, bredouilla-t-elle vers sa mère.

– Laurie…

Le ton que sa mère adoptait pour parler de Fen était déjà là. Même à demi endormie, Laurie s'en rendit compte. Cela signifiait : « Fen ne vaut rien de bon, tiens-toi loin de lui. »

– Il est de la famille, murmura Laurie en se glissant lentement dans son lit.

Sa mère la borda.

– Un de ces jours, il te causera des ennuis auxquels tu n'es pas préparée. Et là, qu'est-ce que tu feras ?

– Je me débrouillerai, répondit Laurie, déjà blottie sous ses draps. Je suis cap'.

* * *

Quelques heures plus tard, Laurie sursauta, prise d'une vague impression de suffocation ; ce n'était pas complètement absurde, puisqu'elle s'était réveillée sous forme de poisson, plus précisément de saumon.

« Je suis un poisson. »

Quand elle s'était couchée, elle était une fille de treize ans parfaitement normale, et elle se réveillait transformée en poisson. Malgré son envie de comprendre comment cela avait pu se produire, elle avait un besoin pressant : respirer. Pour respirer, un saumon a besoin d'eau et, puisqu'elle s'était glissée dans ce lit sous forme de fille, elle était bien loin de la moindre goutte d'eau.

Quand ses yeux troublés repérèrent une gourde, elle reprit espoir. Hélas, elle n'avait pas de pouce et, d'autre part, un saumon ne saurait se glisser dans une gourde ; bref, cette solution n'en était pas une.

Elle se débattait sur son lit, hésitant entre trouver le moyen de ne plus être un poisson et celui de frétiller jusqu'à l'eau – le tout en essayant de se réveiller réellement car il était probable qu'elle fût coincée dans un cauchemar, à un détail près : elle avait l'impression d'être éveillée.

« Je ne peux pas être un poisson. C'est un rêve. Non. Je suis vraiment un saumon. »

Dans les environs, la seule arrivée d'eau était aux toilettes, et l'idée de battre des nageoires dans cette soupe de microbes… Le besoin d'air pesait pourtant plus lourd que le dégoût de nager dans les toilettes.

Saisie d'une poussée d'énergie, elle réussit à se projeter hors du lit. Elle heurta le sol, amortie par les tas de vêtements répandus dans la pièce. Elle rampa parmi les habits, les livres et les objets qui jonchaient le sol, jusqu'à la porte des toilettes – qui était fermée.

« J'ai besoin d'aide. J'ai besoin de Fen. »

Si les poissons pleuraient, Laurie aurait sangloté. L'idée qu'elle mourrait ainsi, que sa mère trouverait par terre un poisson mort et puant, était très désagréable.

« Où est Fen ? »

Son cousin aurait dû être là, près d'elle. Telle était la situation : ils s'entraidaient, mais il n'était pas là et elle allait mourir. Ses ouïes battirent plus vite sous le coup de la panique, et elle était trop épuisée pour deviner comment un saumon peut ouvrir une porte.

Quand sa chambre s'ouvrit, Laurie leva les yeux vers son sauveur. « Pas Maman. Ni Papa. Ni Fen. » Son petit frère se tenait sur le pas de la porte.

– Qu'est-ce que tu fais par terre ?

– Je suis un poisson.

Jordie l'examina. Il ouvrit la bouche pour parler puis décida qu'il valait mieux se taire. Il haussa les épaules.

– Tu veux bien ouvrir cette porte et me jeter dans les toilettes ? Mes ouïes…

– T'es vraiment tordue, coupa-t-il en repartant.

– Elle est réveillée ? demanda leur mère, au loin.

– Oui, mais elle se prend pour un poisson, répondit Jordie à pleine voix.

Laurie inspira profondément… et apprit ainsi qu'elle n'avait pas d'ouïes.

– Je respire !

Elle regarda autour d'elle. Ses couvertures étaient empêtrées et elle était par terre. Ce n'était qu'un rêve – convaincant, mais un rêve. Une fille ne se transforme pas en poisson. Elle retourna s'asseoir sur son lit. Elle y était toujours, à moitié somnolente, quand sa mère arriva.

– Ma chérie ? Ça va bien ? (Elle se pencha pour l'embrasser sur le front et vérifier si elle avait de la fièvre.) Jordie m'a dit que tu avais fait un cauchemar.

– J'étais un poisson, confia Laurie en levant la tête. Fen n'était pas là et j'étais sur le point de mourir, puisqu'il ne m'aidait pas.

Avec un soupir, sa mère s'assit près d'elle. Sans un mot, elle l'attira pour la serrer contre elle, le menton plaqué contre sa tête. Au bout d'une minute, elle reprit :

– Tu ne dois dépendre d'aucun garçon, et surtout pas de ton cousin Fen. Je sais que tu l'aimes bien, mais il te causera des ennuis. Personne n'est là pour lui expliquer ce qui est bien et mal, et la façon dont il a été élevé...

– On pourrait le prendre avec nous, suggéra Laurie.

Le silence qui suivit concentrait tout ce que sa mère ne voulait pas dire – Fen lui déplaisait, ce côté-là de la famille la mettait mal à l'aise, la seule raison pour laquelle elle les accueillait chez elle était son amour pour le père de sa fille. Elle parvint enfin à dire :

– Je dois choisir ce qu'il y a de mieux pour mes enfants, et laisser Fen tourner autour de Jordie n'aurait rien de bon. Je suis désolée.

Laurie se détacha de son étreinte, s'habilla et quitta la pièce. Elle ne se disputait pas avec sa mère. Elle préférait éviter ça. Elle causait déjà assez d'ennuis involontaires sans qu'il faille en rajouter. Elle se tut donc. Elle aurait voulu lui raconter son rêve, mais elle le trouva ridicule. Elle en parlerait à Fen. Lui, c'était son meilleur ami, son quasi-frère, le seul qui ne la traiterait pas de folle parce qu'un rêve de poisson la troublait.

Peut-être.

3

✦

FEN

DETTES

Le lendemain, Fen passa la journée à attendre que le shérif vienne l'arrêter, et la soirée à se cacher dans le parc humide en guettant une occasion de dérober le bouclier. Même si Thorsen ne semblait pas l'avoir dénoncé nommément, il avait sûrement parlé car des patrouilles de police tournèrent toute la nuit autour du drakkar. Fen avait bien essayé, mais il avait échoué.

Il n'était pas pressé de l'expliquer à Kris mais quand, en rentrant chez lui d'un pas traînant, il aperçut le camion rouillé, il comprit qu'il n'aurait pas le choix. Après plusieurs jours d'absence, son cousin était revenu.

Fen ne cherchait pas à savoir où Kris allait quand il partait. Leçon n° 1 de la famille Brekke : ce que tu ignores ne sera pas divulgué. Ce n'était pas une question de confiance, plutôt de bon sens. Les Brekke veillaient avant tout sur eux-mêmes. Ils rendaient parfois service aux autres mais ils n'étaient pas assez idiots pour partager des informations susceptibles de se retourner contre eux.

Il traversa l'allée gravillonnée et sillonnée d'ornières vers la porte du garage.

– Fen ? C'est toi ?

L'appel avait résonné sous la carcasse d'une vieille voiture. Kris avait passé presque toute l'année à la rénover. Une vieille chaîne stéréo braillait de la musique. Comme tout, chez Kris, elle était dans un triste état depuis longtemps.

– Ouais.

– File-moi une bière.

Une main pleine de graisse se tendit plus ou moins précisément vers un réfrigérateur poussiéreux, dans le recoin de la salle.

Fen lâcha son sac par terre. Il le poussa sur le côté, de la pointe de sa botte, et s'approcha du frigo. La porte grinça et la poignée en métal rouillé claqua. Il sortit une canette de bière, la décapsula. Il ne comprenait pas comment on pouvait boire ça. Kris lui en avait donné, un jour, et c'était écœurant. En son for intérieur, il trouvait que la bière avait un goût de pisse de chien, et pourtant toute sa famille en buvait.

– Je l'ai entendue faire *pop*, mon gars. T'as intérêt à ce qu'elle soit pleine quand tu me la passeras, menaça Kris.

Fen le rejoignit pour lui tendre la bouteille.

– T'inquiète.

– Brave petit.

Kris glissa de sous la voiture. Il resta allongé sur son sommier roulant, couvert de crasse, d'huile et de graisse, des bottes au bandana. Il n'avait qu'une vingtaine d'années, mais depuis que Fen était au collège, l'une des tantes avait décidé que Kris était assez grand pour s'occuper de lui. Pour Fen, c'était nettement mieux que l'année passée chez sa cousine Mandy, une vieille peau qui avait des idées délirantes sur le partage des tâches ménagères. Kris, lui, était encore assez jeune pour détester les corvées. Il chargeait Fen de telle ou telle mission, mais c'étaient rarement des corvées au sens strict.

Kris se redressa, attrapa la canette et avala une longue goulée. Il s'essuya la bouche d'un revers de la main.

– C'est bon, tu l'as ?

– Non.

Kris fronça les sourcils.

– C'était pas compliqué, quand même. Voler un bouclier, c'est facile.

– Thorsen… enfin, le fils du shérif Thorsen, a débarqué hier, et aujourd'hui, il y avait des patrouilles.

Kris s'accroupit face à Fen pour le regarder dans les yeux.

– Je n'ai pas du tout envie qu'un Thorsen, maire ou shérif, vienne me poser des questions. Tiens-toi loin de ce garçon-là.

– Je sais, et c'est ce que j'ai fait. Seulement, Laurie ne pouvait me rejoindre qu'hier, et j'ai besoin d'elle. Qu'est-ce que je dois faire ?

– Accomplir ta mission, mon pote. T'as intérêt à rebondir rapido. (Kris finit sa bière et écrasa la canette.) Si tu paies pas ta dette au *wulfenkind*, ça va mal finir pour toi.

– C'est juste la quatrième fois que tu me le dis, railla Fen.

– Fais pas le malin. (Kris se leva et alla chercher une autre bière.) De jour, je parie qu'il y a moins de patrouilles.

– J'ai cours, objecta Fen.

Kris déboucha sa deuxième canette.

– Tu crois que ça va émouvoir le *wulfenkind*, de savoir que t'avais cours ?

– Je vais réessayer ce soir, avança Fen. Mais Laurie, alors ?

Kris opina.

– Elle t'a aidé, donc sur ce plan-là, c'est bon. Maintenant, tu y retournes tout seul, et si tu ne rapportes rien ce soir, tu sécheras les cours demain.

– D'accord.

– Fais ton boulot, sinon Laurie devra les rencontrer, menaça Kris.

Fen avait passé tant d'années à protéger sa cousine que la réponse tomba d'elle-même :

– Je ne reviendrai pas les mains vides. Promis.

* * *

Fen entendit le réveil sonner au milieu de la nuit, bien plus tôt que prévu. C'était un de ces affreux appareils qui faisaient tic tac et dont l'alarme était un mini marteau frappant deux petites cloches. « Un peu comme le marteau miniature de Thorsen. » Fen jeta le réveil contre le mur. « Si seulement je pouvais le balancer comme ça, lui aussi. » À cette idée, il frissonna. La triste vérité, c'était que Fen en était incapable. Les Thorsen avaient une force surhumaine, et les Brekke, même s'ils ne manquaient pas de talent, savaient tous qu'il ne fallait pas se colleter avec eux. Non, peut-être pas tous. Laurie n'en avait pas la moindre idée. Fen, qui avait appris la vérité quelques années plus tôt, se taisait et jouait les nigauds.

« Conformément à l'image que les Thorsen ont de nous. »

Quand Kris grogna à cause du réveil – et du *chtoc!* que fit l'appareil en frappant le mur –, Fen comprit qu'il valait mieux faire moins de bruit. Il s'en alla, ses bottes à la main. Au moment de sortir, il retint la porte grillagée pour l'empêcher de claquer. Il fut soulagé de se retourner vers l'obscurité. Il aurait pu prétendre que c'était parce qu'il avait évité de fâcher Kris, mais en vérité, Fen se détendait toujours quand il posait le pied dehors. Un loup, même quand il a une forme humaine, n'est pas fait pour être enfermé. Pour Fen, ce moment de la nuit était le plus agréable. La plupart des gens étaient chez eux, couchés, et le monde lui appartenait.

Assis sur le perron, il enfila ses bottes, saisit son sac et la pince-monseigneur que Kris lui avait laissée, et prit le chemin de Sarek Park. Si Fen n'obéissait pas aux Guerriers, il en paierait les conséquences. Les Guerriers – les meutes de *wulfenkinds* – vivaient de vol et de pillage, rôdant de campement en campement pour échapper à la loi. Une fois transformés, ils rejoignaient une meute mais avant cela, dès leur naissance, ils payaient leur dû. Sinon, la meute leur soumettait une liste de corvées. Fen, comme tous les Brekke, devait servir le clan local des enfants de son âge, le rejoindre ou – arrivé à un certain âge – devenir un loup solitaire. Pour le moment, il avait choisi les corvées – pour son compte et celui de Laurie. Il n'était pas question qu'il se soumette juste parce qu'ils étaient les plus forts.

Laurie ne savait presque rien de ce système. Elle ignorait qui il était et qui elle aurait pu être, elle, puisqu'elle ignorait tout de leur ancêtre, Loki. Elle ne savait pas davantage que Fen était parfois un loup. Tant qu'elle n'aurait pas changé, il n'était pas nécessaire de lui en dire plus.

Le père de la fillette, oncle Stig pour Fen, pensait qu'elle ne se transformerait jamais. Puisque sa mère n'était pas une *wulfenkind*, elle avait une chance de rester normale. Si c'était le cas, elle n'avait pas besoin de tout savoir. Fen aurait préféré la mettre au courant, qu'elle devienne elle aussi un loup... presque autant qu'il souhaitait, pour elle, qu'elle n'en devienne pas un. Pour le moment, il acceptait de payer le *wulfenkind* pour elle. Le plus souvent, c'étaient les parents qui s'en occupaient mais, oncle Stig étant un loup solitaire, Fen s'en chargeait. Si Laurie avait été sa sœur, et non simplement sa cousine, il aurait fait la même chose. Ça lui coûtait cher, mais il y parvenait. Dès que l'on saurait si elle allait devenir louve, elle assumerait elle-même, rejoindrait une meute ou vivrait, solitaire, comme oncle Stig. Il était peu probable que Laurie rejoigne la meute, et Fen se disait qu'il l'aiderait à payer ou qu'ils partiraient ensemble. Le problème, quand on vit en loup solitaire, c'est qu'on ne peut pas rester en place trop longtemps. Il ne s'imaginait pas vivre sans elle, et il était hors de question qu'il se joigne aux Guerriers.

En attendant, il devait payer son tribut et, pour une raison qu'il ne tenait pas à connaître, les Guerriers lui avaient expliqué que le vieux bouclier constituerait un paiement suffisant pour eux deux. La seule chose curieuse, c'était que selon Skull, le loup responsable de leur classe d'âge, Laurie allait participer un tant soit peu à l'intervention – et c'était fait. Maintenant, Fen allait mener la mission à son terme.

Il avait mal aux pieds à cause de ses nombreux allers et retours entre la caravane de Kris et le parc, mais les déplacements des loups à Blackwell étaient soumis à un règlement qu'il décida de respecter. Bien sûr, même s'il obtenait le droit de se transformer en loup, cela causerait d'autres problèmes. « Qu'est-ce que je ferais ? Mordre le bouclier pour le détacher ? » Cette idée le fit sourire doucement, et il courut jusqu'à Sarek Park.

Il était si tard – plus exactement si tôt – que les voitures de patrouille passaient moins souvent. Il souleva la pince-monseigneur de Kris et la plaqua sur la coque du bateau, de toutes ses forces. Le bouclier était déjà branlant. Il fallait prendre le bon, le troisième en partant de la proue, celui qui était orné de dessins bizarres. Des symboles de Vikings, probablement. Fen ignorait pourquoi il devait dérober celui-là; d'ailleurs, il s'en fichait. Il se contenta de tirer dessus pour le déboîter.

Un quart d'heure et plusieurs fragments plus tard, Fen était de plus en plus inquiet. « Allez, allez... » Il donna un nouveau coup sec et le dernier boulon sauta enfin. Le bouclier tomba bruyamment.

Fen sauta par-dessus le bord du drakkar, atterrit en plaquant une main au sol et s'empara de l'objet convoité.

À cet instant, un gros loup gris entra dans le jardin public. Il avait la taille d'un loup adulte mais, avant même qu'il s'ébroue et se dresse sur ses pattes arrière, Fen devina de qui il s'agissait. Skull lui adressa un large sourire et dit :

– Pas mal.

Âgé d'à peine quelques années de plus que Fen, il était plus impressionnant que les autres élèves du collège. Ses bras étaient couverts de cicatrices et, en ce moment, il avait aussi une éraflure rouge sur la joue, entourée de contusions violet et jaune. Sans être maigre, il n'était pas épais. Skull n'était qu'une masse de muscles, d'ecchymoses et de volonté.

– Elle est là, Laurie ?

– Non. (Fen glissa le bouclier dans son sac avant de le tendre à Skull.) Elle est venue m'aider la première fois, mais elle n'a pas besoin de te rencontrer.

Skull ne prit pas le sac.

– C'est toi qui le portes.

Il se retourna et se mit en marche sans regarder si Fen lui obéissait. Évidemment, ils savaient tous les deux qu'il avait le choix entre suivre Skull ou se battre avec lui – et donc, soit il serait gravement blessé, soit il prendrait la tête d'un groupe de *wulfenkinds*. Vaincre un chef de meute au combat revenait à prendre sa place. Fen avait beau détester Skull, il n'était pas sûr de pouvoir le vaincre, et même s'il en avait été capable, il n'y tenait pas suffisamment pour risquer de se retrouver responsable d'une bande.

Ils parcoururent au moins huit kilomètres, tant et si bien que Fen, déjà fatigué par le manque de sommeil, était épuisé quand ils arrivèrent au camp. De petits groupes de *wulfenkinds* levèrent vers eux des yeux pleins de curiosité.

La jumelle de Skull, Hattie, s'approcha en brandissant une brochette de viande, probablement de l'élan, à en juger par l'odeur.

– Tu en veux ? (Elle en prit une bouchée, la mâcha et l'avala.) C'est du bon.

Il accepta d'un signe de tête. Contrairement aux autres *wulfenkinds*, il n'était pas affamé du matin au soir car il ne changeait pas souvent de forme. Il n'en était qu'au stade où l'on remarque les premiers signes d'évolution.

Skull fit un signe à Hattie, qui glissa ses doigts entre ses lèvres pour siffler. Quand tout le monde fut tourné vers elle, elle désigna plusieurs individus dans plusieurs directions.

– Vérifiez les alentours.

Sur la bonne vingtaine de garçons et de filles, la moitié s'éloigna, en deux groupes de six. Fen les observa. Ils formaient une meute obéissante et bien organisée. Le camp était impressionnant, lui aussi. Le matériel était disposé en petits tas, les bûches, amassées méthodiquement, les sacs de couchage, enroulés et rangés. Il n'aurait fallu que quelques instants pour déménager le tout.

– Tu pourrais rester avec nous, proposa Hattie.

Depuis des années, elle lui vouait une attention qui le flattait et le terrorisait à la fois. De tous les *wulfenkinds* qu'il avait rencontrés, elle était l'une des plus fortes, malgré son côté bizarre et sa malice sous-jacente. Quand ils avaient dix ans, il l'avait vue tuer plusieurs écureuils en les mordant à la gorge. Si elle avait agi en tant que louve, il n'aurait peut-être pas trouvé cela si rebutant. Mais ce n'était pas le cas.

– Tiens.

Il tira le bouclier de son sac et le jeta devant elle. Il ne voulait pas lui faire mal, tout en l'espérant peut-être un peu. Se battre avec Hattie n'aurait eu aucune conséquence malheureuse, pas comme avec Skull. Elle attrapa l'objet en plein vol.

– C'est un cadeau pour moi ?

Skull éclata de rire.

Fen, piétinant sur place, répondit :

– Non. C'est notre impôt, à moi et Laurie.

Skull posa une main sur l'épaule de Fen tout en disant à sa sœur :

– Laisse-le tranquille. Tu lui fais peur.

Même s'il voulait éviter de se frotter à Skull, Fen ne put ignorer cette insulte.

– Je ne…

– Ta place est parmi nous, Fen, coupa Skull. De grands événements vont se produire, tu le sais. Nous en avons besoin. Nous les ferons venir.

Hattie posa le bouclier sur un carré de peau de bête, que l'un des plus jeunes louveteaux venait de tirer jusqu'à elle. Elle s'accroupit et regarda Fen par-dessus son épaule.

– Il a été taillé dans le bois du marais. Il sera utilisé lors du combat final.

– Lors du quoi ?

– Du Ragnarök, articula Skull d'un ton respectueux.

– Le Ragnarök ? répéta Fen.

Il secoua la tête. Se rappeler les vieilles légendes, savoir d'où elles provenaient, c'était une chose, mais de là à se persuader que la fin du monde approchait, il y avait une marge.

– La prophétie dit vrai, reprit Skull. Le combat final changera tout. Car alors les fils…

– … et les filles ! coupa Hattie d'une voix grincheuse.

Skull continua sans jeter à sa sœur le moindre regard.

– … tous les enfants de Loki se soulèveront ; les monstres s'éveilleront. Nous mènerons le monde, et chacun nous paiera sa dîme. Nous régnerons partout comme des rois.

Fen avait déjà pensé qu'ils étaient un peu tordus, et cette fois, il comprit qu'ils allaient bien au-delà de la folie. D'accord, la théorie des dieux-qui-étaient-là-avant était solide, mais ces dieux étaient stupides. Ils étaient tous morts. Comment mener un combat final avec des dieux morts ? Cela n'avait pas de sens. Bien entendu, cela ne signifiait pas que Fen avait envie de se joindre à Skull et Hattie. Il retint un peu son dédain au moment de répondre :

– C'est ça. La fin du monde arrive. Les dieux et les monstres vont s'affronter, un monde nouveau naîtra. Et tu seras le chef. Ben voyons.

Hattie bondit pour se placer en position de combat.

– Tu as des doutes ?

Sans lui prêter attention, Fen jeta au feu la brochette et le reste de viande, et désigna le bouclier.

– J'ai volé ce truc. Je l'ai apporté ici, dans votre campement. Nous sommes quittes. Laurie et moi, on a payé notre dette. Maintenant, ce que vous allez en faire, c'est pas mes oignons.

– Il nous faut juste une autre chose, commença Hattie.

Fen regarda alternativement Skull, Hattie, puis Skull de nouveau. Négocier avec eux pour éviter les ennuis, c'était acceptable. Devenir leur garçon de course, c'était autre chose.

– J'ai payé. Dans le respect de la règle. J'ai payé et on en reste là.

Skull lui donna un coup de poing à la figure.

Fen tituba. La moitié de son visage lui faisait mal, et il devina qu'il aurait un œil au beurre noir au moment de retourner en cours. « Génial. Vraiment génial. » Il recula.

Hattie vint se placer à côté de Skull. Derrière elle, les autres membres de la meute observaient la scène. Fen n'avait rien à attendre d'eux. Ils obéissaient. Ils veillaient sur leur meute et n'agissaient que dans leur intérêt.

– Le combat final approche. Ça change tout, ajouta Hattie.

Il avait beau se retenir, Fen sentit la colère lui monter au nez.

– La règle, c'est la règle, alors…

– Soit tu coopères, soit on va chercher Laurie pour qu'elle nous aide, menaça Skull. Les monstres vont débarquer pour se battre aux côtés de notre champion. On doit être prêts.

Il n'était pas question que ces gens-là abordent Laurie, surtout après ce qu'ils venaient de dire. Il baissa la tête en signe de soumission.

– Qu'est-ce qu'il vous faut ?

– Un Thorsen. Le plus jeune.

Dans la famille Brekke, on savait que les Guerriers avaient de drôles d'idées, sur lesquelles il valait mieux ne pas se poser trop de questions ; mais leur livrer quelqu'un qu'il connaissait – même s'il ne l'aimait guère –, voilà qui allait beaucoup trop loin.

– Pour quoi faire ? demanda Fen, espérant qu'on lui réponde que Thorsen ne souffrirait pas.

Hattie soupira.

– Parce que leur champion pour le combat final, c'est lui.

– Ben voyons, confirma Fen d'une voix traînante. Vous devez empêcher un gosse de se battre pendant le Ragnaröck. Sérieusement, qu'est-ce que vous comptez faire ?

Skull et Hattie échangèrent un regard, puis Skull avança d'un pas et passa un bras autour de Fen.

– Le patron veut qu'on lui livre ce garçon. On n'a pas été assez stupides pour lui demander pourquoi, mais…

(il fit une pause avec un sourire narquois)… si tu veux lui poser la question, on peut aussi vous conduire à lui, ta cousine et toi.

– Non, répondit prudemment Fen. J'irai chercher celui que vous demandez.

Skull lui serra l'épaule un peu plus fort, au point de lui faire mal, et conclut :

– Brave petit.

4

MATT

LE PRESSENTIMENT

Matt était couché. La veille, il avait libéré le marteau de Thor. Fen n'avait rien dit à personne. Laurie non plus. Même s'il voulait croire qu'ils effaceraient cet épisode de leur mémoire, Matt ne pouvait s'empêcher de penser qu'ils attendaient simplement le bon moment pour tout révéler. Alors, ils diraient à tout le monde qu'avec une espèce de grenade à main, il avait flanqué Fen par terre. Les parents de Matt – ainsi que tous les Thorsen de la ville – comprendraient plus précisément ce qui s'était passé. Matt avait violé la règle : il avait utilisé le marteau de Thor.

Le marteau de Thor était la seule force magique qui restait aux Thorsen. Certes, ils étaient presque tous plus grands et plus forts que la moyenne. Pourtant, cela n'avait rien de magique. Selon les vieux livres, ils avaient exercé d'autres pouvoirs, comme la maîtrise du climat, mais ce n'était plus le cas depuis longtemps. Il ne leur restait que le Marteau, que les autres gens interprétaient comme un coup de poing invisible décoché à volonté par les Thorsen. Seul le marteau de Matt produisait des effets spéciaux : l'éclair et la détonation. Et, autre exception, Matt était incapable de le maîtriser.

Pour l'aider à y parvenir, son grand-père lui avait donné diverses amulettes, en vain. Les parents du garçon avaient raison : ce n'était pas l'amulette qui avait échoué, mais lui. Par nature, les descendants de Thor détenaient ce pouvoir ; l'amulette était tout au plus un… Matt chercha le mot que sa famille employait. Un intermédiaire. Oui, c'était bien ça. Le collier était un intermédiaire qui déclenchait son pouvoir. Par conséquent, s'il voulait se débarrasser de ce pouvoir, il n'avait qu'à retirer le collier. Mais un Thorsen qui agissait ainsi ne tardait pas à tomber malade. Matt pouvait l'ôter au moment de monter sur le ring, mais c'était tout.

Le mieux était d'avouer à ses parents ce qui s'était passé. Il avait voulu le faire, la veille, mais il n'avait pas tardé à se dégonfler et à dire simplement à son père qu'il avait vu des enfants tourner autour du drakkar. Son père avait répondu qu'il enverrait une patrouille. Et ajouté une tirade sur le fait que Matt aurait dû s'impliquer davantage pour leur ville, intervenir, au lieu de se contenter de rentrer chez lui pour cafarder. Cela l'avait vexé, justement parce qu'il était intervenu. Il se sentait profondément mal à l'aise. Normalement, il aurait dû maîtriser Fen sans employer le Marteau.

« N'y pense plus. Concentre-toi sur autre chose. Sur ton expo pour la fête des sciences. »

Ben voyons. Comme si ça allait aider. « Étudie donc un autre exemple d'échec dans ta vie, Matty. »

Son topo était complètement raté alors que la fête aurait lieu le lendemain soir. Il avait trop compliqué les choses, comme toujours. Il visait trop haut parce que, depuis des lustres, sa famille remportait toujours le premier prix de science. D'abord son père. Puis ses frères, Jake et Josh. Sur un autre sujet, Matt aurait assuré. Mais, comme d'habitude, là où ses proches étaient forts, il était nul.

La nuit lui porterait peut-être conseil. Parfois, les bonnes idées lui venaient au lit, lorsqu'il se détendait et cessait de se ronger les sangs.

Quand il s'endormit enfin, il rêva bel et bien de son exposé de science... de toutes les façons de le rater et de filer la honte à sa famille. Il rêva en boucle qu'il avait monté le plus bel exposé possible, mais qu'en détachant accidentellement le marteau de Thor, il réduisait tout en miettes devant le lycée réuni. Puis son cerveau s'épuisa et l'abandonna au milieu d'un champ.

Il faisait jour. Il était planté là, le nez en l'air. Il n'était pas seul : il sentait une présence derrière lui. Toutefois, il ne se retourna pas pour voir qui c'était. Il observait le soleil – et le loup qui le pourchassait.

Ce loup était une énorme ombre noire, tout en yeux luisants et en crocs scintillants. Quant au soleil, c'était un char lumineux attelé à trois chevaux blancs.

– Sköll et Sól, murmura Matt.

– Hein ? interrogea une fille, derrière lui.

Il lui sembla qu'il devait reconnaître cette voix, et dans le rêve, il la reconnut presque, mais son corps endormi ne put trouver qui c'était.

– Un mythe scandinave. Si le Soleil tourne autour de la Terre, c'est pour échapper au loup Sköll. La Lune, elle...

Il cligna des yeux sous l'effet des rayons de lumière. Derrière le char de Sól, il devina une forme plus pâle, elle aussi poursuivie par un loup.

– Le voilà. Juste derrière. Máni, talonné par Hati.

– On dirait que les loups gagnent du terrain.

Matt secoua la tête.

– Cela n'arrivera qu'au moment du Ragnarök.

– Le Ragnarök ?

– La fin du monde. Tout se déclenchera quand Loki tuera Balder. Ensuite, Sköll attrapera Sól, Hati saisira Máni, et le monde sera plongé dans une nuit d'hiver éternelle. Mais ce n'est pas pour…

D'un bond, les loups gagnèrent du terrain. Les écuyers fouettèrent leurs chevaux pour garder de l'avance. Matt soupira.

– D'accord, c'est…

Les loups firent un nouveau bond en avant. Ils refermèrent leurs dents puissantes sur les chars et les déchirèrent. Les chars se renversèrent en arrière, les chevaux furent projetés. Le Soleil et la Lune culbutèrent. Les loups plongèrent vers eux, les mâchoires écartées, et…

Obscurité.

* * *

Matt se tendit soudain dans son lit. Son cœur battait si fort qu'il aurait juré l'entendre.

Le Ragnarök.

La fin du monde.

Il serra les paupières. Puis il secoua la tête. Oui, sa famille croyait au Ragnarök, la Prophétesse guettait toujours les signes annonciateurs, mais on les guettait déjà avant la mort des vieilles divinités. Parce que les dieux avaient été… disons, idiots, ils s'étaient fait tuer. Selon la Prophétesse, cela voulait dire qu'au moment du Ragnarök, certains descendants seraient appelés à remplacer les dieux d'origine lors du combat final. Ils recevraient les pouvoirs des dieux et lutteraient contre les monstres, comme le disait la prédiction. Avec un peu de chance, Matt ne verrait pas le Ragnarök de son vivant. En revanche, il n'échapperait pas au devoir de science. Ce n'était certes pas l'apocalypse, mais presque.

Il se frotta le visage en bâillant. Dès qu'il fermait les yeux, il revoyait les loups pourchasser le Soleil et la Lune.

Il secoua la tête. Cela ne ferait pas avancer son exposé.

À moins que…

Matt sourit, s'étira une fois encore et se rendormit.

* * *

– Du rakfisk ! hurla Josh en cognant à la porte de la chambre. Hé, Mini-Matt ! Tu ne sens pas ? Maman nous prépare du rakfisk !

Matt leva la tête, inhalant malgré lui. Il grogna et serra les dents pour s'empêcher de vomir sur son oreiller. Rien ne pue autant que le poisson cru. Sauf le poisson cru qui a fermenté pendant des mois avant de finir sur des tartines grillées. Servies au petit déjeuner.

Jake prit Josh par l'épaule.

– Réveille pas le bébé, ça nous en fera plus.

Josh avait dix-sept ans, Jake un an de moins, mais ils étaient si grands que Josh bloquait presque la porte à lui tout seul ; tout ce que Matt voyait de Jake, c'était une touffe de cheveux roux, au ras de l'épaule de leur frère.

Ils s'éloignèrent lourdement dans le couloir. Matt leva la tête, le nez serré. Il s'efforça de respirer par la bouche, mais cela ne servit à rien car il perçut alors le goût du rakfisk. Si une chose gâchait complètement les fêtes de fin d'année à la scandinave, c'était la cuisine. Les traditions ancestrales des Vikings, selon sa mère. Des traditions que les Vikings auraient dû garder pour eux, selon Matt.

Il retrouva sa mère dans la cuisine, devant le plan de travail, tandis que ses frères, installés à table, dévoraient des monceaux de toasts au rakfisk. Il ouvrit le réfrigérateur où se trouvaient deux bouteilles de lait. La première contenait un liquide bleuâtre. Du petit-lait : ce qui reste après la coagulation, quand on fait du fromage. Il grommela et la remit en place.

– Le petit-lait, c'est très riche en protéines, Matty, lui lança sa mère. Ce n'est pas en avalant des boissons gazeuses que tu grandiras.

– Oh, il peut boire n'importe quoi, il ne grandira plus, coupa Jake. Même s'il soulève des poids. Josh et moi, on était déjà plus grands que lui, à son âge.

Josh haussa les épaules.

– Pas tant que ça. Il a le temps. Peut-être que, s'il rejoignait l'équipe de foot...

– Je préfère la boxe.

Leur mère se retint de grimacer. La boxe, elle n'appréciait pas ça, elle. Pas plus que la lutte, que Matt pratiquait aussi, sans être très fort. Officiellement, elle avait peur qu'il se blesse, mais en vérité, il le savait, elle n'aimait pas cette discipline. Le foot était le seul vrai sport aux yeux des Thorsen. Et de tous les habitants de Blackwell.

– Au fait, dit-elle, ton grand-papa m'a demandé de tes nouvelles, hier soir. Tu n'as pas eu de... (d'un geste, elle montra l'amulette du garçon)... de crise, récemment ?

Matt fit un gros effort pour rester neutre.

– Non, pas depuis la dernière fois.

Au sens strict, c'était vrai. Même si cette « dernière fois » n'était pas celle que sa mère avait en tête.

Elle soupira, soulagée.

– Bon… Allez, viens manger ton rakfisk.

* * *

Le soir de la fête des sciences, une bonne centaine de personnes piaffaient dans la salle de sport, comme si ça les intéressait.

Hunter était assis à la table voisine de Matt.

– Je ne comprends pas.

– Parce que t'es trop fainéant pour lire, répondit Cody en faisant un geste vers le panneau d'explications de Matt. Ça ne m'étonne pas, vu que tu es trop fainéant aussi pour monter ta propre maquette. Tu croyais peut-être que personne ne remarquerait que tu as chouré celle de ton frère ?

La maquette de Hunter était censée représenter un volcan mais, après trois ans au grenier, la fausse lave fuyait par tous les trous que des souris avaient creusés.

Matt entendit un rire moqueur. Il leva le nez vers Fen, qui avait un œil au beurre noir tout neuf. Accompagné de Laurie, il se tenait la tête basse comme pour cacher son ecchymose.

Tandis que Laurie s'approchait de la table de Matt, Fen se renfrogna. Laurie lui jeta un regard avant de demander à Matt:

– Ça représente quoi, ce truc ?

Matt était sur le point de lui répondre quand il aperçut son grand-père et deux des Anciens Thorsen qui regardaient par-dessus son épaule. Il décida donc de formuler sa réponse officielle.

– C'est inspiré d'un mythe scandinave. Les loups Sköll et Hati pourchassent le soleil, Sól, et la lune, Máni.

D'un geste, il montra sa maquette, où des loups suivaient deux boules lumineuses sur un circuit de petit train réaménagé. Cela ne fonctionnait pas bien, puisque les loups ne bougeaient pas. Il avait visé trop haut, lui avait dit son père. Pourtant, l'allure générale était bonne. Grand-Papa et les autres s'étaient arrêtés pour mieux voir.

– Dans la légende, ils finissent par les attraper.

Matt se pencha pour pousser les loups sur la voie ; ils roulèrent de plus en plus vite jusqu'à percuter les boules, et le globe miniature, au milieu, s'éteignit.

– C'est ainsi que commence le Ragnarök. Le combat des dieux. D'un point de vue scientifique, on peut y voir une manière d'expliquer les éclipses. Dans de nombreuses cultures, un mythe raconte pourquoi le Soleil disparaît puis réapparaît, de temps en temps.

Il se tourna vers une autre planche, garnie d'images d'éclipses, de graphiques et de textes explicatifs.

– C'est très intéressant, Matty, dit son grand-père en lui posant la main sur l'épaule. Qu'est-ce qui t'a inspiré ?

– L'idée m'est venue comme ça, répondit Matt en haussant les épaules.

– Vraiment ?

Les yeux bleus de Grand-Papa croisèrent et soutinrent le regard de Matt, qui sentit alors ses genoux fléchir. Le grand-père resta ainsi une longue minute à l'observer, ses lèvres tendues au-dessus de sa barbe rousse grisonnante. Il lui donna enfin une bonne tape sur le dos et murmura quelques mots aux Anciens, puis ils s'éloignèrent tous.

* * *

Matt fut noté B, ce qui était remarquable pour un montage si rapide et un peu bancal. Apparemment, ses professeurs étaient satisfaits. Pas ses parents. Ils étaient partis pendant qu'il remballait son matériel, qu'il avait démonté soigneusement, lentement, espérant qu'ils finiraient par s'éloigner.

– Donc, l'idée t'est venue comme ça, toute seule, entendit-il derrière lui.

C'était Grand-Papa. La salle était vide, les dernières familles sortaient.

Matt confirma d'un signe de tête.

– Je suis désolé, je n'ai pas gagné.

– La science n'est pas ta discipline préférée. Tu as été noté B. Je trouve ça super. (Il tendit le doigt vers le ruban symbolisant la mention honorable, posé sur la table.) Et ça, c'est plus que super.

Sur les trente participants, cinq avaient obtenu une mention. Sans compter les trois vainqueurs. Ce n'était donc pas vraiment un couronnement, mais Matt murmura « merci » en entassant ses fiches explicatives.

– Bon, Matty, puisque nous sommes entre nous, tu vas me dire d'où te vient cette idée ?

– J'ai fait un rêve, dit Matt platement.

– Où il se passait quoi ?

– Où les loups dévoraient le Soleil et la Lune. C'était le début du Grand Hiver.

– Du *Fimbulwinter*.

Matt opina et il lui fallut un moment pour s'apercevoir que son grand-père ne bougeait plus. Quand il remarqua l'expression du vieil homme, il eut un sursaut. Il aurait dû être plus prudent. Avec les Anciens, on ne devait pas bavarder à propos de ce genre de rêves. Surtout des rêves de Ragnarök.

– Je me prenais la tête pour mon exposé, reprit-il. C'était un rêve débile. Tu sais, le genre où le monde s'écroule parce qu'on a raté quelque chose. (Il roula des yeux.) Débile.

– Qu'as-tu vu, précisément ?

La sueur perlait au front de Matt. Il l'essuya d'une main tremblante.

– Tout va bien, Matty, murmura Grand-Papa. Je suis curieux, voilà tout. Raconte.

Matt obéit. Il n'avait pas le choix. Ce n'était pas seulement son grand-père qui lui parlait : c'était aussi le maire de Blackwell et l'autorité de la ville.

Quand il eut fini, son grand-père hocha la tête comme s'il était... content. Oui, il semblait content.

– Ce... Ce n'était qu'un rêve, bégaya Matt. Je sais bien que vous y croyez, vous autres, mais ce n'était pas ce genre de chose. Je ne voulais pas...

Grand-Papa lui coupa la parole en se penchant vers lui, les mains sur ses épaules.

– Tu n'as rien fait de mal. J'étais curieux, voilà tout. Il est toujours intéressant de chercher d'où vient l'inspiration. Je suis très fier de toi. Comme toujours.

Matt se dégagea, mal à l'aise.

– Maman et Papa m'attendent...

– Bien sûr, répondit Grand-Papa et, après une nouvelle étreinte, il ajouta : J'ai toujours su que tu étais différent, Matty. Bientôt, tout le monde le saura.

Il recula, fit une tape dans le dos de Matt et lui rendit son carton.

– Tiens, prends ça. Moi, je vais porter tes feuilles. Il y a du vent dehors. Il ne faudrait pas qu'elles s'envolent.

Matt traversa la salle, son grand-père à ses côtés.

– J'ai vu de la glace sur le Norrström, l'autre jour, dit-il. C'est pour ça qu'on fête le Vetrarblot si tôt ? Parce que l'hiver est en avance ?

– Oui. Je crois bien.

5

◆

MATT

L'ÉLU

Après la fête des sciences, Grand-Papa rejoignit les parents de Matt chez eux et les emmena se promener. Quand ils revinrent, Matt était sur le point de se coucher – il allait à la lutte de bonne heure, le lendemain –, mais ils le firent revenir dans le salon pour lui expliquer, par un long discours, qu'ils étaient fiers de son B et de sa mention. En récompense, ils comptaient lui donner les quarante dollars qui manquaient à ses économies, amassées à force de tondre le gazon et de balayer la neige, afin d'acheter un iPod *touch*.

Il savait qu'en vérité, ils n'étaient pas vraiment fiers. Il avait tout de même un peu raté. Néanmoins, ses parents suivaient toujours la volonté de Grand-Papa. Comme la plupart des gens de Blackwell. Mais bon, il n'allait pas discuter sur la question de l'argent. Maintenant, il pouvait commencer à économiser pour avoir un vélo de *dirt* et, s'il parvenait à remporter la finale de boxe de l'État, Grand-Papa userait de son influence sur ses parents pour qu'ils y contribuent, là aussi.

C'était peu plausible – sa mère détestait les compétitions de *dirt* au moins autant que la boxe –, mais il fallait savoir rêver…

* * *

Vetrarblot. Sans être aussi chouette que Sigrblot – Sigrblot annonçait la venue de l'été, donc la fin des cours –, c'était un grand moment. Un très grand moment, même, cette année-là, pour Matt. Il venait d'avoir treize ans et allait donc être admis dans le Thing.

Le Thing. Quel nom idiot. D'accord, c'était ce qu'on disait du temps des Vikings – le mot signifiait « assemblée » –, mais quand même, les pères fondateurs de Blackwell auraient pu trouver un nouveau nom, pour donner aux réunions une image moins stupide. Mais non.

Du temps des Vikings, le Thing regroupait les hommes adultes, à l'exception des *thralls*, c'est-à-dire des esclaves. À Blackwell, les femmes y siégeaient aussi. Et le mot « adultes » désignait tous les Thorsen qui avaient célébré leur treizième anniversaire.

Quant à savoir ce que décidait cette assemblée, c'était hélas le point le moins excitant : on y parlait de politique. On y prenait des décisions. Puis le conseil municipal – où les Thorsen étaient majoritaires – se chargeait de les appliquer.

On y abordait aussi des sujets portant sur la communauté, de ceux que l'on ne mentionnait pas lors des réunions du conseil, par exemple : « Le petit des Brekke recommence ses bêtises » ou, du moins Matt l'imaginait : « Matt Thorsen ne maîtrise toujours pas ses pouvoirs. » Une raison pour laquelle il aurait préféré ne pas y siéger.

Et, au moment du Vetrarblot, il aurait carrément préféré être ailleurs. La réunion était prévue le premier jour des réjouissances. Sachant que Cody et tous ses autres copains devaient se coucher à neuf heures, Matt n'était pas certain de pouvoir quitter le Thing à temps pour les rejoindre. C'était trop injuste, mais ses parents ne seraient pas contents s'il marquait son entrée dans l'univers des adultes en pleurnichant parce qu'on ne le laissait pas jouer au chamboule-tout.

Ils lui avaient récité fait un long discours, ce matin-là, pour lui expliquer comment se comporter. Matt aurait juré qu'ils redoutaient de voir se répéter le désastre du Jolablot. Lors de cette fête d'hiver où l'on récitait tous les vieux contes, Grand-Papa avait demandé à Matt de raconter l'histoire de Thor et Loki au pays des géants, exactement comme il en avait prié Josh et Jake quand ils avaient eu eux-mêmes douze ans. Ses parents n'y tenaient pas, mais Matt avait insisté. Il connaissait les mythes mieux que ses frères. Beaucoup mieux. Il allait les rendre fiers de lui. Il avait tout fait pour cela – appris son texte par cœur et répété devant ses amis. Il était monté sur la scène, avait regardé l'assemblée et s'était figé sur place. Figé, exactement. Grand-Papa avait volé à son secours, et ses parents n'étaient pas près d'oublier ça. Donc, cette fois-ci, il comptait rester sagement assis, la tête basse, loin des projecteurs, et faire tout ce qu'on lui dirait.

Entre le défilé et le Thing, il y avait le dîner. Un vrai dîner, pas du maïs grillé et des barbes à papa. À cette heure-là, tous ceux qui n'étaient pas du clan des Thorsen retournaient chez eux, entraient dans les restaurants du quartier ou rejoignaient Sarek Park avec leur pique-nique. Les Thorsen s'appropriaient le centre de loisirs et là, la fête commençait bel et bien. On y mangeait du rakfisk, évidemment, du sanglier rôti, de l'élan et des pancakes aux myrtilles. Le tout accompagné d'hydromel, auquel Matt n'avait pas droit.

Dans le centre de loisirs, des pièces plus modestes encadraient la salle centrale, où avait lieu le grand repas. Elle avait tout d'une salle de sport normale, sauf les mosaïques sur les murs. Selon les grands-parents de Matt, elles dataient de près de cinq cents ans et provenaient d'un vieux château norvégien.

Ces tableaux résumaient la vie de Thor en cinq scènes principales – les grandes étapes mythiques de sa vie. Il luttait contre un géant, contre un autre géant, contre un troisième géant. D'accord, il y avait aussi quelques nains, mais ils étaient des plus féroces.

Au moment où Matt avait commencé la boxe et la lutte, il avait parlé de ces scènes à ses parents. Tout le monde adorait et respectait Thor, le héros, et s'il était aussi glorieux, c'était justement parce qu'il avait envoyé promener plusieurs monstres. Sans la moindre tendresse.

Ses parents n'étaient pas de cet avis. Selon eux, la force physique était positive – ils n'auraient pas aimé que leur fils soit un rat de bibliothèque – mais les Thorsen n'étaient pas comme Thor. Ils marchaient côte à côte, selon l'esprit d'équipe, et pour développer ces réflexes, rien ne valait le football.

En attendant, les mosaïques étaient la toile de fond de son enfance. Thor contre Hrungnir. Thor contre Geirrod. Thor contre Thyrm. Thor contre Hymir. Enfin, sur une mosaïque qui couvrait tout le mur du fond, le plus grand combat contre le plus grand ennemi : le Serpent de Midgard.

Selon la légende, Thor avait déjà vaincu le serpent, sans le tuer. Il l'avait pêché en mer et lui avait asséné un coup de Marteau, avant de le laisser glisser, étourdi mais vivant. Au moment du Ragnarök, le serpent reviendrait se venger. Le mur prédisait cette lutte épique, lors de laquelle Thor lui porterait le coup mortel. Juste après, tandis que Thor se retournerait, le serpent mourant réussirait à lui asséner un ultime coup : il l'empoisonnerait. Et le dieu s'éloignerait pour trépasser.

Matt ne quittait pas des yeux la scène du Serpent de Midgard, tout en dînant avec sa famille rassemblée autour de la table principale. La salle était quadrillée de chaises en bois pliantes et de longues tables garnies. Une petite scène était aménagée près de l'entrée.

La Prophétesse était déjà là, accompagnée de son assistante. Chaque fois qu'il la regardait, Matt pensait que la Prophétesse avait l'âge d'être grand-mère, puis, au second coup d'œil, elle lui semblait à peine assez âgée pour être mère. C'était l'impression que donnait son visage. Pour cette soirée, sa seconde et elle s'étaient vêtues comme au temps des Vikings : elles portaient une longue robe blanche accompagnée d'une sorte de tablier bleu. Leurs cheveux blonds étaient couverts de drap blanc. Cela dit, elles ressemblaient à toutes les femmes de Blackwell, et il les avait certainement croisées au coin de la rue, sans les reconnaître, quand elles ne portaient pas leur tenue viking.

Toute la soirée, la Prophétesse se tint sur l'estrade, à faire rouler des runes ou à marmonner, puis à clamer des oracles que son assistante griffonnait frénétiquement.

Certains des plus jeunes membres du Thing, assis près d'elle, espéraient entendre quelque chose d'important. Il leur était interdit de lui adresser la parole. Personne n'en avait le droit. Et encore moins de lui poser des questions.

Lire l'avenir dans les runes était une affaire très sérieuse, sans rapport avec la divination ; Matt l'avait appris le jour où il en avait acheté une collection factice pour dire l'avenir à ses copains contre monnaie sonnante et trébuchante. Cela lui avait valu d'être hué devant le Thing et privé de la fête suivante. Il aurait dû le savoir. D'accord, il le savait. Il avait juste voulu s'amuser bêtement – donc, au lieu de respecter les règles, il n'avait pas su se retenir. Il peinait à rester toujours sur la bonne voie, à se montrer à la hauteur de ses frères alors qu'il en était incapable. Donc, parfois, il se laissait aller.

Tout au long du festin, des gens s'assemblèrent, assis en tailleur, autour de la Prophétesse. D'autres rejoignirent les tables de tafl, de part et d'autre de la salle. Quand Grand-Papa invita Matt à venir jouer, tout se passa bien : Matt faisait souvent des parties de tafl avec lui. C'était plus rare les soirs de fête, parce que le vieil homme était alors très occupé. Tandis qu'ils s'approchaient d'une table de jeu, Matt perçut une vibration dans la salle : les gens se tournaient vers eux en chuchotant, et certains les rejoignirent pour les regarder.

Le tafl – également nommé « hnefatafl », mais qui parviendrait à prononcer ça ? – était un jeu de stratégie scandinave, encore plus ancien que les échecs. On le surnommait « jeu des Vikings » car c'étaient eux qui l'avaient inspiré ; il reposait sur l'idée du raid, chaque joueur recevant deux lots de pièces pour former son équipage, avec un roi et des défenseurs au milieu du plateau.

Matt ne se souciait pas qu'on le regarde jouer contre son grand-père. Le tafl, c'était un peu comme la boxe : il savait qu'il était bon. Pas assez pour gagner à chaque fois, mais là, au moins, sa famille n'aurait pas honte de lui.

Il ne remporta pas la première partie. Pas plus qu'il ne perdit. Il fallut suspendre le jeu par manque de temps – les enfants avaient hâte de rejoindre la fête foraine avant la nuit –, et il était prévu que Grand-Papa célèbre officiellement la fin du banquet. Tandis que Grand-Papa préparait son discours et que les petits s'éclipsaient, la mère de Matt l'accompagna jusqu'aux sièges qui avaient remplacé les tables.

Quand Grand-Papa monta sur l'estrade, tout le monde se tut. Un homme vint poser une table devant lui. Il le remercia d'un signe de tête, s'éclaircit la voix et se tourna vers l'assistance.

– Comme le savent certains d'entre vous, cette réunion sera très différente de nos congrès habituels. Ce soir, nous n'aborderons aucun sujet nouveau. Au lieu de cela, nous traiterons une question de toute première importance pour nous tous.

Certains bougèrent sur leur siège. Redoutaient-ils ce que Grand-Papa avait à dire ? Ou savaient-ils quelque chose que Matt ignorait encore, plus précisément ce que l'expression « de première importance » sous-entendait ? Grand-Papa continua :

– Je ne vous l'apprends pas, notre monde a été frappé par plusieurs catastrophes naturelles, ces dernières années. Depuis peu, ces désastres deviennent plus fréquents, à tel point que nous avons à peine le temps de nous relever avant qu'un autre nous atteigne.

C'était la vérité. Chaque jour, ou presque, on lançait une collecte de fonds pour secourir les victimes d'une catastrophe. Jusque-là, Matt avait participé à deux soirées dansantes, une vente de biscuits, plus le prochain match de l'équipe de boxe... et on n'était pas encore à la fin du mois de septembre.

La réunion portait donc là-dessus ? Une intervention humanitaire ? Ou l'étude du plan d'urgence de la commune ? Ses parents s'étaient entièrement rééquipés depuis les tornades qui avaient sévi tout au long du printemps.

– La semaine dernière, un volcan, que les scientifiques considéraient comme endormi, est entré en éruption. Aujourd'hui, on a fermé Yellowstone Park parce que les sources chaudes et les caldeiras bouillonnaient et crachaient des quantités mortelles de gaz toxiques.

Le grand-père de Matt se mit à cheminer sur la minuscule scène.

– La Gueule du dragon est un exemple. Le Chaudron noir en est un autre. Ces lieux méritent bien leur nom car, comme le raconte notre histoire, ce qui maintient en ébullition le contenu de ces dépressions, ce qui fait jaillir le feu de la bouche des montagnes, c'est Nidhogg, le mangeur de cadavres. Pendant des siècles, il nous a épargnés pour ronger les racines de l'Arbre du Monde. Aujourd'hui, il se retourne vers nous. Nous savons ce que cela signifie.

Matt sentit des frissons glacés parcourir son dos.

Tout cela, c'était à cause de lui. Il avait fait un rêve, rien qu'un rêve, que son grand-père prenait désormais pour une réalité et dont il se servait pour expliquer les calamités qui s'abattaient sur le monde.

– Nidhogg a mangé presque toutes les racines de l'Arbre du Monde. C'est l'un des premiers signes du Ragnarök.

Matt s'agrippa aux bords de son siège pour se retenir d'aller crier sur l'estrade que son grand-père se trompait. Il n'avait rien compris. Il avait pris pour argent comptant un rêve idiot qui ne voulait rien dire. Matt n'était qu'un enfant, pas un oracle ni un prophète.

– Nous comprenons aussi la signification des tsunamis et des raz-de-marée qui ont dévasté des villes côtières du monde entier. Non seulement Nidhogg a rongé l'Arbre du Monde, mais le Serpent de Midgard s'est lui aussi libéré. Si les mers bouillonnent, c'est parce qu'il remonte à la surface. Pour l'ultime combat. Pour le Ragnarök.

Matt ouvrit la bouche pour respirer mais cela ne le soulagea guère. Il se mit à suffoquer. Sa mère tendit le bras pour lui prendre la main. De l'autre côté, son père rapprocha sa chaise, passa le bras sur les épaules de Matt et dit tout bas :

– Ne t'inquiète pas, mon garçon.

Josh se pencha devant son père avec un sourire ironique. Près de sa mère, Jake pouffa et roula des yeux avec mépris. Un mépris envers le pauvre chou qui flippait parce que des malheurs allaient arriver et qu'il n'y pourrait rien. À coup sûr, c'est ainsi que tout le monde interpréterait les événements.

Matt dégagea sa main de celle de sa mère et se tordit pour échapper au bras de son père. Il se redressa, les yeux fixés sur son grand-père ; celui-ci parlait des nations d'Europe qui avaient violé leurs engagements environnementaux et se dressaient les unes contre les autres. Encore des signes de Ragnarök. Des serments avaient été trahis. Des frères s'opposaient. La guerre approchait.

– Dans cet ultime combat, nous avons notre place.

Quand Grand-Papa se tourna vers la mosaïque, tout le monde se mit à regarder la confrontation épique avec le Serpent de Midgard.

– Depuis des siècles, les Thorsen travaillent ensemble, vivent ensemble et luttent ensemble. Cette fois, le combat est différent. Il n'implique qu'une seule et même personne. Le champion de Thor, celui qui devra remporter l'affrontement, vaincre le serpent et sauver le monde de la destruction.

Matt sentit une main revenir sur son genou. Son père, le visage tendu et fermé, regardait droit devant lui.

– Nous avons attendu les signes de reconnaissance de notre champion, déclara Grand-Papa. Nous en avions quelques indices, sans être encore certains. Aujourd'hui, la prophétie s'est pleinement réalisée et les runes...

Il recula tandis que la Prophétesse avançait d'un pas traînant. Elle n'alla pas jusqu'au micro, et sa voix aiguë dépassa à peine les premiers rangs. Matt dut tendre l'oreille.

– Les runes ont parlé, annonça-t-elle. Je les ai jetées mille et mille fois, et leur message reste toujours le même. Nous avons fait le bon choix. Nous avons notre champion.

Matt se tourna vers son père. D'un geste hésitant, celui-ci glissa sa main sur la sienne et la serra si fort que Matt dut se retenir pour ne pas se débattre.

Sur la scène, la Prophétesse éleva la voix pour être mieux entendue.

– Notre champion se nomme Matthew Thorsen, fils de Paul et Patricia Thorsen.

Matt se figea.

Le temps flotta un moment. Puis des murmures se diffusèrent. *Elle a bien dit « le fils Thorsen » ? Ce n'est qu'un gamin. Non, il y a erreur. On a mal entendu. Impossible autrement.*

La voix de Grand-Papa revint dans les haut-parleurs.

– Je le sais, cela en surprend quelques-uns. Matt n'a que treize ans. Toutefois, à l'échelle des Vikings, il est dans la force de l'âge. Les runes l'ont désigné en tant que défenseur, en tant qu'incarnation de Thor. Son représentant vivant. Et elles en ont désigné d'autres, tous étant des incarnations vivantes de leurs ancêtres divins, des enfants nés au tournant du millénaire. Des jeunes – filles et garçons – tels que Matt. Les descendants de Frey et Freya, de Balder et du grand dieu Odin. Ils viendront, ils lutteront aux côtés de notre champion. Et… (il désigna la mosaïque montrant Thor à l'agonie)… ceci n'aura pas lieu, car ils vaincront et survivront.

Il y eut un instant de silence, le temps que la foule assimile l'information. Puis quelqu'un applaudit. Bientôt imité. Enfin, un cri de joie retentit. Peu importait que Matt leur parût trop jeune – si les runes l'avaient nommé champion, alors il l'était. Même si cela semblait ridicule.

Matt observa la salle. Les gens se tournaient vers lui, souriants, et sa mère le tira vers elle pour l'étreindre, lui murmurant qu'elle était fière. Josh lui adressa un grand sourire, le pouce levé. Le regard noir de Jake montrait que Matt ne méritait pas un tel honneur et qu'il aurait intérêt à assurer.

Ainsi, le Ragnarök arrivait ? Et c'était lui, le champion de Thor ? L'être élu ? L'ado superspécial ?

« Je rêve. C'est sûrement ça. »

Ainsi remis du choc, il serra sa mère dans ses bras, permit à son père d'en faire autant et rendit à Josh son petit signe de victoire. Enfin, tout sourire, il salua le public en baissant la tête. Autant partager sa joie. Il trouvait dommage que ce soit pour de faux, parce que s'il parvenait à abattre le Serpent de Midgard, on lui offrirait certainement un nouveau vélo. Il rit intérieurement en se rasseyant. Oui, s'il combattait et tuait un serpent monstrueux, sa mère ne pourrait plus prétendre que faire du *dirt* était trop dangereux.

La foule était toujours en liesse.

C'était forcément un rêve. Sinon, c'était tout bonnement délirant. D'accord, Matt croyait au Ragnarök, plus ou moins. Il ne s'était jamais vraiment penché sur la question. Il avait simplement été élevé dans ce contexte, un peu comme certains enfants entendent dire qu'un certain Noé a embarqué un couple de chaque espèce animale sur une arche. C'est le genre de chose auquel on ne pense pas vraiment : ça va de soi. Donc, le Ragnarök était forcément réel, même si cela semblait un peu…

Il regarda autour de lui. Non, tout le monde y croyait ; cela devait donc être vrai.

Il ne s'agissait peut-être pas réellement d'un serpent. C'était peut-être un… Comment dit-on ? Une métaphore, voilà. Pas un vrai serpent, juste un type qui se comporte comme un serpent et qu'il faut tuer avant qu'il déclenche une guerre nucléaire, par exemple.

Pourtant ce n'était pas de ça que Grand-Papa parlait. Il avait mentionné le Serpent de Midgard. Celui du tableau. Un vrai, donc.

« C'est ce que raconte cette histoire, Matt. Tu n'y crois donc plus ? Jusqu'ici, tu y croyais. »

Son cerveau se mit à trembler et il ferma les yeux.

« Arrête de réfléchir. Grand-Papa s'occupe de tout. Restes-en au strict nécessaire. »

Le nécessaire ? Devenir leur champion ? Non. Il allait tout rater. Comme toujours.

À la fin du Thing, tous les Thorsen firent la queue pour le congratuler. Il était réveillé, il était l'être élu – et il allait affronter le Serpent de Midgard pour sauver le monde. Mais avant tout, il allait vomir.

Dès que quelqu'un lui prenait la main, son estomac se nouait et Matt se disait : « Ça y est, je le sens. Je vais vomir. Pile sur ses pieds. » Pour s'en tirer, il serrait les dents et hochait la tête avec un faux sourire, en espérant que le prochain qui aurait l'idée de lui taper dans le dos ne ferait pas remonter tout son dîner.

Une fois la foule sortie, son grand-père vint lui parler. La discussion ne fut pas longue, et tant mieux, car Matt n'en entendit pas la moitié. Une seule idée lui tournait dans le crâne : « Ils ont commis une erreur. Une erreur monumentale. » Il tenta même de le dire, mais son grand-père, sans lui laisser une seconde, lui expliqua qu'il ne devait pas s'inquiéter, que tout irait bien – les runes ne l'avaient désigné que parce qu'il était le champion.

« Vérifie. » Voilà ce qu'il était tenté de répondre. « Le garçon qui doit affronter ce… ce truc, c'est probablement Jake ou même Josh. Pas moi. »

Grand-Papa lui expliqua qu'ils se reverraient pour discuter plus longuement, puis il fila vers une salle de réunion réservée aux Anciens. Matt se retrouva seul avec ses parents. Ils lui répétèrent plusieurs fois que tout irait très bien. Enfin, son père lui annonça qu'il pouvait aller faire la fête sans se soucier du couvre-feu, et qu'ils viendraient le chercher quand il voudrait.

– Tiens, voilà de quoi t'amuser, conclut-il en tirant son portefeuille. C'est une grande soirée, pour toi, tu mérites de marquer le coup.

Voyant qu'il lui tendait un billet, Matt le regarda. C'était un billet de cent dollars.

– Euh, c'est...

– Oh, pardon !

Son père rangea le billet pour le remplacer par cinq billets de vingt, qu'il lui fourra dans la main.

– Tu aurais du mal à casser une grosse coupure, les forains n'aiment pas ça. (Nouvelle tape sur les épaules.) Allez, va t'amuser.

* * *

Matt déambulait entre les attractions en donnant des coups de pied dans la sciure. Il ne voyait pas les lumières. N'entendait pas les forains l'interpeller. Ne sentait pas l'odeur des hot-dogs et du pop-corn au caramel. Il tenta de se convaincre qu'il cherchait ses amis alors que ce n'était pas vraiment le cas. Non, il ne tenait pas à les rejoindre. Mentalement, il était resté dans la grande salle, le regard fixé sur la mosaïque, les paroles de la Prophétesse résonnant à ses oreilles.

Notre champion se nomme Matthew Thorsen.

« Notre champion. Franchement... c'est une blague ? Je ne suis pas encore lycéen et eux, ils voudraient que j'affronte je ne sais quel serpent géant pour sauver le monde ? Il ne s'agit pas d'un simple tournoi de boxe ! »

Matt voyait mal comment procéder. Tuer le serpent, sauver le monde : les étapes étaient censées se succéder ainsi. Selon le mythe du Ragnarök, les dieux se retrouveraient face aux monstres. S'ils les écrasaient, la vie reprendrait son cours normal. Si les monstres gagnaient, ils prendraient le pouvoir. Et s'ils mouraient tous – comme dans les mythes prédisant le Ragnarök –, le monde sombrerait dans la glaciation.

« Peut-être que les légendes ne sont pas vraies ? Si c'est ça, Thor n'existe pas. L'amulette qui pend à ton cou, non plus. Et tu n'as pas de pouvoir surnaturel. »

Or, de toute évidence, il existait, ce pouvoir. Conclusion…

À cette idée, Matt sentit son estomac se retourner, sa tête gonfler et ses pieds piaffer d'impatience pour le ramener chez lui. Oui, courir droit à la maison, sauter dans son lit, se pelotonner sous la couverture et disparaître. Vomir et se cacher : belle stratégie, pour un champion.

Matt imagina ses parents en train de le découvrir, et son cœur se remit à battre plus fort. Ils comptaient sur lui pour assurer, de même qu'ils comptaient sur lui pour rentrer à la maison après l'entraînement, pour préparer son prochain exposé de science. Ils comptaient sur lui pour être un Thorsen.

Quelque chose lui chatouilla la poitrine et il tendit la main pour balayer une mouche. Ce n'était pas une mouche. C'était son amulette. Elle vibrait.

« Hum, c'est plutôt ton cœur qui s'emballe comme un cheval fou. »

Le picotement continua, et Matt repoussa l'amulette pour se gratter. Non, son cœur n'y était pour rien. C'était bel et bien le pendentif qui frémissait. Quand il le prit entre ses doigts, il le sentit vibrer.

Bizarre. Ça n'était encore jamais arrivé.

– Tu cherches Odin, annonça une voix derrière lui.

Matt fit volte-face. Il n'y avait personne.

– Tu cherches Odin, répéta la voix.

Il baissa la tête et se trouva face à une petite fille de sept ans, tout au plus. Elle avait des tresses blondes et des yeux bleu vif. Vêtue d'une robe d'été bleue, elle allait pieds nus. En cette saison ? Elle allait geler. Où étaient ses parents ?

– Salut, dit-il en s'accroupissant, avec un sourire. Tu as un problème ? Je peux peut-être faire quelque chose pour toi mais d'abord, on doit trouver tes parents.

L'enfant secoua la tête, agitant ses tresses.

– Je n'ai pas besoin de toi, Matt Thorsen. C'est toi qui as besoin de moi.

Drôle de façon de parler, pour une gamine. Un langage soutenu, comme dans les vieux films. Et elle avait un regard très posé. Son visage ne disait rien à Matt mais il y avait tant de petites blondes, à Blackwell, qu'il était impossible de toutes les connaître.

– Bon, d'accord, reprit-il. Tu vas m'aider à chercher tes parents. Ça te va ?

– Non. Tu dois trouver Odin. Il va t'aider.

– M'aider ? Comment ça ?

Elle fronça les sourcils, troublée.

– Je n'en sais rien. C'est à voir. Le moment n'est pas venu. Moi, je ne connais que l'instant présent, et à présent, tu dois entendre.

– Entendre quoi ?

Elle partit vers la foule.

Matt se redressa soudain.

– Attends !

La fillette se retourna. Elle le fixa de son regard bleu. Puis elle articula quelque chose, et il comprit ce qu'elle disait, exactement comme si elle était près de lui, en train de murmurer à son oreille :

– Tu dois entendre.

Elle se tourna une fois de plus et s'en alla en courant. Matt hésita un instant. Blackwell était une ville sûre, mais une fille de son âge ne devait pas se balader seule.

Il se lança à sa poursuite.

6

LAURIE

OWEN

Pendant le défilé, Laurie avait remarqué la disparition du bouclier, donc deviné que Fen était repassé par là. Sans en être sûre, elle supposait que c'était pour ça qu'il avait un œil au beurre noir, et Fen n'avait rien voulu lui expliquer. Tout ce qu'elle avait obtenu de lui, c'était qu'il « maîtrisait la situation », mais elle aurait plutôt dit que quelqu'un d'autre l'avait maîtrisé, lui.

Laurie était rarement de mauvaise humeur. Elle se mit pourtant à trembler de rage en traînant entre les stands de fête foraine et la foule qui faisait la queue pour acheter à manger ou prendre des tickets de jeu. L'odeur du pop-corn, des beignets et de la barbe à papa ne suffisait pas à la distraire. Malgré cela, elle regardait de près tous les jeux de hasard, qui visaient à convaincre les gens de dépenser leur argent afin de gagner des lots absurdes. Elle y gagnait toujours. Elle avait toujours une chance troublante pendant cette fête. Les années précédentes, elle était rentrée chez elle les bras chargés de lapins en peluche et de poupées moches, à tel point que sa mère en avait livré une cargaison aux enfants de l'hôpital. Là, si Laurie n'avait pas été fâchée, elle aurait pris le temps de jouer à l'un de ces stands, mais justement elle était fâchée. Si Fen était arrêté avec le bouclier, ils auraient des ennuis tous les deux. Si sa mère n'avait pas catégoriquement refusé d'accueillir Fen, si son père était là, si Matt n'était pas le fils du shérif, si... bref, si Fen se comportait moins bêtement, la situation aurait été plus facile. Hélas, aucun de ces « si » n'avait été exaucé. Au pire, Matt raconterait tout aux forces de l'ordre et on les arrêterait, Fen et elle. Au mieux, Fen aurait des ennuis et elle le perdrait. Donc, même le mieux était cauchemardesque.

« Sauf si Matt tient sa langue. »

Laurie avait déjà eu envie de raconter à Fen son rêve de poisson si étrange, mais elle n'avait pas réussi à le voir en tête à tête depuis l'autre soir, sur le drakkar. Et, pendant la fête des sciences, il était allé jusqu'à inviter son copain Hunter. Elle ne laisserait pas Fen l'ignorer plus longtemps : elle comptait lui parler, qu'il le veuille ou non. S'ils remettaient le blason en place, Matt tiendrait peut-être sa langue.

Donc, tout en parcourant la fête, elle garda l'œil ouvert pour guetter son cousin. Elle s'arrêta devant la grande roue, les chaises volantes et le manège. Pas de Fen.

— Où es-tu passé ? râla-t-elle tout bas.

Elle aurait pu lui téléphoner, si seulement il avait eu un portable.

– Salut.

Un garçon plus âgé qu'elle l'avait rejointe.

– Je me demandais où tu étais.

– Hein ?

Elle s'arrêta. À en juger par son allure, il venait de… de n'importe où sauf de Blackwell. Il portait des tennis noir et bleu, un pantalon noir flottant, une chemise bleue d'aspect soyeux, et ses cheveux mi-longs étaient teints en bleu. Plus curieux encore, ses bijoux étaient presque féminins : sur une oreille, il avait deux minuscules boucles en forme de merles noirs et, au doigt, une bague en métal torsadé.

– Tu es en train de me chercher, là ? demanda-t-il.

– Non, répondit-elle en se renfrognant. Je ne te connais pas. Pourquoi je te chercherais ?

– Je suis Odin.

– Ah. Odin.

Pour le coup, elle se mit à rire. Quand on a grandi à Blackwell, on a forcément quelques notions de mythologie. Entre l'école, les parents, les spectacles et une riche section spécialisée à la bibliothèque, sans oublier quelques vidéos plutôt nulles projetées tout au long de la scolarité, il était impossible d'éviter ce sujet. Pourtant cela n'en faisait pas une réalité.

– Donc, Odin, cette année encore, le club de théâtre va nous jouer une pièce ?

Elle ne comptait se rendre à aucune animation thématique et, si elle avait dû assister à une activité, elle n'aurait sûrement pas choisi une reconstitution de combat. À Blackwell, certains prenaient trop au sérieux leur héritage scandinave.

– Tu veux jouer à quelque chose ? demanda Odin.

Il regarda autour de lui avant de tendre le doigt vers une baraque.

– Là, tu serais forte.

Il s'agissait d'un jeu de hasard, un de ceux dont Laurie avait été exclue, l'année précédente, parce qu'elle gagnait à tous les coups. L'animateur avait soutenu qu'elle trichait, sans pouvoir préciser comment, alors que ce n'était pas le cas. Cette année, pour éviter les ennuis, elle ne participerait à aucun de ces jeux. Le garçon avait sûrement entendu parler de ce qui s'était passé : Laurie avait dû rendre tout l'argent gagné, jusqu'à la dernière pièce, sans être remboursée de sa mise.

– Très amusant…, ironisa-t-elle.

Odin lui adressa un drôle de petit sourire, sans en dire plus. Il resta planté là, patiemment. Il était étrange, mais elle n'avait pas une minute à perdre avec ce type aux cheveux bleus. Elle soupira et s'éloigna.

– Tu t'en vas déjà ? demanda-t-il.

– Je cherche quelqu'un.

– Pas moi ? reprit-il tristement.

Elle se tourna vers lui.

– Non.

– Ah. Je suis arrivé trop tôt, alors. (Il fronça les sourcils.) Je ne plais à personne, c'est dommage.

Laurie s'éloigna un peu plus. Il la rendait nerveuse et elle n'avait pas l'habitude de parler avec un garçon sans voir Fen débouler pour se moquer d'eux. Dans sa famille, tout le monde la couvait, d'une manière ou d'une autre, et son échange avec Odin leur donnait plutôt raison sur ce point.

– C'est bon, là, je m'en vais. Je te souhaite un bon spectacle, en tout cas.

– C'est pour de vrai, tu sais, indiqua Odin. C'est pour ça que tu gagnes à ces jeux. Sans tricher, tu gagnes.

Là, Laurie ne trouva rien à répondre. Elle baissa les bras.

– On m'a interdit les jeux d'argent. Si mon cousin te surprend à me parler, il t'insultera, et même s'il ne débarque pas, je ne suis pas venue ici pour te voir alors, s'il te plaît, passe ton chemin.

Il l'étudia un instant.

– Je te croyais moins obéissante, mais bon, je suppose que nous sommes toujours en formation.

– En formation ? Qu'est-ce que tu racontes ?

Elle regarda autour d'elle pour savoir si Fen était là – ou même Hunter, au point où elle en était. Elle ne vit qu'une masse de gens qui sillonnaient les chemins de sciure. Blackwell n'était pas gigantesque, mais la fête attirait les habitants des environs. C'était logique, admit-elle. Même si les festivités tournaient autour des origines scandinaves de la ville, les animations valaient celles de n'importe quelle fête foraine. Dans certaines baraques en bois, des bénévoles encadraient des jeux de hasard ou de réflexion ; on vendait toutes sortes de gourmandises. Et puis il y avait des musiciens ou un feu d'artifice, selon les moyens des organisateurs.

Laurie aperçut alors d'étranges acrobates arpenter le terrain, exécutant des figures qui lui rappelèrent les compétitions de sports de l'extrême, que Fen aimait tant regarder. Ceux-là n'avaient ni vélo ni skateboard ; ils se contentaient de faire l'arbre fourchu, des saltos hors du commun et toutes sortes d'acrobaties, sans cesser de courir.

– En formation pour devenir ceux que nous sommes, ajouta le mystérieux garçon.

– Bon, Odin... Je n'ai pas mon rôle dans ton sketch, là. Je me sauve.

– Tu peux m'appeler Owen, si tu préfères. J'aimerais mieux que tu emploies mon véritable prénom, mais tu n'y es pas prête. La prochaine fois, peut-être.

Elle l'examina pour lui répondre :

– Je ne compte pas t'appeler Owen ou Odin, ni je ne sais quoi d'autre. Je n'ai rien à te dire. Ni maintenant ni plus tard. Fiche le camp avant que mes potes débarquent.

– Eux, ils se méprendraient, c'est sûr, commenta-t-il tout bas en hochant la tête. Je voulais juste te voir. Toi seule es capable de me comprendre. J'espérais... J'espérais que tu étais prête. Bientôt, j'en suis sûr, nous parlerons comme nous y sommes destinés.

Il se retourna et se fondit dans la foule.

Laurie le regarda s'éloigner. Ses cheveux bleus permettaient de le suivre des yeux. Les jeunes acrobates semblèrent lui emboîter le pas un moment, sans vraiment l'accompagner. C'était étrange. Ils l'escortaient alors qu'il marchait comme un homme seul. Pendant un instant, elle se fit du souci pour lui. « Et s'ils n'étaient pas avec lui ? Il a peut-être des ennuis ? » Mais personne ne semblait lui vouloir du mal, et lui-même ne paraissait pas inquiet. « Et puis zut, ce n'est pas mon problème. » Elle observa quand même le groupe jusqu'à la sortie.

Owen était à peine hors de sa vue quand un autre garçon, plus important celui-là, apparut.

– Fen !

Elle se fraya un chemin dans la foule, oubliant la discrétion tout comme la politesse. Elle se glissa entre son cousin et Hunter – encore lui ! – pour le saisir par le poignet.

– Il faut que je te parle...

Sa voix s'éteignit. Fen avait grimacé en la sentant le toucher. Elle le lâcha et insista doucement :

– S'il te plaît, Fen ?

Il la regarda droit dans les yeux.

Alors elle prononça la phrase magique, celle qu'ils échangeaient depuis des années :

– J'ai besoin de ton aide.

Son cousin ouvrit la bouche mais avant qu'il ne dise un mot, elle ajouta :

– Je veux être toute seule avec toi. Si tu pouvais…

– Laisse-nous, Hunter, coupa Fen.

Il s'engagea dans la foule pour s'éloigner de Hunter. Il tirait Laurie derrière lui comme il l'avait fait mille fois, et elle se sentit si soulagée qu'elle l'aurait presque serré dans ses bras. Tout allait s'arranger. Fen était à ses côtés.

Quand ils arrivèrent au bout du terrain, derrière une rangée de baraques où s'étiraient, à demi emmêlées, les lignes du réseau électrique, Laurie était à deux doigts d'exploser pour tout lui raconter. Les haut-parleurs chantaient assez fort pour que personne ne les entende, mais ils ne tenaient pas à être observés. Ils savaient que quand l'un d'eux annonçait « J'ai besoin de ton aide », un minimum d'intimité était nécessaire.

Après s'être assuré que personne ne les observait, Fen la lâcha et glissa ses mains dans les poches de sa veste déchirée. Il jeta un dernier coup d'œil aux environs et demanda :

– Qu'est-ce qui t'arrive ?

Comme elle ne voulait pas commencer par l'accuser – cela ne donnait jamais de bons résultats –, elle aborda son second sujet d'inquiétude.

– J'ai cru que j'étais un poisson, bafouilla-t-elle.

– Bon… (Fen opina, s'immobilisa, cligna des yeux et reprit :) Hein ?

– Un poisson, murmura-t-elle.

Il s'approcha d'un pas.

– Vas-y, raconte.

– Je me suis réveillée en pleine nuit, d'un coup, sauf que j'étais un poisson ; je ne pouvais pas respirer et toi, tu n'étais pas là.

Elle sentait elle-même qu'elle parlait comme une folle.

– C'était rien qu'un rêve, je sais, mais il était trop vrai, et depuis, je ne pense qu'à t'en parler.

Fen l'examinait.

– Dis quelque chose, demanda-t-elle d'un ton presque suppliant.

– Tu devrais peut-être poser une bassine d'eau près de ton lit, parce que tante Janey ne voudra jamais m'accueillir chez vous avant le retour d'oncle Stig, répondit Fen en croisant les bras.

Laurie ne le quitta pas du regard.

Dans le haut-parleur, la musique fut interrompue par une sorte de grincement qui les fit sursauter. Au bout d'une minute, Fen déclara :

– Ce que je veux dire, c'est que tu as peut-être été un vrai poisson.

– C'était forcément un rêve, voyons.

– Peut-être bien. Peut-être pas. Il existe des trucs encore plus bizarres.

– Comme ?

– Les scouts guerriers.

– Qui ça ?

Laurie avait parfois du mal à le suivre mais elle savait qu'en général, sa conclusion était solide.

– Je ne comprends pas, avoua-t-elle.

– Des tordus qui passent leur temps à camper.

Laurie secoua la tête.

– Selon toi, se transformer en poisson est moins bizarre que faire du camping ?

– Ceux-là, ils se prennent pour des loups, figure-toi.

Elle rit.

– Bon. Admettons, eux, ils sont des loups et moi, je suis un poisson. Je devrais peut-être les rejoindre ? Imagine un peu, la tête de Maman ! « J'ai rêvé que je m'étais transformée en poisson et Fen m'a dit que j'en étais un, donc je vais quitter l'école pour camper avec des jeunes qui prétendent être des loups. »

– Non, je ne dis pas que tu devrais les rejoindre, mais…

Fen la regardait d'un drôle d'air, peut-être parce que son visage était couvert de contusions. Il sourit sans trop de sincérité.

– Et si les Guerriers étaient réellement des loups, Laurie ? Si tu étais réellement un poisson ? Si ton rêve était venu te l'annoncer ?

Elle le considéra un moment avant d'éclater de rire.

– Tu n'aurais pas rencontré un gars qui s'appelle Owen, par hasard ?

Cette fois, ce fut au tour de Fen d'être un peu perdu.

– Non, pourquoi ?

– Tout le monde perd la boule, ce soir. D'abord, un type m'aborde comme s'il me connaissait, habité par son rôle dans je ne sais quelle pièce de théâtre. Trop bizarre. Ensuite, tu me racontes que certains jeunes sont des loups, et moi… moi, je t'explique que j'ai été secouée par un rêve où j'étais un poisson. Du début à la fin, c'est fou.

– Certains de nos cousins les ont rejoints.

– Les Guerriers ?

– Oui.

Fen croisa les bras avant d'ajouter :

– Mon père en était, tu sais.

– Oncle Eddy est un loup ? Alors, toi aussi.

– Peut-être.

– Donc, je suis un poisson ; toi et oncle Eddy, vous êtes des loups. (Elle secoua la tête.) C'est débile, je sais, mais ça m'a soulagée de t'en parler. C'était le rêve le plus convaincant de ma vie.

Fen se tut un moment. Il la regarda comme s'il s'apprêtait à reprendre la parole. Il finit par lui sourire.

– Viens. J'ai volé des tickets pour les attractions, tout à l'heure.

Laurie ne bougea pas. Fen était assez détendu pour qu'elle aborde l'autre sujet ; pour autant, cela n'allait peut-être pas lui plaire. Elle lui posa la main sur le bras.

– Il faut que tu me dises ce qui t'est arrivé. (Elle désignait son œil gonflé et noir.) Et l'histoire du bouclier, aussi. Si Thorsen en parle au shérif, on aura des ennuis.

Fen fit la sourde oreille, comme toujours quand il n'avait pas envie de lui répondre.

– Sérieux, Fen ! S'ils retrouvent ce truc en fouillant chez Kris, on va…

– Il n'y est pas, coupa Fen. Je ne l'ai plus, et si je savais quelque chose, ça ne suffirait pas à me causer des ennuis – ni à toi, d'ailleurs.

Elle roula les yeux.

– Fais-moi confiance. Il ne t'arrivera rien de mal. Tu le sais, non ? Tu es ma sœur, même si nous n'avons pas les mêmes parents.

Alors il lui donna un petit coup de tête, comme pour cacher qu'il avait rougi. Admettre qu'il éprouvait des sentiments le gênait.

Laurie ne réagit pas tout de suite. Elle savait qu'il avait commis ce vol, mais elle savait aussi qu'il la protégeait.

Apparemment nerveux, il libéra son bras, qu'elle tenait toujours, et s'efforça de cacher son émoi quand il reprit la parole :

– Allez, mon petit poisson. Tu as peur de tomber de la grande roue, c'est ça ?

– Patate !

Elle le repoussa doucement. Si les câlins le déboussolaient, un petit coup de poing ou de tête ne lui déplaisait pas.

– Je ne crains rien, moi, précisa-t-elle… du moment que tu n'as pas peur.

7

MATT

PASSÉ, PRÉSENT, AVENIR

Quand Matt vit la fillette courir vers la salle, il lui cria de s'arrêter, mais elle continua, ses pieds nus glissant sur le carrelage, ses tresses blondes flottant derrière elle. Il franchit d'un bond la porte d'entrée – pour la voir seulement foncer vers la pièce privée, où le grand-père du garçon discutait avec les Anciens.

« Super ! Ils me chargent d'empêcher le Ragnarök et aussitôt, qu'est-ce que je fais ? Je démontre que je suis incapable d'empêcher une gamine de chambouler leur réunion. »

Il aurait pu se retourner et s'éclipser. Faire comme s'il ne l'avait pas suivie. Ou comme s'il ne la connaissait pas. Adopter une solution de facilité, donc fuir devant ses responsabilités, alors même qu'il tentait de les assumer.

Il traversa la grande salle à toute allure. La fille venait de s'immobiliser devant la porte pour l'attendre patiemment, tout en le regardant de ses yeux bleus d'adulte si troublants.

– Maintenant tu entends, chuchota-t-elle en désignant la porte. Écoute.

Il allait lui dire qu'ils devaient s'écarter quand il entendit prononcer « Ragnarök ». Puis son nom.

Il tendit l'oreille. D'accord, écouter aux portes, c'est mal. Très grossier. Mais comme on parlait de lui, il était à moitié concerné. S'il était pris sur le fait, il expliquerait qu'il avait poursuivi la petite fille pour la raccompagner vers ses parents. « Voilà comment agirait un champion, pas vrai ? »

– ... inutile de le dire aux autres, pour le moment. Ce que j'ai expliqué lors du Thing est suffisant, déclarait son grand-père. Ceux qui doivent connaître la vérité sont déjà au courant. Pour les autres, ce sera un choc auquel nous devons les préparer.

Parlait-il du fait que Matt avait été nommé champion ? Du fait qu'il faudrait en informer les Thorsen résidant hors de Blackwell ? Selon Matt, les Thorsen susceptibles d'être frappés par la nouvelle étaient ceux qui vivaient sur place – et qui le connaissaient ; or, ils étaient déjà au courant.

– Nous devons lancer posément une campagne visant à les convaincre que le Ragnarök n'est pas la fin du monde. C'est un changement. Une purification. Au final, cela portera secours à notre peuple, aujourd'hui et demain.

Matt se rapprocha encore.

– Le Ragnarök, tel que les mythes le prédisent, ne sonnera pas la fin du monde. Nous devons insister sur ce point. Ce sera un grand chambardement, un gigantesque défi et une tragédie qui fera de nombreuses victimes, mais il en sortira un monde meilleur. Les États-Unis sont corrompus, de Wall Street à Washington, comme tous les pays de la planète. Aucun homme politique, aucun groupe de pression n'y changera rien. Notre monde doit être purifié. Notre monde a besoin du Ragnarök.

Les autres Anciens manifestèrent leur accord.

« Hein ? Non, j'ai mal entendu. La mission du champion, c'est d'arrêter le Ragnarök. »

– Nous savons, nous, comment les choses doivent se dérouler. Matt doit combattre le serpent. Le vaincre… avant d'être lui-même vaincu. Les champions de Dieu doivent périr, selon la prophétie, pour que le monde renaisse.

Matt ne respirait plus.

« Ils ne veulent pas que je gagne. »

Son grand-père enchaîna :

– Je ne prends pas les choses à la légère. Pour être honnête, quand j'ai compris que Matt était le champion, j'ai prié pour que les runes me révèlent que je me trompais. Pourtant j'ai fini par admettre l'évidence. Ce garçon est fort et honnête, il mérite cet honneur. Voilà comment je vois les choses. Mon petit-fils a reçu la plus haute distinction, il nous fera honneur et aura un jour sa place dans le palais du Valhalla, en tant que champion, aux côtés des dieux éteints. Il sera un héros. Notre héros.

Matt recula d'un pas maladroit.

« Pour eux, c'est écrit, je vais mourir. Ils veulent revenir à l'époque glaciaire, voir arriver la fin du monde. À leurs yeux, je ne suis pas un champion. Je suis un sacrifice. C'est évident. C'est même pour ça qu'ils m'ont choisi. Parce que je ne peux qu'échouer. »

C'était exactement ce qu'il avait prévu de dire à Grand-Papa : « Tu t'es trompé. » Mais tout au fond de lui, il espérait être le champion afin de montrer à sa famille et à tout le monde que...

La fillette le prit par la main pour le tirer vers l'autre bout de la salle ; abasourdi, il la suivit passivement. Arrivée devant la porte, elle murmura :

– Tu cherches Odin.

« Odin ? Pourquoi j'irais... ? »

Parce qu'il était le meneur des dieux. Le plus puissant de tous. Le père de Thor.

Matt examina la fillette. C'était qui ? Ou plutôt, c'était quoi ? Pas une fillette normale, il en était convaincu.

– Odin m'expliquera comment résoudre le problème, c'est ça ? demanda-t-il. Il me dira comment vaincre le Serpent de Midgard et survivre.

Une fois encore, elle sembla troublée.

– Je ne sais pas. C'est à venir. Ce n'est pas maintenant. Je connais seulement...

– Tu ne connais que le présent, coupa-t-il. Oui, j'avais compris ça tout de...

Il se tourna vers la mosaïque, à sa gauche. Thor y demandait conseil aux Nornes.

Les Nornes. Trois femmes qui connaissaient le destin des dieux et des hommes. Dans de nombreux contes anciens, Avenir était la plus jeune. Selon la tradition locale – et la mosaïque –, la plus âgée s'appelait Passé. Avenir lui succédait. Enfin, la plus jeune s'appelait Présent.

Quand Matt regarda la fille, son cœur se remit à battre la chamade ; il crut même qu'il ne reprendrait plus jamais un rythme normal.

– Qui es-tu ? lui demanda-t-il, pris de picotements sur la nuque.

– Tu le sais.
– Tu es une Norne. Celle de l'instant présent.
Elle acquiesça :
– Je te l'ai déjà dit : tu le sais.
– Et toi, tout ce que tu sais, c'est ce qui a lieu en ce moment même. Ou ce qui devrait avoir lieu. Comment dois-je faire pour en savoir davantage ?
– Demande à Avenir. Elle t'attend.
– Où vais-je la trouver ?
– Je n'en sais rien. Cela n'est pas encore arrivé.
– D'accord, d'accord… Où est-elle, là, maintenant ?
La fille tendit le bras.
– Dehors. Elle attend.
Matt regarda ce qu'elle montrait : c'était la porte.
– Où précisément ?
Pas de réponse. Il se retourna. Elle avait disparu.

* * *

Cette fois encore, quand Matt rejoignit la fête, il ne remarqua pas les odeurs, les objets ni les sons, uniquement parce qu'il se concentrait sur sa mission. Rejoindre la Norne.

« Rejoindre la Norne. Tu es fou ? Une Norne ? Comme dans les légendes ? Ce n'est rien d'autre, tu sais. Une légende. »

Plus tôt, en songeant à son éventuel combat contre le serpent, il s'était efforcé de ne pas trop se pencher sur ses convictions. Devant une vieille histoire, comme celle de l'Arche de Noé, c'était facile. Il n'y avait qu'à dire : « Oui, c'est peut-être vrai. » Mais ensuite, si on y réfléchissait froidement, on changeait d'avis : « Sans blague ? Un seul bateau, chargé d'un couple de chaque espèce animale ? Comment ça se pourrait ? » Le plus simple, c'était de ne pas réfléchir. D'admettre. C'était ce que Matt faisait depuis sa naissance.

Il devait rester sur cette ligne. Admettre. Croire. Donc, il cherchait une Norne.

Cela aurait été nettement plus facile s'il avait eu un indice sur l'apparence de la fille. La mosaïque ne l'avait pas vraiment renseigné. La cadette des Nornes avait les traits d'une fille de son âge, dont les cheveux blonds étaient le seul point commun avec la fillette qui était venue vers lui. Et, à Blackwell, il y avait autant de blondes que de puces sur un chien errant.

Il se faufila parmi la foule. Normalement, cela aurait dû être simple. Les gens qui l'auraient reconnu se seraient contentés de lui adresser un sourire ou un mouvement de tête. Mais là, les Thorsen prenaient la peine de lui parler et, évidemment, par politesse, il devait leur répondre.

Les Thorsen étaient si nombreux à l'aborder que les passants le remarquaient et le saluaient à leur tour. Dans d'autres circonstances, il aurait adoré ça. Briller en société. Cela ne se refuse pas, surtout quand être confronté à la foule découle habituellement d'une faute. Malgré tout, il était en mission, et cet afflux était plutôt gênant.

Enfin, il la vit. Sur la mosaïque, la Norne avait à peu près l'âge de sa mère, mais celle-là ne semblait pas plus âgée que Jake. Elle n'était pas habillée comme les autres filles. Elle portait une jupe de toile rude, les cheveux rabattus en plusieurs fines tresses sur le haut de sa tête. Assise sur un banc, elle battait des jambes en regardant les bambins sur le manège.

Comment avait-il su que c'était elle ? Parce que son amulette s'était mise à vibrer. Exactement comme au moment de sa rencontre avec la première Norne.

Il devait tout de même vérifier. Il l'aborda le plus naturellement possible et lui dit :

– Salut.

Elle se contenta de sourire et de répondre :

– Bonsoir.

– Tu m'attends, là ?

Elle lui adressa le même regard confus que la petite.

– Je ne sais pas. Nous sommes…

– … à l'instant présent. Tu ne connais que l'avenir. Je vois.

C'était elle, apparemment.

– On dirait que c'est déjà Noël, pas vrai ?

Elle s'inclina, les sourcils froncés.

– Tu sais, comme dans l'histoire de M. Scrooge, avec les fantômes du passé, du présent et de l'avenir ?

Elle secoua la tête sans changer d'expression.

– Laisse tomber, conclut Matt. Donc, je dois aller à la recherche d'Odin, car il m'apprendra… Qu'est-ce qu'il m'apprendra, au fait ?

– La façon de vaincre le Serpent de Midgard.

Matt se détendit, soulagé.

– Et de freiner le Ragnarök ? Pour que l'histoire ne suive pas le mythe, où tout le monde meurt pendant la fin du monde ?

– Il est impossible d'intervenir sur certains épisodes. Mais sur d'autres, cela se peut. À toi de les différencier.

– Mais toi, tu vois l'avenir, pas vrai ?

– Il existe de nombreux avenirs. Je ne saurais dire lequel s'exécutera. Tu tenteras de modifier le dénouement du mythe. Tu réussiras sur certains points et tu échoueras sur d'autres.

– Bon. À l'exception de l'épisode « mort-face-au-serpent », je pourrai survivre, malgré le mythe ?

– Oui.

– Et si j'y arrive, la fin du monde sera annulée ?

– La fin du monde ne viendra pas, même si tu es vaincu, expliqua la jeune fille. Toutefois, la vie disparaîtra presque totalement.

– Ça revient au même. Si j'anéantis le serpent et que je survis, ça ne se passera pas comme ça, pas vrai ?

– Exact.

– Bien. Et où est-ce que je le trouve ? D'ailleurs, est-ce le vrai Odin ? Je veux dire, les dieux sont morts, non ? Odin a-t-il survécu ?

Elle sourit.

– Non, les dieux ont péri. Celui que tu cherches est semblable à toi : c'est un descendant. Lui, c'est Odin, toi, tu es Thor. Et pourtant, il n'est pas Odin, et toi, tu n'es pas Thor.

C'était limpide.

– Donc, c'est un jeune garçon. Où est-il ? interrogea Matt.

– Je n'en sais rien. Odin se trouve dans le présent. Or je ne connais que l'avenir.

Matt soupira. Décidément, rien n'était simple.

– Pourtant, je trouverai Odin. C'est sûr et certain. C'est tellement garanti que je n'ai pas besoin de le chercher.

– Tu le trouveras peut-être, et peut-être pas, contesta la fille avec un regard lointain. Il existe plus d'un avenir.

« Génial. »

Sans lui laisser le temps de formuler une nouvelle question, la Norne reprit :

– Voici le meilleur avenir. Celui que nous te souhaitons : tu trouveras Odin, vous rejoindrez les autres, vous combattrez et vous vaincrez.

– Les autres ? Mais ils viendront ici, n'est-ce pas ? Le Thing les réunira ?

– Le Thing appellera des champions hypothétiques, mais pas les bons. C'est à toi que cette tâche revient.

– Attends, laisse-moi deviner : tu ne sais pas où je les trouverai.

– Cette question concerne les moyens. Moi, je ne sais rien des moyens. Tout ce que je sais, c'est…

– … Si j'agirai ou non, coupa-t-il. Tu te rends compte que tes explications n'ont pas la moindre utilité ? J'ai treize ans. Sauter dans une voiture et programmer mon GPS sur « descendants des dieux », ça ne va pas être possible.

La jeune fille lui adressa un regard vide.

– Donne-moi un indice, insista-t-il. La première miette de pain sur le bon chemin ? Une adresse e-mail, peut-être ?

– E-mail ?

– Peu importe. Je suivrai tes conseils parce que, même si je suis d'accord pour sauver le monde, je ne tiens pas à vivre l'épisode de la mort. Je voudrais vivre assez vieux pour quitter le collège.

Elle acquiesça.

– Ce serait sage.

– Donc, les autres descendants… J'aimerais les trouver à Blackwell, mais seuls Thor et Loki sont ici, pas vrai ?

– Tu ne trouveras pas les autres ici. Pas loin, oui, mais pas ici.

S'efforçant de rester patient, Matt demanda :

– Pas loin ? Dans la région ? L'État ? Le Pays ? Le Continent ?

– En un lieu que l'on nomme Dakota du Sud.

Au moins, elle n'avait pas mentionné un autre continent.

Derrière elle, l'air scintilla et la petite fille réapparut pour annoncer :

– Je sais où est Loki.

– Ah, super, sauf que je n'ai pas besoin de lui. Il participera au Ragnarök, admettons, mais en tant que chef des opposants.

– Ce n'est pas le moment présent, dit la petite Norne.

– Bon, donc… (Matt se tourna vers la plus âgée)… si je ne me trompe, Loki – ou son descendant – mènera les monstres ?

– Peut-être, peut-être pas. Cela dépend de toi.

– Autrement dit, il pourrait nous aider et retourner la situation à notre avantage, ce qui veut dire que j'ai tout intérêt à le faire passer de mon côté. Compris. (Il se tourna vers la plus jeune.) Où est-il ?

– Loki est là.

Elle fit un geste. Matt suivit sa main du regard ; elle désignait Laurie et Fen qui faisaient la queue devant un manège. Fen ? Impossible.

– Là, juste là ? En ce moment ?

Il regarda Fen et Laurie monter dans une voiture rouge.

– Mais tu m'as dit qu'il existait d'autres champions. Tu devrais en trouver un autre pour incarner Loki, parce que Fen ne saura jamais, je dis bien, jamais…

En se retournant, il s'aperçut qu'il parlait tout seul. Les Nornes avaient disparu.

– … m'aider à quoi que ce soit, conclut-il tout bas.

AVALANCHE

8

MATT

L'ALLIANCE

Juste après la disparition des Nornes, Cody et ses copains rejoignirent Matt. Traîner à la fête foraine était à des années-lumière de ses préoccupations, et pourtant se joindre à un groupe était une bonne idée. Personne ne viendrait l'embêter, tant qu'il serait avec ses amis, qui ne remarqueraient probablement pas son humeur silencieuse. Il n'avait rien d'un braillard, même lors des grandes occasions. Il restait concentré sur ses idées. Là, justement, il avait plein d'idées à étudier.

Il ne savait pas quoi faire. Apparemment, il était censé se joindre à Fen. Ce n'était pas gagné d'avance. Fen refusait de fréquenter les Thorsen, surtout la famille de Matt, qui était la pire : c'était le père de Matt qui avait mis le père de Fen derrière les barreaux.

À ce propos, que pensaient ses parents de toute cette histoire ? La phrase de son grand-père lui revint : « Ceux qui doivent connaître la vérité sont déjà au courant. » Son père et sa mère devaient la connaître, évidemment. Donc, ils étaient au courant. Voilà pourquoi ils avaient été si gentils avec lui. Et pourquoi son père lui avait glissé cent dollars dans la main, pour faire la fête.

« Amuse-toi bien, fiston… tant que c'est possible. »

Selon les Nornes, Matt n'était pas condamné à périr face au Serpent de Midgard, mais Grand-Papa était convaincu que la prophétie se réaliserait. Cela impliquait que ni son grand-père ni sa famille ne l'aideraient. Il devrait agir seul. Rassembler les autres enfants et rejoindre Odin. S'entraîner. Se battre. Gagner. Il n'existait pas d'autre solution. En cas d'échec, ce serait la fin du monde tel qu'ils le connaissaient. Ce n'était pas une mince affaire.

Pour commencer, il était censé s'allier avec Fen. Et puis ? Aucune idée. Avec un peu de chance, la solution se présenterait spontanément.

Tandis qu'il attendait que Cody et ses amis descendent de l'Avalanche – il n'avait pas eu le cœur d'y monter, ce soir-là –, il vit Fen passer devant Laurie d'un pas traînant, les yeux baissés, ses bottes frottant la sciure sur le chemin de la sortie. Il avait la mine de celui qui a passé une très mauvaise journée.

Matt se doutait que pour Fen, les mauvaises journées étaient la norme : ses parents étaient absents et il était hébergé en famille au coup par coup. Selon le père de Matt, la raison était que Fen était trop indiscipliné ; en vérité, c'étaient peut-être ces déplacements perpétuels, précisément, qui le déstabilisaient. Et toutes ces marques, ces bleus sur son visage… On disait que Fen résidait chez son cousin Kris, qui savait se servir de ses poings.

À force d'y réfléchir, Matt se trouva dans le bon état d'esprit pour discuter avec Fen. Pas pour parler du

Ragnarök ni du Serpent de Midgard, évidemment. Il aurait fallu être fou. Non, pour avoir une chance de faire passer Fen de son côté, Matt devait manœuvrer habilement. Par exemple, le croiser à la sortie, comme par hasard, le bousculer et lui proposer…

Matt regarda alentour. Un stand de beignets de saucisse. Oui, ça ferait l'affaire.

Il annonça à Cody qu'il se sentait patraque et préférait rentrer chez lui. Ensuite, il acheta deux beignets, tandis que Fen s'apprêtait à passer la porte. Matt trotta pour le rejoindre, mais il fut arrêté en chemin par une tante et deux cousins.

Quand il atteignit la sortie, Fen avait tourné à droite, longeant le parking en direction du terrain de foot. La nuit tombait et le soleil était presque couché, teinté d'un soupçon de jaune. Le vent semblait se lever, annonçant une nouvelle nuit froide.

Le Fimbulwinter approchait.

Frissonnant, Matt trotta vers Fen, qui avait disparu derrière un bosquet. Matt accéléra pour ne ralentir que près des arbres, au moment où il repéra Fen qui marchait mollement, juste devant.

– Hé, cria-t-il. Fen ? Attends !

Fen jeta un œil par-dessus son épaule. Puis il se retourna pour reprendre sa marche.

– Fen !

– Casse-toi, Thorsen.

Matt le dépassa pour lui tendre le plateau de beignets.

– Moi aussi, je m'en allais, et je me suis dit que tu voudrais peut-être ces trucs-là. Je les ai achetés mais je n'ai plus faim.

– Parce que j'ai une tronche à manger tes restes ?

– C'est pas des restes, protesta Matt. Je n'y ai même pas touché. Même le sachet de Ketchup est intact. Tu vois ?

– Et toi, tu n'en veux pas ? demanda Fen.

– Non. J'en ai eu envie, seulement, je me suis déjà gavé…

– Admettons.

Fen attrapa chaque beignet par la baguette et les jeta au loin.

– Ça fera plaisir aux corbeaux. C'est des charognards. Pas comme moi.

Fen contourna Matt pour repartir. Matt considéra les deux taches jaunes, au loin, et sentit son amulette chauffer. Offrir à manger à Fen n'était peut-être pas une bonne idée, mais de là à ce qu'il réagisse ainsi…

« Loki agira peut-être, peut-être pas. Cela dépendra de toi. »

Fen conduirait, ou non, les monstres vers l'ultime combat : la décision reposait sur les épaules de Matt. Il inspira profondément, accéléra et appela Fen. Soudain, une bourrasque le rendit muet et manqua de le faire tomber. Il se reprit et rejoignit une nouvelle fois le garçon, tout en restant derrière lui. Il remarqua :

– Ton visage est un peu marqué, on dirait ; tu as des bleus.

– Ah, tiens, je savais pas.

– À propos… (Matt se racla la gorge)… si tu as des ennuis, avec Kris ou je ne sais qui, il faut que tu en parles à la responsable, au collège. Personne n'est autorisé à te harceler. Tu as des droits.

Fen s'arrêta pour se tourner vers lui. Un souffle de vent lui rabattit les cheveux.

– Pardon ?

– Si quelqu'un te tape, tu dois le signaler à Mme Early. Elle peut t'aider. Il est interdit aux adultes de battre un enfant. Tu ne dois pas te laisser faire.

– Celui qui me flanque un coup, Thorsen, je lui en rends dix. Je me suis bastonné, OK ? Avec un type qui m'a rendu la pareille. Quelqu'un d'un peu plus costaud que toi.

Fen ne bouscula pas Matt, mais il s'en fallut de peu.

– Plus costaud que moi ? Tu te rappelles ce que je t'ai dit la semaine dernière, à propos de tes trous de mémoire ? C'est vraiment dommage que tu oublies tout, parce que je t'ai cogné, ce soir-là. Tu m'as sauté dessus mais tu n'as pas eu le temps de m'en coller une avant que je te fiche par terre. Et tu ne t'es pas relevé.

Fen fit un mouvement brusque en avant. Matt se plia, pivota et, d'un crochet du droit, fit vaciller Fen. Tout en le regardant se remettre d'aplomb, Matt se dit qu'il devait exister une meilleure méthode pour se faire un ami. Il posa les poings sur ses hanches et se tint immobile.

– Je ne veux pas jouer à ça, Fen.

– Sans blague ? Vu d'ici, c'est pas évident, répliqua Fen en chargeant.

Matt s'ordonna de ne plus lui rendre ses coups. De s'en tenir à des mouvements de défense. Hélas, comme le lui répétait souvent Forde, son entraîneur, il n'était pas doué pour la défense. Quand Fen le heurta, ils tombèrent tous les deux.

Fen était sur le point de l'attraper par les cheveux quand Matt lui prit le bras, comptant le retenir – seulement le retenir. Mais Fen se débattit si énergiquement, lui décocha tant de coups de pied, en grognant et en montrant les dents, que Matt n'eut pas le choix : d'un nouveau direct du droit, il l'envoya rouler sur l'herbe.

Alors une rafale le frappa si fort qu'il tomba lui-même à genoux. Il se releva péniblement, aveuglé, les yeux ruisselants. Quand ses larmes s'atténuèrent, il distingua quelques formes autour d'eux. Au moins quatre. Celle qui se trouvait au milieu le dominait.

Des adultes. Depuis le terrain de la fête, quelqu'un les avait vus se battre et s'était approché. Matt avait été surpris en plein combat contre Fen et son père allait le tuer sans lui laisser le temps de croiser le Serpent de Midgard...

Quand il serra les paupières, les silhouettes devinrent plus nettes. Ce n'étaient pas des adultes. Des enfants. Six enfants. Des sauvageons, certains en tenue militaire, d'autres en jean et tee-shirt déchiré. « Des scouts guerriers. » Une bande étrange de boy-scouts devenus racaille. Son père et ses adjoints les expulsaient à chaque fois qu'ils découvraient leur campement. Ils se comportaient comme de vieux guerriers vikings : ils faisaient une descente en ville pour voler tout ce qui était à portée de main, puis ils disparaissaient dans les bois.

Le plus âgé avait peut-être seize ans. Il portait un jean déchiré, des Pataugas et une chemisette moulante qui laissait à nu ses bras marqués de cicatrices. Le meneur. Forcément. Matt se tendit sans le quitter du regard. Hélas, c'était là l'effet recherché.

Le petit chef tendit la main pour attraper Fen par la peau du cou. Il se pencha, murmura quelques mots puis le jeta sur le côté. Fen heurta le sol et Matt fit un pas vers lui. Fen avait tenté de le tabasser, mais cela n'était plus d'actualité; Matt ne pouvait pas laisser ces gars, venus de nulle part, bastonner un garçon de Blackwell.

Dès qu'il esquissa un pas en avant, l'un d'eux bondit vers lui, à sa droite. Matt se plia et le frappa d'un crochet du gauche. Il entendit un claquement satisfaisant et un bougonnement de surprise, tandis que le garçon reculait. Matt bondit vers lui mais un autre lui sauta sur le dos.

Matt le tira par-dessus son épaule, constatant qu'il était étonnamment léger. L'ayant jeté au sol, il nota que c'était un garçon de dix ans, tout au plus. Il se figea sur place, un nœud dans l'estomac, prêt à s'excuser. Le gamin lui saisit la jambe. Matt tenta de se libérer tout en retenant ses forces. Quand on joue dans la cour des grands, on apprend vite qu'il suffit de bousculer un petit pour être convoqué, sermonné sur les dangers de la violence et exclu du collège.

Le gosse lui mordit le tibia à pleines dents. Matt hurla et voulut reculer d'un bond, mais un autre enfant le lesta. Il se retourna pour le repousser; c'était une fille. Quand il vit son visage, pourtant déformé par une vilaine grimace, sa main resta suspendue en plein mouvement. Cogner un enfant ? Une fillette ? Il n'était pas si bête.

Le vent revint lui piquer les yeux une nouvelle fois, et il vit confusément la fille s'envoler. Pendant une seconde, Matt pensa qu'il l'avait frappée malgré lui mais, entre deux battements de cils, il aperçut Fen qui envoyait à la petite un coup de poing dans le ventre avant de se tourner vers lui:

– Il faut que je te défende contre un gamin et une fillette! Franchement!

Il tendit le bras vers le garçon qui chiquait toujours la jambe de Matt mais, pour la troisième fois, il fut attaqué par-derrière. Fen le cogna et cria vers Matt :

– Passe au combat, Thorsen !

Matt secoua la jambe dans l'espoir de détacher le garçon. Dans son dos, un autre ricanait, se régalant du spectacle en attendant son tour.

– Thorsen ! insista Fen.

– Mais ce n'est qu'un…

– C'est un Guerrier ! hurla Fen.

Quand le petit se pencha pour le mordre une nouvelle fois, Matt lui prit le bras et le jeta sur le côté. Puis il leva les yeux vers leur meneur, qui souriait d'un air narquois. Aux pieds de Matt, un môme se tortillait frénétiquement, et à sa gauche, un autre s'apprêtait à foncer sur lui. Ce dernier avait presque son âge mais il était rachitique, nettement plus petit. Matt regarda une nouvelle fois leur chef, planté sur place, les bras croisés.

Matt passa à l'attaque. Il entendit Fen crier « non ! », sans en tenir compte. Pendant les tournois, Forde s'arrangeait toujours pour que Matt affronte en premier son adversaire le plus dangereux. Il faut braver les pires dangers quand on est encore frais. Si on remporte cette partie-là, on n'a plus qu'à faire face à des petites pointures qui viennent d'assister à la défaite de leur champion.

Quand il se jeta sur le chef des Guerriers, Matt nota qu'il était surpris. Il le percuta de plein fouet et le vit trébucher. Trébucher seulement, puis reprendre son équilibre. Matt parvint à esquiver le premier coup, pour recevoir ensuite le second sur la tempe, assez fortement pour lui tordre le cou.

Matt enchaîna les swings. Il combina trois coups, le dernier assez puissant pour faire décoller le garçon.

Tandis que le chef des Guerriers tombait, le vent se déchaîna au point de soulever Matt. Sa cheville flancha et il tomba sur le genou. Il tentait de se redresser quand...

Un grognement grave s'était élevé derrière lui.

Il leva la tête. C'était un loup, un loup géant, couvert d'un pelage roux et armé de crocs gigantesques. Quant au garçon qu'il avait envoyé au sol, il avait disparu.

Matt aurait pu se raconter que le loup avait surgi sans qu'il s'en doute tandis que le Guerrier s'éloignait mais, dès le premier regard vers les yeux de l'animal, il comprit. La bête et le chef des Guerriers ne faisaient qu'un. Ce garçon était un loup. Un loup accroupi, montrant les dents, prêt à bondir.

Il y eut un cri. Un long hurlement strident qui incita le loup à s'arrêter, lever le mufle et dresser les oreilles.

Ce n'était pas un cri. C'était une sirène. L'alarme qui annonçait les tornades.

En levant le nez, Matt constata que le ciel était devenu jaune. Au loin, à la fête, des cris et des appels s'élevaient tandis que la foule se pressait pour se mettre à l'abri. Puis, à l'extrême gauche, une forme sombre apparut sur le fond jaune du ciel. Le cyclone. Il n'était pas encore au niveau du sol mais les nuages agglutinés semblaient tomber à chaque seconde.

Un mugissement incita Matt à se retourner vers le loup. Non, ce n'était pas la bête qui avait grogné ; c'était le vent qui produisait des sons stridents, aussi aigus et puissants que la sirène.

Matt chargea. Il infligea au loup un crochet du droit sur sa tête. L'animal oscilla d'un pas, son équilibre renforcé par ses quatre pattes. Puis il bondit, les dents luisantes. Matt le freina d'un uppercut. Il y eut un glapissement, mais cette fois, le loup trébucha à peine et revint à l'offensive. Sous le choc, Matt tomba en arrière, le loup sur son torse. Il lui saisit le museau dans l'espoir de maintenir loin de sa gorge les crocs de l'animal, qui grognait et grondait férocement. Il tenta de lui lancer un coup de pied à l'abdomen, mais sa jambe ne répondit pas.

D'un coup, quelqu'un frappa le loup assez fort pour dégager Matt, qui se releva et le poursuivit. Son sauveur l'imita et ils parvinrent à attraper l'animal pour tenter de le plaquer au sol. Alors seulement, Matt constata que celui qui était venu à la rescousse, c'était Fen.

– Attaquer un loup ! protesta-t-il tandis qu'ils luttaient. Faut vraiment être taré pour…

Le vent emporta la fin de sa phrase.

Matt regarda le terrain de sport. La tornade rasait le sol. Il fallait conclure et se mettre à l'abri. Tout de suite.

Avec un sursaut d'énergie, le loup rua. Matt perdit pied et trébucha. Fen resta allongé sur le cou de la bête.

– Utilise ton pouvoir ! cria Fen.

– Quoi ?

– Ton… (Fen grimaça, mécontent, tout en luttant pour ne pas tomber du dos de l'animal.) Ton pouvoir ! Celui dont tu t'es servi contre moi.

Comment Fen savait-il… ? Aucune importance.

Matt serra son amulette. À peine tiédie depuis le début du combat, elle n'était qu'une masse de métal froid dans sa main. Quand il ferma les yeux pour se concentrer, quelque chose lui heurta le dos. Un gros bout de bois frappa le sol. Une feuille de journal s'enroula autour de son bras. Ce qui lui tomba dessus, ensuite, ce ne fut pas un débris mais un Guerrier. Matt lui asséna un coup de poing avant de se retourner, juste à temps pour voir le loup repousser Fen.

L'animal scruta Matt. Leurs regards se fondirent. Le loup retroussa ses babines et gronda. Le son fut recouvert par celui des sirènes et pourtant, Matt aurait juré qu'il avait senti le grognement vibrer dans les airs. Il ne détacha pas ses yeux de ceux du loup. Cela déplaisait à la bête, qui mordait à vide tandis que Matt gardait la tête haute. Quand elle s'accroupit, Matt leva le poing, prêt à…

Une ombre noire sauta sur le dos du loup. Matt eut à peine le temps de l'apercevoir : les deux bêtes tombèrent et roulèrent dans l'herbe. Il ne voyait plus que du pelage – du brun et du noir.

Deux loups. Le gros brun et un autre, plus petit et noir. Matt regarda l'endroit vers lequel Fen avait été projeté. Il n'y avait plus personne.

Loki. Le fripon divin. Celui qui changeait de forme.

Fen était un loup. Comme chacun de ces enfants – même si c'était impossible. Selon les Thorsen, les Brekke ignoraient leurs pouvoirs. Or, on ne peut pas utiliser un pouvoir si on l'ignore.

Il observa les loups une fois encore.

Apparemment, les Thorsen ne savaient pas tout.

Matt courut vers le chef des loups. Un autre Guerrier lui coupa le chemin. C'était le petit jeune de tout à l'heure ; Matt avait mis de côté ses hésitations sur l'honnêteté au combat. Il infligea au gamin un coup de poing dans l'estomac, puis un uppercut sur la mâchoire, avant de le pousser sur le côté.

Le gros loup avait cloué Fen au sol et ses crocs s'approchaient de son cou. Matt lui sauta sur le dos. L'animal se cabra. Matt se retint en saisissant deux poignées de poils, mais c'était tout ce qu'il pouvait faire. Il n'avait ni griffes ni crocs, et sa position ne lui permettait pas de frapper efficacement l'animal. Que cette bête lâche Fen ! C'était son seul but.

Quelque chose filait vers eux aussi vite qu'une pierre. Une branche, un…

– Fais gaffe ! cria-t-il à Fen en sautant par terre.

Il heurta violemment le sol. Il y eut un piaillement et Matt roula sur le côté juste à temps pour voir le loup vaciller et un tuyau sectionné tomber sur l'herbe, tout près de lui. La bête grogna et voulut charger ; elle ne put que trébucher et basculer en avant, l'oreille ensanglantée, avant de s'effondrer, inconsciente.

Fen se leva d'un bond et se plaça avec Matt face aux autres Guerriers, qui avaient assisté en retrait au combat de leur chef. La moitié d'entre eux s'étaient transformés en loups, et ils serraient les rangs en grondant et bavant, les yeux luisants.

Une forme sauta sur l'un des Guerriers encore humains. C'était Laurie. Le Guerrier la saisit et la repoussa. Deux des loups assaillirent Fen. Le plus gros visa Matt, qui se déroba pour courir vers Laurie. Il prit de côté l'attaquant de la fille et lui barra la route.

Il tendit la main vers Laurie pour l'aider à se lever.

Elle le repoussa d'un geste et répliqua :

– Je n'avais pas besoin de toi.

– C'était pour…

– Je suis ici pour vous aider, pas pour être sauvée, trancha-t-elle.

Matt n'eut pas le temps de répondre : le plus grand des Guerriers l'atteignit et l'adversaire de Laurie se remit sur pied. Matt parvint à maîtriser le sien, Laurie semblait en bonne voie mais, tandis qu'il s'apprêtait à l'aider, une main lui prit l'épaule.

Matt se retourna, le poing levé. Fen avait repris sa forme humaine. Il avait le doigt tendu vers l'est : la tornade approchait. La forme sombre soulevait un nuage de débris, ce qui la décuplait.

– Faut qu'on se sauve, avertit Fen.

– Hein ? Non. On est… (Il donna un coup de poing à son agresseur.) On est bien, là. La tornade…

– C'est pas la tornade que je te montre, coupa Fen en évitant un coup.

Il désigna l'est une fois de plus, et Matt distingua enfin un groupe qui courait. Vers eux. Le renfort des Guerriers. Il perçut un vague grognement à sa gauche ; le gros loup se relevait.

– On décampe ! insista Fen en le poussant dans le bon sens avant de se diriger vers Laurie.

Matt se tourna vers elle pour l'aider, mais elle avait terrassé son assaillant. Fen lui saisit la main pour courir vers la fête foraine. D'un dernier coup d'œil, Matt considéra la tornade, les Guerriers et le loup géant.

« À ce train-là, j'aurai de la chance si je survis jusqu'au Ragnarök », pensa-t-il. Et il partit comme un bolide derrière Fen et Laurie.

9

LAURIE

AU CŒUR DE LA TORNADE

Laurie se libéra du bras de Fen. Ils couraient sous une averse de grêlons. Ils savaient fuir devant une tornade, mais une tornade doublée d'une meute de loups ? C'était très différent.

– On ne doit pas se séparer, lança Fen malgré le vent.

Il lui reprit la main en passant ses doigts entre les siens. Une nouvelle fois, elle se libéra vivement.

– Si c'est ça, prends la main de Matt ! cria-t-elle.

Sa bouche s'emplit de la sciure que le vent faisait virevolter.

Alors qu'il était de sa famille, son meilleur ami, il lui avait menti ! « Fen est un loup ! Comment a-t-il pu me le cacher ! » Elle sentit les larmes lui monter aux yeux malgré les coups de fouet de la tornade.

Parmi les cris et les hululements, elle avait du mal à différencier les appels des loups, les sirènes d'alarme et le bruit de la bourrasque. Elle devait échapper à tous ces dangers à la fois. Chez elle, elle serait descendue au sous-

sol. Là, elle ne savait pas trop quoi faire ; heureusement, Matt semblait agir selon un plan. Jamais elle n'aurait imaginé qu'elle suivrait un Thorsen, et pourtant ils étaient devenus alliés : eux trois contre les loups.

– Par ici ! ordonna Matt en désignant le drakkar.

Se réfugier en hauteur semblait ridicule, et pourtant le navire les protégerait de la grêle, des chutes d'objets, peut-être même des loups. En revanche, il ne leur serait d'aucun secours contre la tornade, qui rugissait affreusement. Ils prenaient le risque de tomber de plus haut.

– On va y entrer !

Matt escalada le flanc du bateau et tapa un code sur une boîte de sécurité fixée au mur. Quand elle s'ouvrit, il en tira une clé.

– Venez.

« Fen va-t-il le suivre ? » Laurie en doutait, et elle-même se sentait déchirée. Elle avait beau être furieuse contre lui, Fen était toujours Fen, et Matt était celui qui l'avait frappé, devant ce même drakkar. « Ça aussi, c'est de la magie ? » Elle avait l'impression d'être idiote. Ils en savaient plus qu'elle, tous les deux. Elle comprenait mal ce qui se passait, et les seules personnes capables de lui expliquer la situation étaient face à elle. Une bouffée de colère et de douleur l'envahit.

Elle ignora la main que Matt lui tendait pour l'aider à escalader la coque, et ne dit pas un mot quand Fen monta juste après elle. Couchés sur le ventre, le plus bas possible, ils traversèrent le pont du drakkar. La coque coupait le vent et les cachait aux yeux des loups.

Matt tripatouilla la serrure, bien trop longtemps selon Laurie.

Le vent soulevait leurs cheveux et leurs vêtements, la pluie et la grêle les mitraillaient. Quand elle ouvrit la bouche pour crier « Dépêche-toi ! », l'air lui coupa le souffle. Alors elle serra les dents.

Derrière elle, elle sentit Fen s'approcher. Il s'était placé là pour la protéger des branches cassées et des grêlons. Ses lèvres étaient donc juste derrière les oreilles de Laurie.

– Je voulais t'en parler, avoua-t-il. Mais c'était interdit.

Elle ne répondit pas. Tôt ou tard, il faudrait qu'ils discutent – qu'ils s'engueulent, plutôt – mais pour le moment, elle ne pouvait rien articuler. Sinon, elle se serait mise à pleurer, et il n'était pas question de se transformer en mauviette devant tout le monde.

Matt se tourna pour leur parler mais tout ce qu'elle entendit, ce fut : « … Fen de tirer. »

– Hein ? cria Fen.

– Tire ! cria Laurie.

Fen regarda derrière lui puis hocha la tête, apparemment satisfait par ce qu'il venait de voir – ou de ne pas voir.

Quand le cousin de Laurie tendit le bras, elle regarda elle aussi derrière et constata que personne ne les avait rejoints dans le bateau. Elle ne comprenait pas où étaient passés les loups mais, au moins, ils n'étaient plus là. Par prudence, ils s'étaient peut-être mis à l'abri, eux aussi.

À eux deux, Matt et Fen se mirent à tirer la porte assez fort pour l'ouvrir. Matt tenait la poignée, les bras tendus, tandis que Fen plaquait le pied sur le mur, et ils réussirent. Fen fit un mouvement de tête et Laurie n'eut pas besoin d'entendre ses mots pour comprendre qu'il lui disait quelque chose comme : « Vas-y la première. »

Elle entra tant bien que mal, à tâtons dans le noir, et fut aussitôt bousculée par-derrière.

– Désolé, grommela Matt, qui l'avait rattrapée. Il y a des marches. Fais attention.

La porte se referma en claquant et ils furent plongés dans le noir. Laurie avait déjà aperçu l'escalier. Les trois jeunes gens étaient sur un palier étroit et, un pas devant eux, les marches descendaient vers le fond du navire, encore plus obscur.

– Combien de marches ? demanda-t-elle à Matt.

– Une douzaine. Tu n'as qu'à me suivre.

– Tu n'y vois pas mieux que moi !

Elle roula des yeux, même si aucun des deux garçons ne pouvait s'en apercevoir. Les garçons avaient tous des préjugés ridicules sur les capacités des filles. Elle ne savait peut-être pas boxer – ni se transformer en louve – mais elle était au moins aussi habile qu'eux pour descendre cet escalier. À moins que…

– Dites donc, vous deux, vous voyez dans le noir ?

Fen pouffa.

– J'ai une vision supérieure à la moyenne, admit-il, mais là, dans le noir absolu, il faudrait être un loup.

– Ben voyons, murmura-t-elle.

L'étrangeté de… de tout ce qui s'était passé ce jour-là, en vérité, la fit rire un instant mais elle s'arrêta aussitôt. Fen était irritable même quand tout allait bien, et là, il imaginerait probablement qu'elle se moquait de lui. Son rire se transforma en petit cri.

– Tu t'es fait mal ?

Elle le connaissait assez bien pour deviner qu'il était inquiet pour elle, mais qu'il ne voulait pas le laisser paraître devant Matt.

– Ça va, répondit-elle.

Elle soupira. Parfois, elle avait du mal à rester fâchée contre lui. Il s'était donné pour mission de la protéger, de répondre présent dès qu'elle aurait besoin d'aide. Il était à la fois son meilleur ami et son frère. Elle s'efforça de repousser la douleur.

– J'aurai des bleus, voilà tout. Enfin, il me semble. Et vous ?

Matt haussa les épaules.

– C'est comme quelques rounds sur le ring. Rien de bien méchant.

– Ben voyons…, dit Fen d'un ton moqueur.

Sans relever, Matt reprit :

– Tâte le sol du bout du pied. On est juste derrière toi.

– Laisse-moi passer, ordonna Fen. Je vais prendre la tête, des fois que…

– C'est bon, j'y suis, coupa Laurie.

Si elle voulait qu'il arrête de toujours la protéger, elle devait prendre les devants.

Compte tenu de l'obscurité de la tempête, au-dehors, et de l'absence de lumière dans la coque, il ne lui restait que le toucher pour se guider. Elle descendit l'escalier en comptant les marches.

– Douze, annonça-t-elle en arrivant.

Elle entendit les garçons venir jusqu'à elle. Ils restèrent tous un moment dans le noir, sans rien dire. Derrière et au-dessus d'eux, Laurie perçut le fracas des objets qui se brisaient sur le bois de la coque, plus les rugissements de l'orage. Elle n'était pas certaine que les garçons aient peur eux aussi. Par contrecoup, une fois à l'abri de la tornade et des loups, elle frissonna en comprenant ce qui aurait pu leur arriver. « Nous sommes sains et saufs, s'assura-t-elle. Jusqu'ici, tout va bien. »

Elle palpa autour d'elle, les bras tendus, ne sachant ce qui se trouvait là. Était-ce un entrepôt ? Allait-elle faire tomber des objets ? Dans un cas comme dans l'autre, voulait-elle vraiment farfouiller dans le noir, puis reprendre le chemin à l'envers pour retrouver l'escalier, à la fin de la tempête ? En fin de compte, elle resta sur place.

Attendre dans le noir tandis qu'une tempête ravageait l'extérieur, c'était pénible. Les tornades étaient plus effrayantes que les tempêtes de neige. Des tempêtes de neige, il y en avait aussi, dans le Dakota du Sud, mais leurs conséquences se réduisaient à l'annulation ou au report des cours. Parfois, l'hiver, le vent soulevait la neige et le paysage devenait blanc. C'était justement ça, la différence : cela avait lieu dehors, quand elle était en sécurité entre quatre murs. Les tornades, c'était autre chose. Être à l'intérieur n'était pas une garantie de sécurité, puisque le phénomène était assez puissant pour détruire des bâtiments. Elle frémit.

Fen passa aussitôt un bras autour d'elle.

– Ça ira. On s'en sortira.

Elle acquiesça puis murmura :

– Je suis furieuse contre toi.

Il râla et, sachant qu'il prenait parfois la forme d'un loup, elle se demanda s'il n'avait pas plutôt grogné.

– Il y a des règles à respecter, expliqua-t-il. Je ne pouvais rien te dire avant ta première transformation.

Elle demanda d'une voix posée :

– Tout le monde se transforme, dans la famille ?

Fen resta muet une minute.

– Non, finit-il par dire. Seulement certains d'entre nous.

Il lui donna un petit coup de tête et, pour la première fois, elle interpréta ce geste comme celui d'un animal. Elle ne savait pas si tous les Brekke agissaient de cette façon, car jusque-là, elle n'avait pas fait le rapprochement. Cette façon d'exprimer son affection était celle d'un animal. Constatant qu'elle ne réagissait pas, Fen ajouta :

– Ne te fâche pas. D'accord ?

La voix de Matt lui évita de répondre.

– On peut s'asseoir ici.

Ils n'auraient pas su dire combien de temps ils attendirent. Ils étaient trempés, ils avaient froid et, quand la tempête prendrait fin, ils devraient encore affronter les loups-garous – d'ailleurs, étaient-ce des loups-garous ? Ou des loups tout court ? Le mot importait peu, se dit Laurie.

– Donc, tu fais partie des Guerriers, toi aussi ? Comme tous les autres, hein ? Tous les Guerriers sont des loups.

– Moi, je ne fais pas partie de leur clan, cracha Fen. J'obéis à mes propres règles, pas aux leurs. Ce sont des *wulfenkinds*, et je ne compte pas les rejoindre. Je paye mes impôts… et les tiens, justement pour me tenir loin d'eux.

– Quels impôts ?

Elle le sentit hausser les épaules tandis qu'il se contentait de répondre :

– Ce n'est pas grand-chose. Quand on saura si tu es destinée à évoluer, tu choisiras entre payer, les rejoindre ou rester solitaire – comme oncle Stig.

– Mon père est… C'est pour ça qu'il n'est jamais là ?

Laurie voyait ses certitudes lui échapper. La situation n'en serait peut-être pas plus nette, mais elle comprenait beaucoup de choses maintenant qu'elle connaissait le secret de la famille.

– Il aurait donc pu payer pour rester avec nous ? Pourquoi a-t-il…

Elle se tut. Dans l'immédiat, son père n'était pas un sujet essentiel. Elle ajouta néanmoins :

– Je ne les rejoindrai pas. Tu peux en être sûr. Et toi non plus, Fen Brekke. Tu crois que je suis fâchée, là ? Rejoins-les, et tu verras jusqu'où je peux aller.

Sans répondre, il lui donna un petit coup de coude. Elle venait de lui avouer qu'elle tenait à lui. C'était tout ce dont il avait besoin quand il était inquiet : savoir qu'elle l'aimait.

Un *clic* résonna dans le noir, suivi d'un filet de lumière. Fen tenait un briquet. Il n'avait pas dit « Changeons de sujet », mais cela revenait au même.

– Tu as trouvé ça où ? demanda Matt.

Fen ne répondit pas.

La flammèche émettait une lueur faible mais suffisante pour que Laurie distingue des tas de caissons et une collection de toiles d'araignées. Rien de bien passionnant. Le briquet s'éteignit.

– Vous avez vu des bougies ? demanda Matt. Ou une lampe à huile ?

– On pourrait mettre le feu à une caisse, proposa Fen.

– N'y pense pas, objecta Matt. Passe-moi le briquet, je vais voir si…

– C'est ça ! Tu rêves, Thorsen.

– Si on doit faire équipe…

– Je n'ai jamais négocié ça, coupa Fen. Je t'ai sauvé de l'offensive des Guerriers, mais ça ne veut pas dire…

– Tu m'as sauvé, hein ? On n'était pas dans la même bataille, alors !

– Arrêtez, bon sang ! coupa Laurie. Vous êtes chacun plus fort que l'autre. Maintenant, est-ce qu'on reste ici en attendant que les monstres…

– Les loups, grommela Fen. Pas les monstres.

– Puisque tu ne m'as jamais rien expliqué, comment je pourrais le savoir ? En plus, ils n'ont pas été tendres, si ? Comment aurais-je pu deviner ton comportement en tant que loup, puisque tu me caches tout depuis toujours ?

Elle ponctuait ses phrases de petits coups de poing.

Fen ralluma le briquet pour la regarder.

– Tu m'as menti, conclut-elle, les bras croisés.

– Euh… Si on s'organisait ? rappela doucement Matt, sans attendre que leur échange de regards foudroyants se transforme en méchante dispute. Laurie a raison. Nous devons réfléchir. (Il fit une pause.) Ça va vous sembler délirant, mais il faut qu'on fasse équipe. Résumé du scénario : le Ragnarök approche. Nous allons réunir les autres descendants des dieux. On en a déjà deux : moi, je joue le rôle de Thor et Fen incarne Loki. C'est ce que les Nornes m'ont révélé ce soir.

– Les Nornes ? coupa Laurie.

– Les dames qui gèrent le destin de chacun d'entre nous, expliqua Matt. Quand je leur ai parlé, j'ai appris que je devais discuter avec Fen.

Il se tut, reprit son souffle et ajouta :

– Écoutez, je sais que Loki et Thor ne s'entendent pas toujours, selon les mythes, mais au moins, ils vont dans le même sens. Fen, tu descends de Loki, donc je suppose que tu le sais.

Le briquet s'éteignit. Laurie en fut soulagée : les garçons ne constateraient pas qu'elle était sous le choc. « Loki ? Le dieu Loki ? Celui des mythes ? » Elle se pinça le bras pour s'assurer qu'elle n'avait pas replongé dans son rêve de poisson. La douleur lui démontra qu'elle était bien éveillée – et, apparemment, descendre d'un dieu n'étonnait personne, sauf elle.

– Oui, et je sais aussi que les Thorsen sont persuadés que nous n'en savons rien, riposta Fen. Ce que tu ignores peut-être, toi, c'est que certains d'entre nous ont conservé les capacités de métamorphose de Loki. Nous savons nous transformer en loup, rien de plus, mais de toutes ses formes, c'est la plus utile.

Matt prit le temps de digérer cette phrase.

– Donc, conclut-il, nous devons trouver les autres descendants pour arrêter le Ragnarök. Si nous ne faisons rien, ce sera la fin du monde. Ils ne sont pas à Blackwell, nous devrons aller au-devant d'eux. Tu viens avec nous ?

Laurie se retint de craquer en les écoutant. Elle avait du mal à digérer que Fen lui ait caché ses capacités de loup, et Matt venait de mentionner une divinité et une histoire de fin du monde. Elle avait cru que la plus rude épreuve, pour eux, serait de réparer le vol d'un bouclier. Or, ces nouveaux problèmes étaient nettement plus lourds. Quand elle parvint enfin à parler, elle demanda :

– Pourquoi ces loups nous ont-ils attaqués ?

Ni l'un ni l'autre ne s'empressa de lui répondre. Enfin, Matt avança une hypothèse :

– Ils savent peut-être que nous incarnons les dieux.

– Ou alors ils cherchaient la castagne, tout simplement, ajouta Fen. Tu es un Thorsen ; cela fait de toi l'ennemi des *wulfenkinds*.

– Je ne suis pas ton ennemi, Fen.

En réaction, Fen ralluma le briquet.

– Donne-moi une raison de croire tout ce que tu racontes.

– Je ne mens jamais, assura platement Matt.

– Fen, commença Laurie, je crois que nous pouvons lui faire confiance.

La lumière faiblit.

Laurie était certaine que Matt disait la vérité. Selon elle, ce qu'il expliquait tenait debout. Il était aussi facile de le croire que d'admettre que Fen et elle descendaient du dieu Loki, disparu depuis une éternité. Elle ne savait pas bien pourquoi elle en était si sûre : c'était comme ça. Il lui restait à convaincre son cousin, si têtu. Avant qu'elle parle, Fen déclara :

– Bon. Puisqu'il faut choisir entre faire équipe avec toi et assister à la fin du monde, je vais faire un effort pour te supporter.

Laurie le savait, Fen faisait tout pour paraître détaché. Mais elle le connaissait. Il avait parlé du ton qu'il adoptait quand il s'apprêtait à faire une bêtise monumentale. Il s'attendait à vivre un événement délirant ou dangereux. Sa phrase suivante démontra d'ailleurs qu'il s'imaginait avoir des ennuis en se joignant à Matt :

– Pour commencer, on va raccompagner Laurie chez elle, et ensuite…

– Tu plaisantes ?

D'un coup, Laurie sentit remonter sa colère et sa frustration. Elle le poussa si fort qu'il bascula sur le côté. Fen ralluma le briquet pour la dévisager.

– Pas question ! dit-elle d'un ton mordant. N'y pense même pas ! Je ne resterai pas confinée chez moi.

Il se redressa, le briquet tremblotant, pour essayer de la raisonner.

– Voyons, Laurie. Tu n'as pas ta place dans cette aventure. C'est dangereux et tu n'as aucun moyen de te protéger. (Il tapa Matt sur le bras.) Thorsen a son marteau magique, là. Moi, j'ai des dents et des griffes. Toi, tu n'es qu'une fille, et si tu es blessée, oncle Stig me tuera.

– Tu n'iras nulle part sans moi, insista Laurie.

Fen comptait la protéger en la laissant derrière lui, mais pour sa part, elle estimait que, sans elle, il ne serait pas en sécurité. Compte tenu de son tempérament et de sa témérité, il ne pourrait jamais collaborer avec Blackwell. Sur la route, pourchassé par d'autres loups ou dieu sait quoi – dieu sait qui ? –, il serait exposé à des ennuis qu'elle ne voulait même pas imaginer.

La flamme du briquet s'évanouit.

– Pourquoi prendrais-je le risque de te voir blessée ? demanda Fen.

Elle perçut dans sa voix la peur qu'il croyait toujours cacher, mais cela n'avait pas d'importance. Elle ne laisserait pas la peur – ni celle de Fen ni la sienne – la freiner. Il avait besoin d'elle.

Laurie s'efforça de trouver une riposte. Elle avait l'impression qu'il lui manquait un argument imparable, et elle le trouva soudain.

– J'ai rencontré Odin, avoua-t-elle. Oh, sur le moment, je l'ai pris pour un fou, et pourtant c'était lui. Tu te souviens, je te l'ai même raconté : un inconnu est venu me parler comme s'il me connaissait.

Elle leur rapporta sa discussion avec Odin, étonnée que Fen reste silencieux même quand elle eut terminé.

– Fen ?

Une fois de plus, il tourna le bouton du briquet.

– Je reste avec toi, Fen, insista-t-elle. Je saurai reconnaître Odin, et il m'a affirmé qu'on se reverrait ; c'est bien la preuve que je suis censée te suivre.

Quand Fen ouvrit la bouche, sans doute pour faire une objection, elle croisa les bras sur sa poitrine et formula la seule menace qu'il ne pouvait pas ignorer :

– Imagine que les Guerriers reviennent et me trouvent ici toute seule. Ils savent qui je suis, et je ne suis pas une louve. Comment pourrais-je leur résister ?

– Je ne vois pas le problème, intervint Matt. On peut s'occuper d'elle.

– Vous occuper de moi ? cracha Laurie.

– Oui, railla Fen. Si tu viens avec nous, tu resteras sur le bord de la route lors du prochain combat. Admettons qu'ils soient dehors, juste au-dessus : pendant qu'on s'occupera d'eux, Thorsen et moi, tu resteras cachée ici. C'est plus sûr.

– Plus sûr ? répéta Laurie. As-tu écouté le moindre mot de ce que je viens de dire ?

– J'étais aussi attentif envers toi que toi, envers moi.

Un silence tendu flotta un moment. Enfin, Matt nota :

– La tornade s'est calmée, on dirait. Sortons d'ici.

Ils reprirent l'escalier prudemment, Matt le premier et Fen derrière Laurie.

Arrivés en plein air, ils observèrent les ravages alentour. Sur le flanc du navire, plusieurs boucliers étaient déformés. Des arbres étaient déracinés. Une voiture avait été retournée. Le panneau de stop, au croisement, s'était rabattu vers le trottoir.

Laurie ne vit aucun loup, mais les gens réapparaissaient déjà et elle se demanda lesquels allaient peut-être se transformer. Fen ne l'avait pas officiellement autorisée à les suivre, Matt et lui, et elle savait bien qu'il ne deviendrait pas conciliant du jour au lendemain. Elle déclara en le regardant :

– Filons d'ici avant que les loups ne nous retrouvent. On passera chez nous pour prendre des vêtements et nos économies, et ensuite on décidera où aller. (Elle consulta Matt, qui se tortillait sur place.) Bon, si tu veux aller en parler à ton père, on peut…

– Non, coupa-t-il. C'est juste que… je ne peux pas rentrer chez moi.

Laurie et Fen échangèrent un regard.

– Tu es un Thorsen, affirma Fen. Tu passes la porte, tu ramasses tes affaires et tu racontes que tu vas t'entraîner au stade, par exemple. (Il secoua la tête.) Tu n'as encore jamais menti, j'en suis certain, mais je peux t'apprendre. C'est aussi facile que de tomber de son trône.

Laurie retint un soupir de soulagement. Si Fen se concentrait sur Matt, cela voulait dire qu'il cessait de discuter avec elle. Elle compatissait un peu pour Matt, qui devrait affronter les railleries de Fen, mais cela lui évitait d'être laissée sur le carreau.

– Je sais mentir, Fen, répondit Matt. C'est juste que… Ma famille… (Il inspira un bon coup.) Ils ne comptent pas vraiment sur moi pour tuer le Serpent de Midgard. Ils s'attendent à me voir mourir. Et apparemment, ça ne les empêche pas de dormir.

Plus personne ne parla pendant un moment. La grossièreté de Fen s'effaça et Laurie ne trouva rien à dire. Les

Thorsen étaient des gens exemplaires. Matt avait une famille, une grande famille, qui le traitait comme un enfant parfait. Elle répéta d'une voix prudente :

– Ils acceptent que tu meures… ?

– Selon eux, c'est moi qui arrêterai le Ragnarök, mais j'ai entendu mon grand-père, sans qu'il s'en doute…

Après une pause, il s'expliqua très vite, enchaînant les mots sans quitter des yeux ses deux camarades.

– Tout à l'heure, j'ai vu une Norne. Mon grand-père et le conseil municipal attendent le Ragnarök. Grand-Papa veut que j'affronte le Serpent de Midgard. Il voudrait que j'en sorte vainqueur – pour empêcher les monstres de régner –, tout en comptant sur ma disparition, comme dans le mythe. Cela sonnerait le début d'une période glaciaire lors de laquelle le monde renaîtrait, tout frais, tout neuf.

– Après la mort de toute l'humanité… C'est tordu, coupa Fen.

Il secoua la tête avant de dire à Laurie :

– On passe chez toi en premier. C'est plus près. Nous deux, on t'attendra dehors. Tante Janey ne te laisserait aller nulle part avec moi. Ensuite, on ira chercher mes affaires chez Kris.

Ils n'auraient pas dû s'inquiéter : la mère de Laurie n'était pas chez elle. Laurie lui laissa un mot et ils prirent le chemin du garage. Quitter Blackwell était angoissant, mais les autres descendants étaient absents – contrairement aux Guerriers. Le problème principal, c'était que la famille de Matt espérait la fin du monde. Il fallait partir.

Cela n'empêchait pas Laurie d'être tendue et certaine que les garçons l'étaient aussi.

Quand ils furent équipés de leurs sacs à dos et de deux duvets dénichés dans le garage de Kris, elle leur demanda :

– Alors, où on va ?

Ils échangèrent un regard sans rien dire. Dès le départ, ils allaient à l'aveuglette. Ils n'avaient pas la moindre idée de ce qu'ils devaient faire. Eux, simples enfants, étaient censés tout mettre au point… parce que Matt avait dit que sa famille et deux bonnes femmes comptaient les envoyer en mission contre des monstres, Fen et lui. C'était n'importe quoi. Aucun d'eux n'osa le dire tout haut, mais Laurie était persuadée qu'ils pensaient comme elle.

« Fen se transforme en loup. »

Ce détail essentiel démontrait que cette histoire était réelle et les empêchait de voir les choses comme une énorme plaisanterie. Les autres « preuves » n'étaient que les intuitions de Laurie et une conversation avec un garçon aux cheveux bleus. Cela ne pesait pas lourd. La mutation en loup, elle, était réelle. Elle l'avait vue.

Au bout d'un moment, Matt dit :

– Je suis cap'.

– C'est çaaaa…, se moqua Fen. On a déjà décidé, tu te souviens ?

– Je parle d'autre chose, répondit Matt. Je pourrais peut-être… (Il se redressa.) Oui, je vais parler à mes frères. Ils sont sûrement au courant. Ils sont intelligents. Ils m'aideront.

– Tu en es certain ? demanda Laurie.

Matt opina. Elle ne le croyait pas et, à en juger par l'expression de son visage, Fen non plus.

– Je t'accompagne, annonça Fen. Toi (il désignait Laurie), tu restes cachée, au cas où les Guerriers reviendraient.

Elle voulut protester, mais elle savait que Fen trouverait toujours un prétexte pour la laisser en retrait. Elle hocha tout doucement la tête.

– D'accord.

« Pour une fois, ajouta-t-elle mentalement, je vais attendre en secret. »

Fen et Matt semblaient tendus, même s'ils se retenaient de le montrer. Ils devaient exécuter un plan. Pour le moment, cela devrait suffire.

« Ça va être un désastre. La fin du monde aura lieu parce que nous ne savons pas quoi faire. »

10

◆

MATT

LA PEUR NOCTURNE

Matt, au coin de la rue, regardait sa maison. Pour la première fois de sa vie, il remarqua qu'elle était semblable aux autres pavillons du quartier. Ils étaient de couleurs différentes mais, à ce détail près, ils étaient identiques : c'étaient des maisons à deux niveaux, avec chacune son petit garage et son gazon taillé au millimètre, et parfois les mêmes fleurs en train de faner sur des parcelles de la même surface.

– Vas-y, ordonna Fen tout bas. On ne va pas y passer la nuit.

Matt tenta de bouger mais ses pieds étaient en plomb. Il mourait de honte. Quel champion était-il, pour craindre sa propre famille ? Ce n'était pas nouveau mais tout lui semblait différent. Peut-être à cause de la présence de Fen, il se sentait incité à considérer les choses d'un autre point de vue : un lot de jolis pavillons bien rangés. Une famille ordinaire logeait dans le troisième. Rien de spécial. Pas de quoi trembler. Surtout pour un enfant destiné à lutter contre un serpent géant.

Il inspira profondément et imagina Jake dans la même situation. « Agis comme un homme », dirait-il, selon son habitude, avec une expression qui semblait contredire leur fraternité.

Comme un homme. Matt ne savait pas trop ce que cela signifiait, et pourtant il était certain que Fen allait le scander lui aussi. « Au lieu de traîner les pieds comme un bébé, agis donc comme un homme ! »

Matt se redressa et avança.

– Attends, dit Fen.

Il était encore plus irritable depuis que Laurie n'était plus avec eux.

Matt l'ignora. Pas par bravade, non, mais parce qu'il s'était mis en marche et devait tenir son rythme, sous peine d'être encore planté au coin de la rue le lendemain matin.

– Attends, je te dis !

Fen bondit devant Matt en râlant. Sans tourner la tête, il fit un petit signe vers la droite et la gauche. « Comme un loup, se dit Matt. Qui flaire l'ennemi. »

– Recule, ordonna Fen.

– Hein ?

Fen le foudroya du regard et le poussa vers le coin de la rue, derrière le garage des Carlsen.

– Il y a des Guerriers, annonça-t-il.

– Hein ? répéta Matt avant de se taire, de peur de se ridiculiser complètement.

Sa voix baissa d'une octave comme celle de Jake, parfois.

– Les Guerriers sont dans le coin ?

– Ils surveillent la maison. Il faut partir.

Intérieurement, Matt nota que c'était précisément ce qu'il espérait. Pas la peine d'aller chercher du matériel chez lui. Il porterait la même chemise et le même blue-jean pendant une semaine s'il le fallait, si cela lui épargnait un affrontement avec sa famille.

« Froussard. »

Il scruta les alentours.

– Je t'ai dit…, commença Fen.

– C'est bon, je jette un coup d'œil.

– Tu ne me crois pas ?

– Si, mais je…

– Qui a une meilleure vision nocturne, dis-moi ? demanda Fen d'un ton qui ressemblait fort à un grognement d'avertissement.

– Je sais, je…

– Regarde derrière chez toi. Du côté du garage.

Matt observa et aperçut un jeune Guerrier caché dans la pénombre.

– Ils sont trois, précisa Fen. Peut-être plus. Skull n'est pas avec eux, cette fois.

– Skull ?

– Leur chef. Il était sur le terrain, tout à l'heure.

– Bon.

Matt, en songeant au plus grand des Guerriers, fut soulagé de savoir qu'il était absent. Malgré tout, trois Guerriers, c'étaient trois Guerriers de trop.

– Il faut les faire partir.

– Hum… Non, mieux vaut détaler d'ici avant qu'ils nous…

– Va-t'en, toi, trancha Matt. C'est moi qu'ils cherchent. S'ils ne me voient pas arriver maintenant, ils penseront que je rentrerai plus tard et ils s'en prendront à ma famille.

– Et alors ?

Matt le dévisagea. Fen insista :

– On parle bien de la famille qui compte te sacrifier pour vaincre un dragon ?

– Un serpent. C'est un peu comme si… Oh, laisse tomber ! Mes frères ne savent rien. C'est impossible.

– Tu en es sûr ?

Oui, il était certain que Josh ne savait rien. Pourtant, pourrait-il leur venir en aide ? Il n'avait que seize ans. Non. Il fallait appliquer le principe de Jake. Agir comme un homme. Protéger la famille. Leur prouver qu'il en était capable.

– Je vais détourner l'attention des Guerriers, décida-t-il. Ils doivent savoir que je ne suis pas chez moi. Cela protégera ma famille.

Fen ricana doucement.

« Il me prend pour un idiot, pensa Matt. Je ne devrais pas me soucier des miens. Tant pis. Je suis et je reste un Thorsen. La famille avant tout. »

– Va-t'en, reprit-il. Je vais…

– Avance, lança soudain Fen.

– Quoi ?

Fen leva la main comme pour le frapper.

– Vas-y, avance ! Fais comme si tu rentrais chez toi.

Matt monta sur le trottoir. Il lui fallut un moment pour comprendre que Fen était près de lui. À cet instant, il voulut protester, mais le regard de Fen suffit à le faire taire.

– Alors, euh… est-ce que…, bafouilla-t-il péniblement, tâchant, en vain, de se rappeler quel sport Fen pratiquait. Le collège. Ça marche, au collège ?

Fen le considéra comme s'il lui avait parlé de sa dernière séance de danse. Matt reprit, l'air de rien :

– M. Fosse est vraiment vache, cette année, tu ne trouves pas ?

– Qu'est-ce que..., commença Fen.

– Je fais la conversation.

– Sérieux ? On est en cavale, Thorsen. Ça ne veut pas dire qu'on est des potes.

– C'est pour sauver les apparences, expliqua Matt avec un mouvement de menton vers les Guerriers. Pour qu'on ait l'air normaux.

– Toi et moi en pleine conversation, ça n'a rien de normal !

Ils continuèrent en silence. Les Guerriers ne les remarquèrent qu'au bout d'une minute. Matt garda le même rythme, comme s'il n'avait pas vu les silhouettes se faufiler derrière le garage des voisins. Il lança simplement, aussi fort qu'il le put :

– Je prends une tenue de rechange et ma brosse à dents. Ensuite, on filera ensemble. Je veux dire...

– Ferme-la, Thorsen, siffla Fen. Ferme ta gueule.

Les Guerriers étaient cinq. Ils étaient tous sortis de leur cachette. Matt les regarda en face.

– Eh, Fen ? dit-il. Ce ne serait pas les...

– Vas-y !

Fen fit demi-tour et partit en courant, Matt derrière lui, les Guerriers à leurs trousses.

Ils parvinrent à les semer avant de rejoindre Laurie. Plus tard, alors qu'ils quittaient la ville, ils les revirent. Cette fois, les Guerriers ne semblèrent pas les remarquer, mais les trois jeunes gens ne prirent aucun risque : ils sortirent de Blackwell en courant, sans se retourner.

* * *

Tard cette nuit-là, un parfum piquant de terre humide réveilla Matt. Au loin, un coyote glapissait. Tout près, quelqu'un dormait en grognant. « Du camping, se dit-il. Je fais du camping. »

Alors que le sommeil le reprenait, il sentit le contact de l'herbe mouillée, de l'humidité qui s'infiltrait à travers la toile de son jean. Il se leva d'un bond, songeant aux reproches de son père le jour où il avait laissé son sac à dos posé contre la tente.

« Si un objet est en contact avec la toile, la pluie s'y infiltre. Tu n'es plus un enfant, Matthew. Cesse donc de te comporter comme un bébé. »

Matt se redressa pour comprendre ce qu'il avait oublié dans le coin de la tente, cette fois-ci. Mais il n'y avait pas de tente. Ce qu'il voyait, au-dessus de lui, c'étaient des bribes de ciel nocturne entre les cimes des arbres. Il battit des cils. Enfin, il baissa les yeux, reconnut Laurie et Fen, et tout lui revint.

Il réentendit la prophétesse : « Notre champion se nomme Matthew Thorsen. »

Puis son grand-père : « Mon petit-fils a reçu la plus haute distinction, il nous fera honneur et aura un jour sa place dans le palais du Valhalla, en tant que champion. En tant que héros. Notre héros. »

« Je vais mourir, se dit-il. Pour eux, c'est écrit, je vais mourir. Ils ne voient pas un champion en moi. Mais un sacrifice. »

Matt sentit son estomac se nouer. Son pied glissa sur l'herbe mouillée, il tomba à genoux, le ventre tremblant. Puis à quatre pattes, saisi d'un haut-le-cœur.

« Une erreur. C'est forcément une erreur. Ils ne feraient jamais ça. Pas Maman. Ni Papa. Et encore moins Grand-Papa. »

Alors qu'il repoussait cette idée, son estomac se contracta encore et un filet acide lui monta à la gorge, le faisant tousser.

– Matt ?

Il se redressa soudain, s'essuyant la bouche du revers de la main. Laurie, assise, l'examinait.

– Ça va ? demanda-t-elle doucement. (Après un moment de silence, elle reprit :) C'était une question idiote.

– Ça ira.

Il se frotta les lèvres plus fort encore et se ressaisit, avant de répondre d'une voix grave :

– Désolé. C'est à cause de... la bouffe de la fête. Les beignets de saucisse, c'est bon, mais après, on se réveille en pleine nuit avec l'impression d'avoir avalé du chien.

Elle ne sourit pas, se contentant de le dévisager dans la pénombre. Il s'efforça de se redresser. Il ne fallait pas qu'elle devine sa peur. C'était une fille. Il devait la protéger. Son père le lui avait toujours dit.

– Tout va bien, assura-t-il.

– Non. Pas tout. Les Guerriers ont failli vous tuer, Fen et toi. La tornade a failli nous tuer, nous tous. Et là, nous sommes réfugiés dans les bois pour reprendre des forces avant le grand combat contre la fin du monde. Donc, tout ne va pas bien.

– Ça va s'arranger. Nous maîtrisons la situation, prétendit-il.

« N'importe quoi, idiot. Tu n'as pas la moindre idée de ce que tu fais. Ni de l'endroit où tu vas. Bientôt, il fera jour et ils comprendront tous les deux que tu n'as pas d'idée en tête. Pas le moindre projet. »

– Nous maîtrisons la situation.

« À force de le répéter, moi aussi, je finirai par y croire. »
– Tu peux te rendor…
– Chut !
Matt se tourna vers Laurie.
– Hein ?
Elle ouvrait la bouche pour parler quand un autre « Chut ! » vibra derrière elle. Fen se redressait, l'air mauvais. La tête penchée, il les contourna.
Voyant que Matt fronçait les sourcils, Fen se renfrogna encore plus.
– Tu es donc sourd, Thorsen ? Arrête de jacasser et écoute.
Matt obéit et perçut un bruissement dans l'herbe. Il s'apprêtait à dire que c'était le vent mais il se retint, le temps de vérifier. Fen le prenait déjà pour un gosse de riche, un incapable. En écoutant plus attentivement, il entendit un bruit sourd, comme…
Ce n'était pas le vent. Ni un lapin qui détalait. C'était vaguement familier, comme un vieux souvenir verrouillé dans sa tête.
Un autre bruit : un cliquetis, comme deux dés qui roulent et se percutent.
– Je vais voir, murmura Matt.
– Comme tu voudras, répondit Fen avec un haussement d'épaules.
En réponse au regard de Laurie, Fen compléta :
– Quoi ? C'est son idée à lui.
Elle commença à se lever.
– Je viens avec…
Fen la prit par le bras.
– Si on y va à plusieurs, on fera plus de bruit. Thorsen se débrouillera.

Matt redressa les épaules et hocha la tête d'un air bien décidé, du moins il l'espérait. Il se glissa entre deux buissons, s'accroupit et s'éloigna. Il n'avait fait que quelques pas quand le cliquetis recommença. Suivi d'un reniflement. D'un choc sourd. Chacun des trois bruits provenait d'un point différent. Il voulut avancer encore mais son corps s'y refusa et resta figé.

Il y eut un murmure derrière lui. Matt se retourna vers Laurie, penchée vers son cousin pour lui parler à l'oreille tout en le regardant, lui. Il ne l'entendit pas, mais il imagina ce qu'elle disait. « Thorsen est un incapable. Il a peur. »

D'habitude, il n'était pas si froussard : il avait souvent campé. Toutefois, après l'épisode de la veille, il ne pouvait pas être certain que ce qui rôdait là, c'était un animal sauvage. Ça pouvait être... Oh, bien des choses. Les légendes scandinaves ne manquaient pas de monstres.

Il serra les dents et se remit à marcher, les yeux écarquillés, recourbé au point de basculer. Alors il aperçut une énorme masse claire, au ras de la forêt. Elle mesurait au moins trois mètres de haut et autant de long.

« Impossible. Il n'existe rien d'aussi grand. »

Rien de naturel.

Après tout, un serpent géant ou un enfant qui se transforme en loup, ce n'était pas naturel non plus.

Ils avaient été pistés. Par un monstre. D'un coup, il révisa mentalement tous ses sujets de mythologie. Les trolls. Les géants des glaces. Les berserks.

Nouveau reniflement à gauche. Il se tourna et distingua une autre forme géante et claire. Et une troisième juste derrière. Une quatrième...

Il déglutit.

Ses camarades et lui étaient cernés. Des êtres les avaient retrouvés et…

– Je cherche le fils de Thor ! Qu'il vienne !

C'était une voix de femme. Différente de celles qu'il avait entendues jusqu'alors. Elle n'exprimait pas la moindre douceur. Elle était aussi dure qu'un croassement de corbeau.

Il recula lentement.

– Toi, là !

La bête blanchâtre s'avança vers l'orée du bois.

– Je te vois, mon garçon. Tu n'es pourtant pas celui que je cherche. Jamais le fils de Thor ne se recroquevillerait dans la pénombre.

Piqué au vif, Matt faillit bondir pour la défier. Il se retint, mais, après cette première réaction épidermique, il se dit qu'il n'était peut-être pas si fou.

Fen avait probablement entendu la femme, lui aussi. Il avait sûrement compris que le danger rôdait et que Matt était visé. Il allait donc s'enfuir avec sa cousine. Et, conclut Matt, c'était probablement leur seule chance de s'en tirer.

Matt sortit du bois.

– Je suis le fils de…

À la lueur de la lune, il comprit qu'il s'adressait à un cheval blanc plus grand que tous ceux qu'il eût jamais vus. Une femme le chevauchait. Une femme comme il n'en avait jamais vu, là encore. Des torsades de cheveux roux brillaient autour de son visage pâle. Ses joues étaient tachées de ce qui ressemblait à des empreintes de mains. De même, le cheval était peint de lignes et de tourbillons que la lune bleuissait.

Quand le cheval s'ébroua et piaffa, Matt reconnut le tintement qu'il avait entendu. C'était la bride. Elle était… Elle était faite d'os. D'os de doigt enfilés sur une corde. D'autres pendaient à la selle, qui ressemblait elle-même à… Non. C'était impensable. C'était du cuir. Du cuir normal.

– Es-tu Matthew, fils de Thor ? demanda la femme.

Il leva les yeux vers elle. Il n'avait pas le choix. Alors même que son cœur battait trop fort pour qu'il respire.

Il remarqua qu'elle était jeune. À peine plus âgée que l'aînée des Nornes. Plutôt jolie. Cette idée lui retourna l'estomac. C'était une opinion inadmissible. Elle ne pouvait pas être jolie, avec ses cheveux broussailleux et son visage taché de bleu. Elle devait faire peur – et c'était le cas. Mais tandis qu'elle se tenait là, bien droite, ses yeux bleus scintillant, son bouclier sur l'épaule et son épée à la main, Matt ne voyait pas un monstre. Il voyait…

Il déglutit en comprenant ce qu'il voyait. Ce qu'elle était. Il avait vu une mosaïque – d'elle et de ses semblables – dans la salle du centre de loisirs. Sauf que les femmes représentées n'avaient pas cette allure. Les portraits montraient de grandes et belles filles, coiffées de longues tresses blondes et d'un chapeau à corne, portant un plastron qui laissait entrevoir… Bref, il se souvenait que tous ses copains adoraient cette œuvre. Lui-même, il l'avait peut-être admirée.

Le seul point commun entre cette femme et les figures, c'était l'épée et le bouclier. Matt se rappela un autre tableau, plus ancien, rangé dans une boîte poussiéreuse au fond de la bibliothèque privée de son grand-père. On y voyait ces mêmes femmes, échevelées et les joues peintes, parcourant les champs de bataille à dos de chevaux ailés pour saisir les trophées de leurs ennemis abattus.

– Des Valkyries…, murmura Matt.

– Hein ? demanda une voix derrière lui.

Matt se retourna et vit deux femmes à pied qui ramenaient Fen et Laurie de l'autre bout du bois, comme s'ils avaient tenté de s'enfuir par là. Laurie se débattait en grognant. Fen marchait normalement, ayant apparemment compris qu'il était inutile de se battre.

– Ce sont les Valkyries, annonça Matt en reculant vers Fen.

11

FEN

LIRE LE MONT RUSHMORE

– Les Valkyries ? répéta Fen.

Cela expliquait comment elles avaient réussi à les rejoindre si furtivement. Il se tourna vers celle qui le retenait. Hormis le fait qu'elle était blonde, elle ressemblait trait pour trait à la cavalière rousse, jusqu'à la peinture de guerre bleue.

– Le fils de Thor dit vrai, confirma la rousse de sa voix rude. Le fils de Loki connaît mal son patrimoine. (Elle se tourna vers Laurie.) Et la fille ?

Laurie se redressa et répondit :

– J'apprendrai.

– On enseigne leur patrimoine aux descendants de Thor, dit Fen en se dégageant de la Valkyrie qui lui serrait l'épaule. Certains descendants de Loki n'ont pas reçu ces leçons. À cause des fils de Thor, précisa-t-il en regardant Matt d'un air sévère.

– Tu dois apprendre, reprit la Valkyrie. Je suis Hildar. Nous sommes ravies que vous ayez accepté de relever le défi. Nous venons vous prêter assistance.

Fen aperçut une demi-douzaine de chevaux et de cavalières qui sortaient de l'ombre. Son regard se posa, non sur chaque visage, mais sur chaque épée. Il sourit. C'était là l'aide dont ils avaient besoin. Le *wulfenkind* tomberait sur un os, lors de sa prochaine offensive.

– Dites, comment on s'organise ? demanda-t-il.

La Valkyrie lui adressa un regard amusé.

Laurie s'éclaircit la gorge mais Fen fit semblant de ne pas l'entendre et continua :

– Est-ce qu'on mène…

Matt l'interrompit.

– Je sais que nous devons trouver Odin. C'est ce que nous ont dit les Nornes.

– Il ne faut pas compter sur les Nornes pour organiser un plan de bataille : elles font des bonds en avant et en arrière sans regarder le chemin, dit Hildar. Ne vous souciez pas d'Odin. Votre première mission, c'est de rejoindre les autres descendants du Nord. Nous vous y aiderons.

Matt poussa un soupir de soulagement.

– Merci. Je me demandais comment nous… (Il se tut soudain en regardant Fen et Laurie.) Je veux dire, j'avais bien mes petites idées sur la question, mais je suis sensible aux idées que ces… euh, dames nous soumettront.

– Ouais. Moi aussi, confirma Fen.

Il avait un peu honte de se sentir soulagé. Jusque-là, leur stratégie avait consisté à fuir, se cacher et trébucher dans le noir sans rien comprendre. Ils avaient échappé aux Guerriers, provisoirement, mais il fallait qu'ils se tiennent à carreau car, Fen en était certain, Skull les livrerait à son chef s'il parvenait à les faire prisonniers. Fen avait combattu les Guerriers pour sauver Thorsen, alors qu'il avait promis à Skull de le lui livrer. Il comprenait mal comment il en était arrivé là – sinon par son refus de travailler pour les Guerriers –, mais il s'était décidé au dernier instant, sur le terrain. Dernier instant ou pas, il y aurait des conséquences si Skull remontait jusqu'à eux.

« Nous devons donc prendre assez d'avance pour l'empêcher de nous retrouver. »

Il fit un pas en avant.

– Vous avez des chevaux de réserve, ou on chevauche avec vous ?

– Ce n'est pas à nous de vous conduire vers les descendants. Vous devez les trouver vous-mêmes, annonça Hildar.

– Vous allez nous dire où ils sont, tout de même ? demanda Matt.

La Valkyrie fronça les sourcils.

– Non. Nous vous indiquerons où aller pour apprendre où ils se trouvent.

– Ah-ha…

Fen sentait son espoir s'évaporer. Les Valkyries ne le comprenaient peut-être pas. Il insista :

– Pouvez-vous… éclaircir la situation ? On parle de la fin du monde, là.

Elle envoya au garçon un regard si foudroyant qu'il recula, puis elle se contenta de révéler :

– Avant tout, vous devez passer une épreuve.

– J'ai pas révisé, plaisanta Matt.

Fen pouffa de rire. Quant à Hildar, soit la plaisanterie lui échappa, soit elle ne la trouva pas drôle.

– Je ne parle pas de ce genre d'épreuve, précisa-t-elle. Il s'agit d'une guerre.

– Ça me va, dit Matt. Pourtant, je sais déjà me battre. On pourrait griller l'étape de la chasse aux charognards pour s'en tenir à une lutte à l'ancienne, non ? *Mano a mano*, je veux dire. Je choisis mon adversaire.

Les autres Valkyries marmonnèrent dans une langue que Fen ne connaissait pas, puis Hildar secoua la tête.

– Tu es un digne fils de Thor : tu te crois capable de surmonter n'importe quel obstacle avec un marteau dans une main et une chope d'hydromel dans l'autre.

– On m'interdirait sûrement de boire de l'hydromel, mais si on m'offrait le Marteau, le vrai, je ne dirais pas non, répondit Matt, un doigt sur son amulette.

Les Valkyries se contentèrent de l'observer, impassibles. Fen était aussi frustré qu'elles semblaient l'être. D'accord, Thorsen ignorait quels dangers Fen avait encourus, ainsi que les ennuis qui les attendraient si les Guerriers leur tombaient dessus, mais au moins, les Valkyries leur offraient de l'aide, même si leur proposition semblait près de disparaître aussi vite qu'elle était arrivée. Il n'avait pas envie de plaider, d'ailleurs, mais Matt tenait bon. Fen devait lui reconnaître cette qualité. Alors qu'il était prêt à fuir, lui, Thorsen se concentrait pour convaincre les Valkyries de les seconder.

– S'il vous plaît, soupira Matt. C'est la guerre. Le Serpent de Midgard ne nous proposera pas de résoudre le conflit par une partie de tafl. (Il se tut un instant.) Remarquez, ça ne serait pas bête, parce que suis plutôt bon joueur. Ça nous éviterait pas mal d'ennuis. Et ça serait moins salissant. Qu'est-ce que vous en dites ?

– J'en dis que tu ne prends pas les choses au sérieux, commenta Hildar.

Elle semblait penser que Thorsen était désinvolte, alors même qu'elle avait affirmé que ce n'était pas un combat. Chercher une autre façon de mesurer ses forces, c'était une bonne idée. Fen se dit que la remarque serait mal comprise, et il resta muet.

– Le destin du monde est entre vos mains, déclara une autre Valkyrie.

Laurie s'avança, attirant tous les regards.

– Alors aidez-nous.

Fen, soudain inquiet, s'approcha d'elle. Il était et resterait son fidèle défenseur. Hildar nota sa réaction.

– Vous descendez des dieux, rappela-t-elle avec une certaine douceur. Puisqu'ils sont morts, vous devez jouer votre rôle dans le grand combat. Le Ragnarök approche. C'est votre devoir. Nous ne saurions agir à votre place.

– Je n'ai rien décidé, objecta Fen. Ni moi ni personne.

L'histoire semblait avoir reculé de mille ans, faisant d'eux des individus assez mûrs pour quitter la maison et se marier, assez mûrs pour se battre, assez mûrs pour mourir. On exigeait qu'ils affrontent la mort parce que de vagues ancêtres, une éternité plus tôt, avaient été des dieux. Pire encore, ces dieux étaient morts, leur laissant pour mission de remettre le monde à l'endroit.

– Rien décidé, tu es sûr ? demanda Hildar.

Fen se demanda soudain ce qu'elle savait de lui. Oui, il avait pris une décision : quand les Guerriers avaient attaqué Thorsen, Fen avait choisi son camp. Quand ils s'étaient cachés dans le drakkar et que Fen avait écouté Thorsen parler du Ragnarök dans les mêmes termes que Skull, Fen avait encore choisi son camp. Il avait choisi de se rallier aux dieux, donc aux perdants, selon la prophétie.

Il sentait en lui l'envie d'être plus fort que son lointain ancêtre divin, de devenir un héros et non un délinquant et, parallèlement, d'empêcher les monstres de gagner la guerre. Être un *wulfenkind* ne faisait pas de Skull un monstre, mais vouloir détruire le monde, ça, c'était monstrueux.

– Qu'est-ce qu'on est censés faire ? demanda Matt.

– Nous voudrions vous voir gagner.

Hildar n'avait pas répondu directement à la question pratique de Matt. Elle reprit :

– Pour gagner, vous devez être prêts. Ne plus agir comme des enfants qui attendent que tout leur tombe dans les mains. Vous devez trouver les autres. Le moment venu, vous devrez rejoindre Odin. Ensuite, vous devrez dénicher le Mjölnir, puis une plume de chacun des corbeaux d'Odin, et enfin le bouclier. Ainsi armés, vous serez plus forts au moment de faire face au serpent.

– Le Mjölnir ? Vous voulez dire… le Mjölnir, le vrai ? Le marteau de Thor ?

Matt réagit comme si elle venait de lui proposer une grosse récompense ; Fen supposa d'ailleurs qu'elle en détenait une, sous une forme ou une autre. Un marteau magique, voilà qui pourrait être utile pour repousser les monstres. Dommage qu'on ne lui offre pas une superarme, à lui aussi.

Après avoir adressé à Fen un autre de ses regards qui suggéraient qu'elle en savait un peu trop, Hildar se tourna vers Matt et ses lèvres se soulevèrent à peine, formant un début de sourire.

– C'est bien ce que tu désires, n'est-ce pas, fils de Thor ?

– Je plaisantais, répondit Matt, presque choqué. Donc, le Mjölnir, les plumes et un bouclier. Plus les autres jeunes. Et Odin.

– Vous allez quand même nous donner un indice, hein ? coupa Fen. Vous avez promis de nous aider.

Hildar acquiesça et les regarda chacun son tour.

– En effet. Cherchez d'abord les jumeaux. Pour cela, voyez les présidents. La réponse est sur leur visage.

Quand elle leva la main, toutes les Valkyries firent demi-tour.

Les cavalières se remirent en selle. Un instant plus tard, les sabots frappèrent le sol et, en une masse indistincte, elles disparurent.

– Sérieux, là…, soupira Fen en se tournant vers Laurie et Matt. La réponse sur le visage des présidents ? C'est une devinette ?

– Pas du tout, le rassura Laurie. C'est une allusion au mont Rushmore.

– Bien sûr !

Matt semblait déjà plus calme, et Fen souhaita tout bas qu'il soit sûr de son coup – pas systématiquement, non, juste de temps en temps. Matt expliqua :

– Elle a voulu dire qu'on trouverait la réponse sur le mont Rushmore, où sont gravés les portraits géants de quatre présidents des États-Unis. C'est sûrement ça. Là-bas, un indice nous guidera vers les jumeaux.

– Quels jumeaux ? coupa Laurie, inquiète. Désolée. Ma mère n'a jamais voulu que j'étudie l'histoire de Blackwell, en réaction à la passion de mon père. Je ne me doutais pas qu'un jour, ça me manquerait.

Une fois encore, Fen rougit de honte. Outre le fait qu'il ait gardé des secrets malgré lui, il n'avait jamais incité sa cousine à se pencher sur les légendes, alors que, tôt ou tard, elle se transformerait peut-être en loup, comme lui.

Désormais, elle était exposée au danger alors qu'elle ne savait rien.

« Oncle Stig va me tuer... sauf si les Guerriers m'abattent avant. »

Tandis que Fen se torturait, Matt resta parfaitement calme. Laurie lui avait posé une question dont il connaissait la réponse. Il se lança dans un discours sur le mythe en question :

– Les jumeaux s'appellent Frey et Freya. Selon les vieilles histoires, Freya est la déesse de l'Amour et de la Beauté. Frey est le dieu du Temps qu'il fait et de la Fertilité. Nous devons rejoindre leurs descendants, qui sont aussi des jumeaux, apparemment. (Il se tut un moment.) Deux d'un coup. Ça nous facilitera la tâche.

Fen se renfrogna.

– À mon avis, rien ne sera facile.

– C'est même le but de l'opération, murmura Laurie.

– Ça va, dit Matt. Allons rendre visite aux présidents.

* * *

Blackwell n'était pas très loin du mont Rushmore, et pourtant, le trajet fut si long que Fen se serait volontiers transformé en loup pour courir. Mais il ne pouvait pas abandonner sa cousine. Il avait promis à oncle Stig de veiller sur elle, surtout face aux garçons. La laisser seule avec un Thorsen lui vaudrait de tels reproches que, rien que d'y penser, il avait mal au ventre. Il la regarda discuter à bâtons rompus avec Matt, tout en marchant. Leur relation n'allait pas au-delà de l'amitié, mais même cela serait jugé inacceptable.

« Et ma famille me tiendrait pour responsable. »

Fen se consacrait pleinement à sa mission de sauveur-du-monde-avant-qu'il-ne-soit-trop-tard, et il espérait que sa famille ferait de même. La plupart de ses proches étaient des loups solitaires ou des payeurs de dîme. Par conséquent, ni son père ni oncle Stig n'allaient soutenir le projet laissons-venir-la-fin-du-monde. Fen doutait de certains membres de sa famille. Ce dont il était certain, c'était qu'aucun Guerrier ne pardonnerait à un *wulfenkind* de s'être rallié à un Thorsen.

« Thorsen, lui, ne me pardonnera pas s'il apprend que j'étais chargé de le capturer pour le livrer aux Guerriers. »

Toute sa famille lui en voudrait si elle découvrait qu'il avait décidé de se rendre à l'autre bout de l'État en compagnie d'un Thorsen. Ses proches n'aimaient pas les Guerriers, d'accord, mais un *wulfenkind* ne seconde pas les Thorsen. C'était comme ça depuis toujours. Cela dit, Matt n'était pas un Thorsen comme les autres. Ainsi, ils avaient fait équipe contre les Guerriers, et ils avaient fait face aux Valkyries côte à côte. Les deux fois, Matt avait voulu en sortir vainqueur, sans chercher à épater la galerie. Cela lui rappelait le fonctionnement des bandes de loups, le fonctionnement des familles. Ça n'avait rien à voir avec ce que Fen attendait d'un héritier de Thor. D'une manière inattendue, Matt semblait honnête. Fen ne comptait pas le lui dire, évidemment, mais il ne tenait pas à lui avouer – ni à Laurie – qu'il avait projeté de le livrer aux Guerriers. Matt l'aurait haï, et Laurie lui en aurait voulu.

Donc, sachant qu'il ne s'attaquerait pas à Matt, il devait trouver un moyen de se tirer d'affaire vis-à-vis des Guerriers. Il en était arrivé à se retourner contre ses alliés, ce qui dépassait son projet premier, mais sur le moment, cela lui avait semblé pertinent. Néanmoins, si Laurie et Matt apprenaient que Fen avait cédé le bouclier aux Guerriers, qui avaient ensuite exigé qu'il leur livre Thorsen, ils ne l'admettraient pas. Il en était certain.

« Donc, il ne faut pas qu'ils le sachent. »

Il était capable de garder un secret. Depuis des années, il savait qu'il descendait de Loki, il s'était transformé en loup l'année précédente, il versait sa dîme aux Guerriers, il cachait des secrets à Laurie, tout en espérant et redoutant, alternativement, qu'elle le rejoigne dans le clan des loups.

– Tu es toujours avec nous ? appela Laurie en se tournant vers lui.

– Bien sûr.

Il hésita à lui dire la vérité, au moins en partie, mais Thorsen les regardait et Fen n'avait aucune envie de lui révéler quoi que ce soit, à lui. Il comptait simplement ouvrir l'œil pour dépister les Guerriers, et éventuellement participer au combat. Il se contenta de leur annoncer :

– Je sais où est le bouclier.

– Celui dont nous avons besoin, selon les Valkyries ?

Une voiture passa, avec la musique à fond, et Fen se retint de grogner quand elle frôla Laurie. Il se décala pour marcher à côté d'elle, et elle réagit en descendant sur le gravier, au bord de la chaussée. Il reprit :

– Il est aux mains des Guerriers. C'est celui que j'essayais de déboulonner, l'autre jour.

– C'est pour ça que tu voulais le voler ? Pourquoi tu ne me l'as pas dit ? demanda Matt.

Laurie se rapprocha de son cousin :

– Tu aurais pu m'expliquer que tu comptais les en empêcher.

Leur réaction le soulagea : ils interprétaient l'épisode à l'envers, en lui donnant le beau rôle.

– Je ne tenais pas à t'apprendre l'existence des Guerriers.

Sur ce point, il disait vrai. Prétendre qu'il avait voulu mettre le bouclier à l'abri des Guerriers, en revanche, n'était pas exact.

Il les considéra tour à tour et ajouta :

– J'ignore comment le récupérer mais au moins, je sais où il est.

– Odin a dit qu'on se reverrait, reprit Laurie. Même moi, je sais qu'il voit tout, selon la légende. (Elle eut un petit rire.) C'est quand même bizarre d'en arriver à croire à toutes ces histoires !

– Mouais…, dit Fen. Moi, j'y crois depuis toujours. Thorsen aussi, j'imagine ?

Matt confirma d'un mouvement de tête.

– Eh bien pas moi, annonça Laurie, mais je suis sûre qu'on y arrivera.

Elle observait, au loin, les têtes géantes des présidents.

Matt, après avoir adressé à Laurie un sourire amical qui donna à Fen envie de gronder, conclut :

– Allons chercher notre indice.

Fen secoua la tête. Ils avaient à peine survécu à leur premier combat contre les Guerriers, et il ne faudrait pas compter sur un ouragan pour les tirer d'affaire la fois suivante. Il connaissait les Guerriers, il savait où étaient leurs camps, si bien surveillés, et il savait aussi à quoi Hattie et Skull étaient prêts pour garder le précieux bouclier. Révéler tout cela à Laurie et Matt reviendrait à leur avouer qu'il connaissait trop bien les Guerriers. Tôt ou tard, il inventerait une astuce à propos du bouclier, mais sur le moment, il préféra se taire et les suivit vers l'entrée des visiteurs du mont Rushmore.

Ils longèrent d'imposantes colonnes grises. D'un côté, sur un mur, des noms étaient gravés ; de l'autre était exposée la statue du créateur du monument.

Au bout d'une colonnade ornée des drapeaux des États, une grande salle accueillait les visiteurs, qui y observaient les portraits des présidents. Fen se souvenait qu'il était déjà venu, lors d'une sortie éducative, et l'idée même de concevoir une sculpture de cette envergure l'avait alors impressionné. Pour édifier un monument pareil, on avait creusé la roche à la dynamite et employé des outils gigantesques. C'était autre chose que se planter devant une masse d'argile pour faire du modelage, comme l'avait exigé le prof d'histoire de l'art. Il s'était imaginé en train d'appuyer sur un détonateur. Ça, ça l'aurait intéressé !

Ils se mêlèrent tous les trois à la foule qui admirait Washington, Jefferson, Roosevelt et Lincoln. Avec un appareil photo à la main, ils seraient passés inaperçus plus facilement mais de toute façon, personne ne les regardait de travers. D'ailleurs, ils n'avaient rien fait de mal... pour l'instant.

Ils durent patienter un moment pour s'approcher des portraits géants – là où ils trouveraient un indice, selon la Valkyrie ; en attendant l'heure de la fermeture, ils regardèrent deux fois le film diffusé dans la salle de projection, puis achetèrent de quoi manger. Personne ne demanda à Fen d'où provenait son argent, ce qui lui épargna de leur dire qu'il l'avait volé dans la cachette de Kris. Laurie avait aussi apporté quelques bijoux, vendables en cas de besoin.

Quant à Matt, il avait fait un retrait au distributeur, en plus de l'argent qu'il tenait de son père.

– Cachons-nous quelque part pour attendre, dit Matt.

Ils allèrent se dissimuler dans le bois pendant quelques heures, ce qui n'avait rien de palpitant. Fen préférait se battre contre les Guerriers plutôt que patienter en silence. Il n'aimait pas se tenir tranquille et, à en juger par les apparences, Matt non plus : il gigotait au moins autant que Laurie et Fen. Ils échangèrent un petit signe de tête presque amical.

Enfin, les lumières des sculptures s'allumèrent et les visiteurs commencèrent à sortir. Le gardien, lui, ne s'éloigna pas.

Hélas, patienter était encore plus pénible que se cacher. Dans le bois, ils avaient le choix entre plusieurs repaires ; le problème était que le gardien veillait sur la salle du musée et aussi sur le monument. Sans compter les caméras qui filmaient les sculptures et les environs.

Fen avait entendu quelqu'un raconter que le système de surveillance avait été renforcé à la suite d'une manifestation de militants écologistes, quelques années plus tôt. Il n'avait rien contre l'environnement, surtout quand il était un loup, mais il en voulut à ces activistes : à cause d'eux, il était devenu difficile, voire impossible, de s'approcher des visages des présidents. Jamais ils ne pourraient escalader la roche, puisqu'un homme montait la garde, sans compter les caméras de surveillance.

Deux heures s'écoulèrent ; ils en étaient toujours au même stade. Le surveillant était vigilant, les caméras n'allaient pas disparaître. C'était absurde.

– Je pourrais grimper là-haut, proposa Fen tout bas.

Matt lui répondit d'un regard menaçant.

– Personne n'arrêtera un loup, insista Fen.

Il leur tourna le dos, le temps de se transformer en loup.

Les choses auraient été plus simples si Laurie avait pu se transformer, elle aussi. Fen avait espéré – avec une naïveté de fillette qu'il ne tenait pas à rendre publique – qu'ils deviendraient des loups, l'un et l'autre, puis qu'oncle Stig accepterait de les rejoindre. Ils auraient vécu ensemble, comme une famille normale. Laurie n'était pas heureuse avec sa mère et son frère ; de déménagement en déménagement, Fen l'était encore moins ; quant à oncle Stig, il n'était sûrement pas satisfait, tout seul. Toutefois, Laurie n'était pas encore devenue une louve, et il ignorait si elle le ferait un jour. Cela l'attristait au point de lui donner envie de hurler.

Laurie s'était accroupie face à lui.

– Sois prudent, murmura-t-elle. Ne fais rien de trop stupide.

Il lui donna un petit coup de tête avant de partir. Il fila droit vers le gardien, qui était amérindien. Les autres habitants du Dakota du Sud n'aimaient guère les loups, alors que les Sioux respectaient mieux la nature.

Le gardien lui adressa un regard circonspect avant d'étudier les environs, à la recherche d'un abri. Fen ne tenait pas à lui faire peur ; il lui sourit, mais son sourire de loup n'avait rien de très amical, à tel point que le bonhomme recula d'un pas. Fen se sentit un peu coupable de l'avoir effrayé, d'autant qu'il n'avait aucune intention de lui nuire. Il voulait simplement détourner son attention pour permettre à Matt et Laurie de passer sans être vus.

Il franchit un muret au pied du monument. Il savait que le gardien le surveillait. Attirer ainsi l'attention faisait plaisir à Fen, presque autant que s'étirer les muscles après avoir passé des heures assis par terre. Si, en plus, il arrivait à s'approcher suffisamment des présidents pour découvrir un indice, alors, ce serait parfait.

Il quitta la zone de visite – le domaine du gardien, donc – pour s'approcher de la montagne, ravi de sentir la terre sous ses pattes. Il y était presque quand un mouvement attira son regard. Il s'arrêta pour observer. Une pluie de cailloux tombait des visages sculptés.

Il attendit, hésitant entre obéir à son réflexe de prudence et céder à l'envie de bondir en avant pour découvrir l'indice, avant qu'un tremblement de terre ou un éboulement ne le rende introuvable. D'autres débris arrivèrent. Soudain, un énorme morceau de visage menaça de s'effondrer. Heureusement, le gardien était loin du danger mais quand Fen se retourna, il ne vit pas Laurie.

Séisme ou avalanche, il n'en savait rien. Ce dont il était sûr, c'était qu'en cas de désastre, il devrait rejoindre Laurie pour la protéger. Il se détourna de la montagne pour retourner vers elle. Tandis qu'il accélérait, il entendit gronder derrière lui.

12

MATT

L'ÉDIFICE DE TROLLS

Quand le nez de Thomas Jefferson tomba, un mot vint à l'esprit de Matt: « avalanche ». C'était la seule explication naturelle et logique au fait que les visages gravés sur le mont Rushmore s'émiettent. Quand George Washington perdit son nez, le garçon songea: « Non, c'est un tremblement de terre », puis: « C'est le Ragnarök. » Une série de catastrophes naturelles. Un indice de plus – comme s'il en fallait davantage, après la visite des Nornes et des Valkyries – annonçant que le monde glissait vers le *Fimbulwinter*.

Sa première réaction, qui le fit rougir, fut de regarder alentour pour savoir qui gérait la situation. Qui était responsable. Qui ordonnerait aux visiteurs de se mettre à l'abri. Il comprit alors que c'était lui.

Il se retournait pour avertir les autres et leur dire de décamper quand la moustache de Roosevelt se souleva et s'étira. Pendant une seconde, Matt observa le phénomène, persuadé qu'il voyait mal. La masse grise, au-dessus de la lèvre du président des États-Unis, ne pouvait pas s'étirer. Elle roulait, peut-être, sous l'effet de la cassure.

Mais non. Elle s'allongeait réellement. Et la barbe d'Abraham Lincoln se balançait sous ce qui ressemblait à d'épais bras gris. Elle se mit à monter et descendre, comme si elle faisait des tractions.

Les trois compagnons avaient tenté de s'approcher du monument mais, sans jumelles, ils étaient encore trop loin pour voir les détails des visages. Des morceaux de roche bougeaient, c'était sûr et certain, et plus ils se déplaçaient, moins ils ressemblaient à de la pierre. La moustache brisée de Roosevelt, tombée sur sa lèvre, imitait deux longs bras de singe. Des bras qui se mirent à se balancer, puis bondirent vers les rochers du dessous.

– Des trolls…, murmura Matt.

– Bien vu, confirma Fen. En réalité, le mont Rushmore n'est qu'un immense amas de trolls. C'est parfaitement logique.

Laurie consulta Matt.

– Les trolls connaissent la réponse, c'est sûr. C'est à eux que les Valkyries faisaient allusion, tu ne crois pas ?

– Elles n'ont jamais dit que des mots étaient gravés sur la sculpture. Seulement que les visages nous renseigneraient.

Matt observa une forme recroquevillée sur les débris et il comprit soudain ce qu'il fallait faire.

– Nous devons capturer un troll.

* * *

Tout en gravissant le flanc de la montagne, Matt attendait les protestations de Fen ou de Laurie. Il s'était

contenté de leur dire qu'il comptait attraper un troll pour l'interroger. Fen aurait dû prétendre que c'était une mauvaise idée et Laurie, affirmer que ce serait trop dangereux. À tout le moins, Fen aurait dû lancer : « T'as qu'à y aller, Thorsen » et s'éloigner. Pourtant, il était là, à côté de lui, à scruter les ténèbres de la forêt, la tête penchée pour mieux entendre, les narines en éveil pour… Pour humer l'air ? Fen flairait-il donc comme un loup ? Matt hésita à lui poser la question et décida qu'il valait mieux se taire. Ce n'était pas parce qu'ils ne se battaient plus qu'ils étaient devenus amis.

Laurie était là, elle aussi, aux côtés de Fen, à regarder et écouter. Une forêt en pleine nuit, ça faisait forcément peur – les chouettes hululaient, les branches craquaient, les chemins étaient si sombres qu'il fallait marcher les bras tendus. Avec la proximité des trolls en plus, le cœur de Matt lui-même battait au rythme de ses pas. Laurie était forcément terrorisée. Pourtant, elle ne semblait pas avoir peur. Elle était sur la défensive, comme les garçons. Elle ne croyait peut-être pas que les trolls étaient là. Ou bien elle se pliait aux volontés de Matt – comme Fen. Elle jouait le jeu, en attendant de se moquer de lui quand ils constateraient que les trolls n'étaient que des tas de cailloux.

Il eut une autre idée presque aussi embarrassante : il espérait plus ou moins se tromper. Sinon, il devrait appliquer sa décision et attraper un troll ; or, il ignorait comment faire.

Cette fois, ce fut lui qui entendit un bruit le premier. Il déplia le bras pour arrêter Fen, qui le tamponna et se tourna vers lui en râlant. Matt leva la main pour l'inciter à se taire.

À leur gauche, un rameau craqua. Matt tendit un doigt.

Fen enrageait.

– On cherche un tas de cailloux qui se déplace, murmura-t-il. Ça ferait plus de bruit que ça.

Il avait raison. S'il y avait eu un troll dans la forêt, ils l'auraient entendu rouler dans les broussailles comme un rocher le long d'une pente. C'était peut-être le vigile ? Il n'y avait pas de traces de pas. Ils n'avaient vu aucun signe de la présence des gardes depuis qu'ils étaient entrés dans la forêt. Si les trolls vivaient la nuit, ils se déplaçaient sûrement quand les gardiens ne pouvaient pas les voir.

Matt sentit tiédir son amulette. Sans être rouge, elle chauffait. Il la couvrit de ses doigts glacés.

– Un troll rôde pas loin, annonça-t-il sans bien réfléchir.

Fen tendit le doigt vers l'amulette.

– Hein ? Parce que en plus, c'est un détecteur de monstres ?

– De géants, dit tout bas Laurie. Tu es donc encore plus distrait que moi, pendant les cours ? Un troll, c'est une sorte de géant. Thor était surnommé « le tueur de géants ».

– D'accord, dit Fen en considérant Matt. Espérons simplement que ce sont des géants miniatures.

Matt tira la manche de son tee-shirt. Il appartenait à Fen – Laurie avait prié son cousin d'emporter quelques habits supplémentaires pour Matt. Le tee-shirt roulait sur lui-même au-dessus de son jean et s'étirait sur son torse et ses biceps. Quand il s'était montré ainsi vêtu, Laurie avait pouffé et Fen, renfrogné, avait expliqué que c'était un vieux maillot trop petit pour lui, parce qu'il n'allait tout de même pas prêter à Matt des vêtements neufs. Cette fois, Matt ignora la raillerie de Fen. Il tira simplement le tee-shirt. Cela provoqua une nouvelle moquerie, à laquelle Matt s'apprêtait à répondre quand sa cousine l'interrompit.

– Il faut donc que je vous sépare ? marmonna-t-elle.

Elle se plaçait entre eux quand le sol trembla soudain sous les pieds de Matt. Il se tendit et regarda autour de lui.

– Quoi encore ? dit Fen.

– Tu n'as rien senti ?

Matt n'attendit pas la réponse. Il tomba à genoux, les mains plaquées au sol. La terre vibrait. Comme son amulette. Il ferma les yeux, une main sur son pendentif, l'autre par terre. Fen, toujours moqueur, suggéra que les trolls murmuraient peut-être, mais Laurie le fit taire. Pourtant, il avait raison : Matt était dans une position ridicule. La situation même était ridicule. Matt lâcha son collier, ouvrit les yeux et se releva, mais Laurie s'accroupit devant lui.

– Tu sens quelque chose ? demanda-t-elle.

Il secoua la tête.

– Rien. Je pensais juste que…

– Essaye encore.

Il hésita. « Fen ne te suivra plus jamais s'il te prend pour un idiot. »

– Essaye encore, répéta-t-elle plus fermement en le regardant dans les yeux. Puisque nous descendons des dieux, nous avons des pouvoirs surnaturels, non ? Il faut juste apprendre à s'en servir.

– Ce n'est peut-être pas…

– Peut-être que si. Si ça ne donne rien, personne ne se moquera de toi.

Elle adressa à Fen un regard d'avertissement.

« Jusqu'ici, ils m'ont suivi, pas vrai ? Ils ne me connaissent pas assez pour deviner que j'improvise. Au lieu de redouter qu'ils me considèrent comme un fumiste, je pourrais leur prouver que je n'en suis pas un. Tenter d'être différent, de devenir quelqu'un d'autre. »

Matt ferma les yeux et étendit ses doigts par terre. Les vibrations devenaient plus puissantes et, même s'il n'entendait plus le moindre craquement de branchette – ce qui excluait l'arrivée d'un troll –, il savait qu'elles venaient de près. Il sentit des pas sur le sol.

– De quel côté ? souffla Laurie.

Il hésita un instant puis tendit un doigt. Presque aussitôt, un autre craquement se produisit, assez près pour qu'ils le sentent tous les trois.

– Bon, dit tout bas Matt en se relevant. Ces êtres sont grands, alors mieux vaut en croiser un seul à la fois. S'il y en a plus d'un, on laisse tomber.

Quand Fen serra les lèvres, Matt devina qu'il n'appréciait pas son idée d'éviter un combat pour en choisir un autre, plus facile. Peut-être même le prenait-il pour un lâche.

« Suis-je un lâche ? Non. Diriger, c'est aussi cela : savoir éviter le danger. »

Laurie, pour sa part, semblait partager son opinion : elle hocha la tête et, d'un geste, pria Matt de lui ouvrir la voie.

– Tu restes là, toi, dit-il. Fen et moi, on va...

– Stop ! coupa Laurie.

– Je propose juste que...

– Proposition entendue. Et rejetée. J'y vais avec vous et plus tu insisteras, Thorsen, plus je serai agacée. (Elle regarda Fen.) C'est valable pour toi aussi.

– Mais tu n'es...

– Je t'interdis de dire : « Tu n'es qu'une fille. » (Avec un grognement, elle agita la main dans l'obscurité.) Hop !

Hésitant, Matt consulta Fen, qui haussa simplement les épaules.

Voyant que Matt ne bougeait pas, Laurie lui donna un coup de coude.

– Tu sais ce qu'il te manque, Thorsen ? Une sœur.

Après un second coup de coude, plus puissant celui-là, ils se dirigèrent vers les profondeurs de la forêt.

* * *

Matt s'accroupit derrière une souche pour observer le troll. S'il n'en avait pas su davantage, il aurait cru que c'était un gros tas de cailloux. Recroquevillé au bord d'un ruisseau, le troll examinait un objet qu'il tenait entre ses mains. Il le retourna en râlant, d'une voix semblable au son de deux pierres qui s'entrechoquent. Puis il plongea son long bras dans l'eau pour saisir une poignée de terre. Il secoua la main, faisant tomber la vase. Il serra alors le poing, le replongea dans l'eau, le secoua.

Il rinçait le sable pour en tirer de l'or. Ou un autre trésor. Peut-être seulement des cailloux brillants. Selon la légende, les trolls adoraient tout ce qui brille. Matt se moquait bien de ce que le troll cherchait ; ce qu'il observait, c'était sa main. Le monstre n'était pas vraiment géant : ainsi accroupi, il n'était pas plus grand que Matt. Sa main, en revanche, était énorme. Plus grosse que sa tête. Avec des ongles longs comme des couteaux pointus, et au moins aussi tranchants.

Le troll ouvrit cette main démesurée pour tapoter les cailloux sur sa paume. Ses grognements redoublèrent quand il comprit qu'il ne tenait rien d'intéressant.

– Qui nous dit qu'on pourra communiquer avec lui ? demanda Laurie, juste derrière Matt.

Il tourna la tête vers elle.

– Je veux dire, sa voix ne semble pas normale, expliqua-t-elle. Il fait des bruits, pas plus. Si on ne peut pas discuter, comment allons-nous trouver...

Soudain, le troll vira vers eux et Laurie se tut. Ses yeux fouillaient la pénombre, et Matt en profita pour l'examiner attentivement. Sa tête grise et difforme était rase, percée d'yeux de fouine trop enfoncés. Au-dessus de sa bouche sans lèvres, son nez crochu vibrait comme s'il reniflait. Enfin, il ouvrit la bouche, découvrant des rangées de dents échancrées.

Le troll se redressa. Pour le coup, il était nettement plus grand que Matt. Il mesurait au moins deux mètres quarante de hauteur, et moitié moins d'envergure, perché sur des jambes trapues. Ses longs bras frôlaient le sol, qu'il gratouillait avec ses griffes. Il regardait nettement dans la direction des enfants, mais sans bouger, agitant lentement la tête en remuant les narines. Et il passa à l'assaut.

Sans prévenir. Une seconde plus tôt, il était figé, et il fonçait maintenant sur eux, si vite et avec si peu de bruit que, pendant une seconde, Matt crut qu'il avait des visions. Puis Laurie l'attrapa par le bras et Fen cria :

– Viens vite !

Matt bondit de derrière la souche, se libérant de la main de Laurie, et il courut bel et bien – droit vers le troll. Il n'avait pas le choix. Le bonhomme allait trop vite pour qu'ils aient le temps de s'échapper. Matt fila donc vers lui en hurlant.

Le troll pila. Ses gros yeux s'écartèrent autant qu'ils le pouvaient et sa bouche de pierre s'ouvrit.

Matt continua de courir. Ses craintes et ses inquiétudes se perdirent derrière lui. Il maîtrisait ce genre de situation, depuis toujours. À cet instant, il sentit qu'il était réellement l'héritier de Thor.

C'était pour cela que la boxe et la lutte lui plaisaient. Quand il montait sur le ring, il n'était plus un loser ni un raté. Sa famille ne venait pas le regarder ni guetter ses erreurs. Cela ne les avait jamais intéressés. Qu'il gagne ou qu'il perde, ils s'en moquaient, et si cela le blessait un peu, il y trouvait aussi un plaisir étrange. Une forme de liberté.

Il chargea le troll sans penser : « Ça ne marchera pas. » Pas plus qu'il n'imagina : « Ça marchera. » Il se dit simplement : « Je vais faire tout ce que je peux. »

Concentré sur le marteau de Thor, il s'imagina en train de le jeter vers le troll. Il ne se passa rien. Il continua donc de courir. Arrivé à quelques pas du troll, il se pencha et sauta pour l'attraper par la jambe. C'était une bonne prise de catch, que Forde lui conseillait d'infliger aux adversaires de grande taille.

Les géants tombent de haut. Théoriquement. La théorie ne semblait pas universelle car, quand Matt le saisit, le troll ne trébucha même pas. Il leva simplement sa patte, courte et épaisse, et, d'un coup de pied, expédia Matt dans le sous-bois.

Matt heurta le sol, roula et se releva d'un bond. Il eut à peine le temps de voir le troll partir à la charge, et de se rabattre sur le flanc. Il y eut un claquement ; une pierre grosse comme son poing rebondit sur le crâne du troll. Celui-ci s'arrêta maladroitement, son élan perdu. Quand il fit demi-tour en grognant, Matt vit Fen ramasser une seconde pierre.

– C'est une manie chez toi, Thorsen, d'attaquer des trucs capables de te tuer ? cria-t-il. C'est la dernière fois que je te sauve.

Matt aurait pu rétorquer qu'il n'avait pas besoin d'aide. Pas pour le moment, en tout cas. Mais le troll était reparti vers Fen. Matt courut vers le monstre. Il pensa d'abord lui bondir sur le dos. Pourtant, d'un simple regard, il comprit qu'il n'aurait pas de prise sur cette masse de pierre lisse. Alors il se jeta par terre pour lui couper la voie. Les pattes du troll lui percutèrent les flancs comme deux marteaux.

Le temps que le monstre trébuche, Matt se remit sur pied et lui sauta dessus. Il eut l'impression de percuter un matelas en pierre. Tandis qu'il s'efforçait de trouver prise, le troll se redressa.

Matt roula au sol et se releva aussitôt pour lui faire face.

– Et maintenant ? lança Fen, derrière le troll. C'est un gros caillou, Thorsen. Tu ne peux pas te battre avec ce truc.

Matt ne l'écouta pas et ne détacha pas son regard de celui du troll. Ils se mirent à tourner en rond. Le troll grondait et marmonnait.

Il leva soudain l'un de ses longs bras. Matt parvint à se détourner suffisamment pour recevoir en oblique ce qui aurait été un redoutable coup droit. Il encaissa à l'estomac l'équivalent d'un coup de marteau qui l'expédia jusqu'à un tronc d'arbre, au pied duquel il glissa et se roula sur lui-même, sifflant et suffoquant.

Du coin de l'œil, il voyait le troll revenir vers lui. Il se redressa et tomba en avant. À ceci près que son mouvement ressembla plutôt à un équilibre fragile sur pied tremblant. Il échappa au coup, mais tout juste. Son pied se prit dans une plante grimpante et, tout en glissant, il regarda une énorme main en pierre filer droit sur lui…

– Hé ! cria quelqu'un tandis qu'une pluie de cailloux s'abattait sur le troll. Ohé, mocheté, viens par ici !

C'était Laurie. Le troll fit volte-face et Matt lui sauta sur le dos, pour retomber aussitôt. Laurie brandissait un objet qui brillait sous la lumière de la lune. Une pièce de monnaie. Elle la jeta. Le troll se rua vers ce trésor. Matt serra son amulette et concentra toutes ses forces afin de lancer le marteau. Il ne se passa rien.

Pourquoi cela ne fonctionnait-il plus ? Déjà, face aux Guerriers, puis maintenant. Pourtant, cela avait marché lors du combat contre Fen, près du drakkar. Qu'est-ce qui avait donc changé ?

Ce jour-là, Fen avait assailli Matt, qui avait réagi sans réfléchir. Sous l'effet de la colère. Là était la différence. Au moment de lutter contre les Guerriers, il n'était pas en colère, pas plus qu'en cet instant, face au troll. Certes, il avait peur, mais la situation lui faisait aussi… plaisir. Étrangement, alors même qu'il haletait, l'estomac noué, ce n'était pas la colère qui lui chauffait le sang. C'étaient la peur et l'excitation.

Le troll ramassa la pièce puis se tourna vers Laurie. Par réflexe, Matt se mit en position d'attaque, mais il s'arrêta : Fen venait de bondir à l'assaut, hurlant et agitant les bras. Matt se figea tout en songeant à ce qui se passerait si le troll atteignait Laurie. Si elle était blessée. Ou si Fen était blessé. Alors là, oui, il se fâcherait. Contre le troll, et contre lui-même pour avoir mis ses deux copains dans cette situation car, si on n'est même pas capable de lutter contre un troll isolé, est-ce qu'on peut espérer parvenir à…

La chaleur de l'amulette explosa en lui et il partit en avant, la main tendue ; il sentait l'énergie lui envahir les doigts, déborder au bout de ses ongles comme une décharge électrique.

Le troll fut frappé assez fort pour perdre pied. Matt aurait été encore plus satisfait de le voir atterrir de l'autre côté de la clairière, mais il ne fit que tomber. Sans bouger. Il releva la tête un instant, pour regarder Matt qui soufflait et clignait des yeux, les doigts encore luisants tandis que son amulette brillait sous son tee-shirt.

– Marteau…, déclara le troll d'une voix lourde. Tu as marteau de Dieu.

– Le marteau de Thor, précisa Matt en montrant la pièce de métal luisant, d'un bleu étincelant. Je suis le descendant de Thor, et j'exige…

– Je veux marteau, annonça le troll qui se releva en s'appuyant par terre avec ses poings, comme un macaque. Feuille veut marteau.

Une fois encore, il chargea si brusquement que Matt fut pris au dépourvu. Le garçon recula, leva la main vers l'amulette, tandis que son autre main, les doigts tendus, émettait…

Rien du tout.

Pris de panique, Matt recula d'un pas. Puis il s'arrêta.

« Ne cède pas à la peur. Exploite-la. Ce troll veut ton marteau. S'il s'empare de ton amulette… Perdras-tu ton seul pouvoir dès le premier affrontement contre un géant ? Contre un troll ? Allons, Matty, tu passes un examen. Et tu as raté la première épreuve. »

Son énergie remonta et percuta le troll. Cette fois, la bête décolla puis atterrit assez violemment pour faire trembler le sol.

Laurie trébucha comme si ses genoux flanchaient.

Matt avança vers le monstre étendu.

– Tu voulais le marteau ? Tu l'as eu. Si tu recommences, je te le montrerai de plus près. Maintenant, j'ai quelques questions à te poser, et tu vas y répondre, sinon…

Le troll resta muet, se contentant d'observer l'amulette avec fascination.

– Nous cherchons les… (il se remémora le terme employé par Hildar)… les descendants du Nord. Des jumeaux, plus précisément. Descendants des dieux Frey et Freya. Ils ont à peu près notre âge. Sais-tu où ils sont ?

Avant même que le troll réponde, Matt devina qu'il parlerait. Le monstre finit par articuler :

– Feuille sait. (Il plissa les yeux.) Feuille peut dire à fils de Thor. Dira à fils de Thor. Pour marteau. (Il montra l'amulette encore luisante.) Donne à Feuille, Feuille dira.

Une fois de plus, Matt glissa l'amulette sous son tee-shirt.

– Tout ce que tu obtiendras, ce sont des coups, comme celui que je viens de t'infliger. Réponds à ma question.

– Non.

Matt relança le marteau. Cette fois, l'opération fut plus facile – il était réellement fâché – et, en réponse au refus du troll, il s'irrita tant que son second geste fut presque involontaire. Pourtant le troll resta sur place, encaissant les coups sans prononcer un mot.

Avant que Matt ne répète son ordre, Laurie lui murmura à l'oreille :

– J'ai une idée.

Le garçon était sur le point de lui dire qu'il avait la situation en main quand elle s'avança et annonça :

– Feuille ! Tu as un moyen d'obtenir le marteau de Thor.

13

LAURIE

TOUR DE PASSE-PASSE

Laurie, étonnamment calme, sourit au troll et fit trois pas vers lui.

– Tu vois juste : nous allons négocier. Nous pouvons faire affaire avec toi.

Matt voulut protester mais, d'un simple regard par-dessus son épaule, elle le fit taire. Fen s'était retransformé en loup, ce qui ne l'empêcha pas d'adresser à Laurie un coup d'œil montrant clairement son désaccord.

– Donne marteau de Dieu, exigea Feuille.

– Peut-être, dit-elle.

Matt et Fen l'avaient rejointe. Du coin de l'œil, elle voyait qu'ils l'encadraient, un pas en retrait. Elle les regarda une seconde en espérant qu'ils ne feraient pas échouer son projet. L'expression de Fen était illisible, puisqu'il était un loup ; quant à Matt, il était plutôt tendu.

– Nous devons rejoindre les deux descendants du Nord. Hildar, la Valkyrie, nous a envoyés vers toi. Sais-tu où les trouver ?

Le troll baissa vers elle ses yeux de bête rocheuse.
– Oui.
– Tu nous diras où ils sont, en échange du marteau de Dieu ?
La voix grave et rocailleuse confirma :
– Oui ! Je veux lui.
Laurie hocha la tête. Un soupçon de culpabilité la traversa. Elle avait promis à sa mère qu'elle ne piégerait jamais personne, qu'elle n'agirait jamais comme la famille de son père – les descendants de Loki. Toutefois, les circonstances étaient graves. Le Ragnarök arrivait. Cela influait sur les règles, forcément.
Elle se tourna vers Matt, qui plaqua une main sur le Marteau.
– Fais-moi confiance, dit-elle.
Il baissa le bras, hésitant.
Laurie passa derrière lui pour dénouer la corde.
– Ne bouge pas, ordonna-t-elle bien fort.
Elle s'approcha encore de Matt, selon un angle qui empêchait le troll de voir ses lèvres, afin de lui murmurer à l'oreille :
– C'est juste le Marteau, hein ? La corde n'a pas d'importance ?
– Oui, confirma-t-il.
– Quoi ? gronda le troll.
– Je lui disais qu'elle a raison. Je ne dois pas bouger. (Il parvint à sourire et reprit :) Tu vois ? Je suis immobile.
La créature fronça les sourcils. Elle ne comprenait pas bien ce qu'elle avait raté mais, de toute évidence, elle avait du mal à leur faire confiance.
D'un geste vif, Laurie retira le collier et le brandit bien haut face au troll, qui put ainsi admirer le Marteau, pendu

à un cordon noir. Il se détourna de Matt pour se concentrer sur le Marteau et rien d'autre.

– Si je te donne ceci, tu nous renseigneras ?

– Feuille veut.

– Je sais.

Laurie glissa le collier dans sa main droite et fit coulisser le cordon pour libérer le pendentif. Tout en contournant Matt, elle lui glissa le Marteau dans la main, la main gauche levée. Le cordon noir pendait sous son poing.

Elle se plaça devant Matt.

– Je vais te le donner. Penche-toi pour que je le passe autour de ton cou.

Laurie secoua la main gauche, donc le cordon, ce qui attira le regard de Feuille. De l'autre main, elle fouilla sa poche, qu'elle avait remplie de colliers à revendre. Elle saisit et désenfila un pendentif.

– Maintenant, supplia Feuille en se penchant.

– Tiens-toi tranquille, le temps que je l'attache.

Elle enfila le pendentif – une minuscule licorne en argent – tandis que Feuille regardait par terre. En s'approchant de lui, elle fit miroiter un instant le métal devant ses yeux, puis cacha le bijou dans sa main.

Elle lui examina le cou en s'efforçant de ne pas respirer par le nez. Les trolls, du moins celui-là, ne sentaient vraiment pas bon. Elle toussota.

– On dirait qu'il n'est pas assez long pour faire le tour de ton cou.

– Jumeaux pas loin, dit le troll pour la titiller. Feuille a négocié.

Laurie pencha la tête pour le regarder.

– Je pourrais peut-être te le mettre à l'oreille. (Elle rabattit ses cheveux.) Je porte des bijoux là, moi.

Le troll acquiesça et se courba encore. Heureux hasard, cela détournait son odieuse haleine. Laurie plaqua une main sur l'oreille du monstre, grosse et épaisse, puis s'arrêta.

– Où sont les jumeaux, Feuille ?

– Arbre-mort.

– Ils sont dans un arbre mort ? répéta-t-elle d'un ton suspicieux. Les gens n'habitent pas dans les arbres, normalement.

Feuille émit un grincement puissant. Il plaqua l'une de ses grosses mains par terre et cracha. Matt et Fen bondirent vers Laurie, qui recula devant le troll, apeurée.

– Je ne voulais pas te fâcher…

– Fille de Dieu fait rigoler. Arbre-mort, nom de l'endroit.

Ce bruit terrifiant, c'était donc son rire ! Laurie secoua la tête. Un troll qui rit, ça n'avait rien de drôle. Elle se rapprocha prudemment de lui tandis que Fen restait juste derrière elle.

– Deadwood, coupa Matt. Ils sont à Deadwood, le « bois mort » !

– Feuille a dit, affirma le troll en se tournant vers Laurie. Donne Marteau.

– Oui.

Elle noua le cordon autour d'une grosse excroissance, près de l'oreille du troll. La minuscule licorne d'argent produisait un effet étrange mais au moins, là où elle pendait, le monstre ne pouvait voir que ce n'était pas le Marteau ; c'était l'essentiel. Ils tenaient un indice, Matt avait gardé le Marteau, et le troll avait gagné un bijou.

Il s'étira. Son sourire exposa des dents qui avaient bien besoin d'être brossées et curées, peut-être même sablées. Apparemment, l'hygiène dentaire n'était pas une priorité pour les trolls. Voyant cela, Laurie se dit qu'il faudrait acheter une brosse à dents pour son cousin, qui n'avait certainement pas pensé à emporter la sienne.

Elle rejoignit Matt à pas prudents. Fen la suivait de près. Son cousin-loup se retournait sans cesse vers le troll, qui les observait sans rien dire.

– Laurie…, commença Matt.

Il regardait au loin, et elle se tourna vers les bois, devenus presque lumineux. Le jour se levait enfin et ils avaient obtenu ce qu'ils voulaient. Laurie voyait des arbres, rien de plus, et il ne leur restait qu'à s'en aller.

– Quoi ?

Fen gronda. Sa fourrure se hérissa.

– Famille venir, lança le troll, ravi. Montrer famille marteau de Dieu.

– Crotte, dit Laurie, les dents serrées.

Quatre trolls se dirigeaient vers eux. Deux d'entre eux étaient encore plus gros que Feuille.

– On court ! lança Matt dès que Feuille se fut tourné vers les siens.

Quand Laurie l'entendit annoncer : « Marteau de Dieu sur mon oreille », elle tenta d'accélérer. Matt était devant, Fen derrière. Malgré leurs efforts, les trolls n'auraient qu'à tendre la main pour les capturer. Ils ne réfléchissaient pas vite, mais pour se déplacer, ils battaient des records.

Elle entendit le son étrange d'un troll qui rigole puis le sol trembla : les monstres approchaient.

Ils étaient presque à l'orée du bois. « Ils ne peuvent peut-être pas quitter la forêt, espéra Laurie. Pourvu qu'ils ne nous poursuivent pas trop longtemps. »

Elle chercha frénétiquement une cachette, comme s'il pouvait exister un refuge antitroll. Elle ne vit rien de tel. Matt la tira par le bras.

Sans avoir le temps de lui demander pourquoi, elle entendit un profond grognement. Fen. Elle se retourna juste à temps pour voir son cousin, insensé, face aux cinq trolls, les pattes plantées au sol.

Matt la poussa derrière lui et cria :

– Cours !

Le premier troll était sur le point de rejoindre Fen quand Matt, d'un coup de Marteau, le fit voler en arrière. Il expédia un deuxième puis un troisième rayon d'énergie vers les monstres, tandis que Fen bondissait hors de leur portée pour les détourner de Laurie.

– Cours ! lui répéta Matt.

Elle aurait bien voulu, mais elle refusait de les abandonner. Elle chercha désespérément un objet pouvant servir d'arme. Tout ce qu'elle trouva, ce fut une poubelle et quelques cailloux. Elle courut vers la boîte à ordures et tira dessus pour la séparer de son support.

Il y eut soudain un glapissement aigu. Elle se retourna. Fen avait été soulevé et il flottait au-dessus du sol.

– Non ! Matt ! Au secours !

D'une main énorme et griffue, un troll serrait le cou de Fen.

– Matt, fais quelque chose ! insista Laurie.

Les yeux ruisselant de larmes, elle se précipita vers les trolls. Matt l'agrippa à l'instant où elle passa devant lui.

– Attends. Regarde.

À la lueur de l'aurore, les trolls se pétrifièrent. Ils étaient à la fois des sculptures monumentales et des tas de cailloux. Si elle ne les avait pas vus bouger, Laurie les aurait pris pour des rochers de forme étrange – d'autant plus étrange qu'un loup pendait, apathique, pris dans une sorte de collet en pierre.

Laurie courut jusqu'à Fen. Il ne bougeait pas, la gueule béante. Il avait les yeux fermés et elle crut un instant qu'il était mort.

– Il respire, annonça Matt, arrivé juste derrière elle.

– Pas pour longtemps. Il va étouffer. (Elle virevolta d'un coup vers Matt.) Fais exploser ce truc.

– Exploser ?

– Brise la pierre avec ton énergie, sinon Fen va mourir.

Briser la main du troll ne lui plaisait pas, même si ce monstre les avait poursuivis et les aurait probablement tués, mais elle voulait encore moins laisser Fen à l'agonie.

Matt réfléchit, les sourcils froncés, sans trouver d'autre solution. Pour libérer Fen, il fallait fendre la masse rocheuse qui avait été la main du troll. La seule autre solution, c'était d'attendre la tombée de la nuit, quand le monstre se réveillerait – et achèverait aussitôt Fen.

La décharge d'énergie défonça la pierre autour de la gorge de Fen, qui s'affala par terre avec un bruit atroce. Il était inanimé. Laurie le tira sur ses genoux.

– Fen ! Fen, réveille-toi !

Elle lui frappa les joues. « Comment fait-on pour ranimer son cousin-loup, étouffé par un débris de montagne lui-même transformé en troll ? » Le prof de sciences n'avait jamais abordé ce sujet.

– Je vais l'emmener pour…

La voix de Matt s'éteignit tandis que Fen reprenait forme humaine. Les yeux troubles, il regarda Laurie.

– On a gagné ou on est morts ?

Elle lui tapota le front comme s'il était encore un animal.

– Gagné.

– Très bien, murmura Fen.

Et il se roula sur le côté, emporté par le sommeil.

Ayant emmené Fen dans les bois pour qu'il se repose, Laurie et Matt veillèrent à tour de rôle. Ils étaient à peu près sûrs que Fen n'était pas blessé. Il s'était réveillé à plusieurs reprises pour poser une question avant de replonger dans le sommeil. Elle aurait voulu utiliser leur tente et leurs sacs de couchage, mais en arrivant au mont Rushmore, ils les avaient cachés près du parking, craignant d'être remarqués s'ils se promenaient dans le domaine avec leur équipement. Ils n'avaient donc que la terre pour matelas et leurs sacs à dos pour oreillers.

Pendant l'un de ses brefs instants d'éveil, Fen lui expliqua que passer de l'état humain à l'état de loup consommait tant d'énergie qu'il était épuisé – et couvert de bleus. Laurie s'était adossée contre un tronc et il l'avait rejointe pour poser la tête sur ses genoux. Ainsi blotti contre elle, il lui tenait chaud, mais elle ne pouvait plus bouger.

Quand Matt s'éveilla, il lui tendit son sweat-shirt, qu'elle enfila, et il l'aida à se déplacer pour qu'elle ne serve plus d'oreiller à Fen. Elle se coucha sur l'herbe près de son cousin, de tout son long, afin de dormir un moment.

L'après-midi, alors que Matt montait la garde, Fen se ranima et ils réveillèrent Laurie. Fen semblait remis – fatigué, mais en bonne santé.

Ils lui résumèrent la situation, allèrent acheter de quoi manger et étudièrent le chemin pour aller à Deadwood. Ils finissaient leur casse-croûte quand Fen tourna la tête vers un groupe de jeunes de leur âge qui montaient dans deux cars portant la mention « Deadwood Voyages ». Devant la portière, une femme cochait le nom des passagers sur une liste.

– On pourrait les rejoindre, suggéra Fen.

– Ma foi, ils vont à Deadwood, admit Laurie d'un ton songeur.

D'abord, Matt ne répondit rien. Il observa la foule, puis se leva.

– Ce sera mieux que d'y aller à pied ou en stop.

– Génial, dit Fen, ravi.

La famille paternelle de Laurie avait un don : persuader les gens de faire n'importe quoi. Depuis qu'elle avait appris qu'ils descendaient de Loki, elle trouvait cela logique, tout en étant un peu gênée. Pourtant, c'était évident, ce talent leur permettrait de monter dans le car sans se faire remarquer. Fen, digne héritier de leur ancêtre, avait tendance à agir sans réfléchir. Cela inquiétait Laurie mais elle n'avait plus le cœur à lui faire la leçon. Les talents secrets des Brekke n'étaient pas négligeables, surtout quand on avait failli être tué par des trolls.

Fen se tourna vers elle et remarqua son expression. Il la rassura :

– Tu en es capable, tu verras. (Il ajouta en direction de Matt :) Pendant qu'on distraira la dame, monte dans le car comme si ça allait de soi. Le dos droit. La tête baissée.

Matt fit signe qu'il avait compris.

– Tu es de la famille des Brekke, souffla Fen à Laurie. Tu as ça dans le sang.

– Oui. Je suis cap'.

Tandis qu'ils s'approchaient du véhicule, Fen se mit à lui donner de petits coups de poing en annonçant bien fort :

– C'est moi qui suis à la fenêtre.

– Tu y étais à l'aller, protesta Laurie. C'est pas juste.

– Pauvre chou !

Il grimaça, montrant ses dents, si semblables à celles d'un loup que Laurie s'étonna de n'avoir jamais rien remarqué jusque-là.

– Ça suffit ! gronda la femme qui cochait le bloc-notes. Où sont vos badges ?

– Il les a perdus, gémit Laurie. Je l'avais prévenu, mais…

– Quand tu m'en as parlé, ils étaient déjà perdus, coupa Fen en se tournant vers la responsable. Je ne veux pas être près d'elle pour le retour.

Pendant ce temps, Matt entrait dans le car.

– Si c'est ça, je prendrai le prochain, dit Laurie en haussant les épaules.

– Monte ! ordonna la femme, agacée.

Fen croisa les bras.

– D'accord. Toi, tu prends celui-là, et moi…

– Vous montez tous les deux ! (La responsable regarda la file d'enfants qui restaient et ajouta :) Tout de suite !

Ils rejoignirent Matt sur le siège du fond. Il leur fit un petit signe de tête, et ils restèrent silencieux. Certes, Laurie était moins expérimentée que Fen, mais après tout, c'était une Brekke. D'instinct, elle devinait qu'ils avaient fait diversion pour monter dans le véhicule, et que, pour y rester, ils devraient éviter de se faire remarquer.

Ils s'assirent juste devant Matt.

Quelques enfants les regardèrent, mais ils ne provenaient pas tous de la même école. « Heureusement. » S'infiltrer dans un réseau de copains aurait été nettement plus difficile. Là, les passagers formaient plusieurs groupes distincts qui se connaissaient mal. Cette sortie avait probablement été organisée par une association ou un centre de loisirs.

Une fille s'assit à côté de Matt.

– T'es qui, toi ?

– Matt.

Près de Laurie, Fen étouffa un soupir. Les deux cousins échangèrent un regard inquiet. Matt n'avait pas l'habitude de jouer un rôle. Sans être spécialiste, Laurie savait qu'il n'aurait pas dû révéler son vrai nom. Elle ouvrit la bouche pour intervenir avant qu'il n'ajoute : « On habite à Blackwell, mais on a fugué. » Matt ne lui en laissa pas le temps :

– On s'est déjà vus quelque part, non ?

Fen regarda sa cousine, les yeux écarquillés. Matt jouait à fond la carte du « tout est normal ». Derrière eux, ils l'entendirent papoter avec la fille à propos du monument. Laurie n'aurait pas choisi cette stratégie, et pourtant cela semblait fonctionner. Les enfants assis en face de Matt parlaient eux aussi.

– Laurie le sait peut-être, dit Matt pour l'introduire dans la conversation.

– Quoi donc ?

– Est-ce qu'on est loin de Deadwood ? lui demanda la voisine de Matt, avec un sourire que Laurie ne trouva pas très amical.

– Euh… Je ne sais pas. Une heure de route, peut-être ?

Cette estimation était fondée sur ses voyages précédents, même si elle prêtait rarement attention à ce genre de détail.

– Vous venez d'où ? reprit la fille. Je ne vous ai jamais vus, je crois.

– À l'aller, on était dans un autre car, dit Fen. (Il posa sa tête sur le siège et ferma les yeux avant d'ajouter :) On arrête de papoter, d'accord ? J'ai mal à la tête.

– Excuse-moi, j'avais oublié, prétendit Laurie.

Tout en se félicitant intérieurement de cette mauvaise humeur simulée, elle regarda la fille et articula sans bruit :

– Désolée.

– Pas grave.

Quand les passagers ne leur prêtèrent plus attention, Fen se pencha et souffla à Laurie :

– Je savais bien que tu y arriverais.

Elle se retint d'exprimer trop ouvertement sa satisfaction. Il leur restait une longue liste d'exploits impossibles à accomplir… même s'ils avaient déjà vaincu des loups, des trolls et une accompagnatrice. Ils étaient sur la bonne voie.

14

MATT

MESSAGE À TOUTES LES PATROUILLES

Pendant le trajet, Matt se détendit, pour la première fois depuis que son grand-père l'avait nommé champion. Jusque-là, il s'en sortait bien. Très bien, même. Ils avaient rencontré des trolls et obtenu l'information recherchée. Même si tout ne s'était pas déroulé exactement comme il l'avait prévu, Laurie avait su trouver une solution, et ils avaient su faire équipe pour s'échapper. C'était l'essentiel : faire équipe. Sans être un meneur parfait, il ne faisait pas semblant. Il finirait peut-être par devenir un vrai chef, tôt ou tard.

Le car s'arrêta à Lead, pour une étape éducative avec une visite du musée des Mines de Black Hills. Matt comptait attendre sur son siège mais tout le monde descendit.

– Selon l'accompagnatrice, nous ne sommes qu'à cinq kilomètres de Deadwood, dit tout bas Fen tandis qu'ils sortaient du car en file indienne. Allons-y à pied.

Tandis qu'ils sortaient du car, une guide touristique annonça :

– N'oubliez pas : si vous vous initiez à la battée, vous trouverez de l'or, c'est garanti !

Les adolescents passèrent devant elle en rigolant, l'imitant et grimaçant avec mépris. Les plus jeunes se contentèrent de traîner des pieds et de regarder le musée d'un air accablé : pendant une heure, ils allaient s'ennuyer.

Le musée semblait assez modeste. C'était un simple bâtiment de plain-pied, avec une toiture plate. Toutefois, en regardant la façade, on ne pouvait pas rater un étrange silo. Un puits de mine miniature, supposa Matt. Il marchait dans les rangs, les yeux fixés sur le silo en se disant que ce serait peut-être intéressant, quand Fen l'arrêta.

– J'ai dit qu'on descendait ici, pas vrai ? chuchota-t-il.

– Oui, mais...

– Mais quoi ? On est en train de sauver le monde et toi, tu veux aller au musée ? T'es vraiment un taré, tu sais, Thorsen ?

Voyant Laurie se tendre, Matt fit un effort pour répondre calmement.

– Non, mais on n'est plus qu'à cinq kilomètres de Deadwood. Je ne vois pas ce qu'on gagnerait à filer de notre côté.

– C'est ça. Il n'y a plus que cinq bornes, donc je ne vois pas ce qu'on gagnerait à ne pas filer. Remonter dans le car serait trop risqué.

– Fen n'a pas tort, commenta tout bas Laurie.

Matt ouvrait la bouche quand elle lui montra la fille qui les avait questionnés lors du trajet ; elle parlait en aparté avec l'accompagnatrice, en les montrant du doigt.

– C'est bon, on se tire, décida Matt.

– Ravi d'obtenir ta permission, dit Fen. Suivez-moi.

Cette fois, ce fut au tour de Matt de l'arrêter. Ils étaient entourés d'enfants qui traversaient le parking pour atteindre la porte du musée. S'ils sortaient du rang, ils seraient repérés. Matt conclut :

– On entre avec eux, et après seulement, on fait demi-tour. Suivez-moi.

Il reprit la direction du musée, Laurie à ses côtés. Quand Matt comprit que Fen n'était pas là, il se retourna. Planté sur place, il regardait Laurie, apparemment choqué, voire vexé. Elle lui fit signe d'avancer. Il grimaça vers Matt et repartit sans faire l'effort de les rattraper.

* * *

Quand Fen les rejoignit, juste derrière la porte d'entrée, il refusa d'aller plus loin. Laurie parvint à le convaincre de rester calme jusqu'au moment où ils atteindraient la mine reconstituée – un long tunnel souterrain et obscur. Quand ils y entrèrent, Matt leur ordonna de faire comme si l'exposition les passionnait. Il se mit à papoter avec Laurie tandis que les autres, enfants et adultes, passaient leur chemin. Enfin, ils firent demi-tour. Près de la sortie, un homme et une femme étaient en service, trop concentrés sur leur conversation pour les remarquer. Matt poussa Fen et Laurie devant lui pour qu'ils franchissent la porte.

Une fois dehors, il leur suffit de remonter la rue pour voir les premiers panneaux de la voie rapide. C'était forcément la meilleure façon de se rendre à Deadwood, expliqua Matt. Le lieu où ils se trouvaient était cerné de collines noires et d'une épaisse forêt montagneuse où il ne ferait pas bon s'aventurer. De plus, il ne fallait compter qu'une petite heure de marche. S'ils pressaient le pas, ils atteindraient Deadwood avant même que le car redémarre.

Sans être bondé, le centre de Lead était plutôt animé et ils n'eurent pas de mal à se fondre dans la foule. Pourtant, Matt ne détacha pas ses yeux de la route, au cas où. Soudain, Fen lança :

– La prochaine à droite, vite !

Matt observa les alentours, les yeux froncés.

Fen le regarda comme s'il se trouvait au milieu du trajet de la tornade. Il marmonna et tira Laurie pour qu'elle s'engage dans la première ruelle. Laurie se tourna vers Matt et chuchota :

– Un flic !

Il le chercha du regard. Une voiture de police roulait au pas. Matt l'avait vue paraître au coin de la rue mais pour lui, elle n'avait rien de plus alarmant qu'un camion de livraison. Contrairement à d'autres jeunes, quand les policiers approchaient, il n'avait pas le réflexe de se demander : « Qu'est-ce que j'ai fait de mal ? »

Plus exactement, il se posait la question, en enchaînant immédiatement : « Est-ce la voiture de mon père ? » Si, dans les deux cas, la réponse était oui, il était mal. Sinon, quand les officiers de Blackwell le surprenaient là où il n'avait rien à faire, ils passaient leur chemin en le saluant, et Matt comprenait le message.

Donc, il vit la voiture mais, puisqu'il marchait normalement et que ce n'était pas son père, il ne réagit pas. Sauf qu'ils n'étaient pas à Blackwell. L'officier qui se trouvait là ne l'avait pas connu tout petit.

Il trotta pour rejoindre Fen et Laurie.

– À votre avis, c'est la dame du car qui l'a appelé ?

Fen haussa les épaules et les incita à avancer encore. Ils s'engagèrent dans une autre rue qui desservait un lotissement de maisons accolées, auxquelles un petit coup de peinture n'aurait pas fait de mal, de même qu'aux pick-up garés devant. Deux enfants, montés sur des vélos rouillés, les regardèrent. Puis ils levèrent le nez et, d'un coup, se mirent à pédaler comme des fous pour filer.

Par-dessus son épaule, Matt aperçut le véhicule de police : après avoir remonté la rue qu'il venait de quitter, il ralentissait au croisement.

– S'il tourne, on part en courant, dit Fen.

– Pour aller où ? demanda Matt.

L'intersection la plus proche était à quatre cents mètres, et il ne voyait aucun passage entre les pavillons.

– Ne vous énervez pas, ajouta-t-il. Je sais comment faire.

Il se remit à marcher normalement en regardant devant lui. Il entendit le moteur gronder quand le véhicule tourna pour s'approcher… en roulant au pas, ce qui voulait dire que le policier les examinait.

– Détendez-vous, conseilla Matt tout bas. Détendez-vous, c'est tout.

Ils étaient du côté gauche. La voiture traversa la chaussée et ralentit le long du trottoir, sans se soucier d'un camion qui venait en sens inverse. Matt fit comme si de rien n'était. Une vitre s'abaissa. Alors il se retourna. Il sourit au policier, un gros costaud d'une vingtaine d'années.

– Bonjour, m'sieur, dit-il.

– Bonjour.

L'agent au volant freina et se mit au point mort.

– Vous allez où, les jeunes ?

– On se balade, répondit Matt. Nos parents visitent le musée de la Mine avec mon petit frère. Comme ça ne nous disait rien, on a préféré se promener. (Il leva le nez.) On nous a dit qu'il y a un marchand de glaces par ici, mais je crois qu'on s'est trompés de rue.

– Exact. Mais ça se comprend, il est juste en contrebas. Vous n'avez qu'à monter, je vais vous déposer.

– Merci, c'est sympa, mais on vient de passer des heures en voiture. Il faut qu'on se dégourdisse les jambes. On va retourner vers le centre, on finira bien par trouver.

Le policier ouvrit sa portière et insista :

– Franchement, je crois que tu devrais dire oui... (il sortit sur le trottoir)... Matt.

Matt se tourna pour partir en courant mais le policier lui saisit le poignet. Il vit Fen s'enfuir, suivi de Laurie. L'agent le força à lui faire face.

– As-tu la moindre idée des inquiétudes que tu as causées, mon gars ? En tant que fils de shérif, tu devrais te comporter mieux que ça.

– Je...

– Tu croyais cavaler encore combien de temps ? Ton père a lancé une alerte de disparition. Quand un gosse est porté disparu, on ouvre l'œil. Si, en plus, c'est le fils d'un shérif, on ouvre les deux yeux.

Il poussa Matt vers la portière arrière.

– Tu montes, maintenant. Si tu es sage, je te permettrai de t'asseoir à l'avant. Pour l'instant, je vais te traiter comme n'importe quelle petite racaille.

Matt tourna la tête vers Laurie, dix mètres plus loin. Elle s'était arrêtée et attendait, apparemment déchirée entre l'envie de se sauver et celle de le rejoindre. Il lui fit signe de filer. Le policier le remarqua et regarda vers Laurie. Fen, derrière elle, avait fait demi-tour.

– C'est Laurie Brekke, là-bas ? demanda le policier. Elle aussi, elle est signalée. Selon ton père, il n'y a aucun rapport entre les deux affaires. Il s'est trompé, on dirait. (Il cria vers Laurie :) N'essaye pas de t'échapper, ma petite demoiselle !

Il poussa Matt à l'épaule pour le faire monter dans la voiture et lui lâcha le poignet. Matt attendit que son bras soit libéré et son épaule, à peine tenue, et...

Il se tourna vivement pour échapper à l'emprise du policier. Puis il partit en courant. D'instinct, il se dirigea vers Laurie et Fen. Quand il comprit que c'était une erreur, il fit demi-tour. Il devait prendre une autre direction pour que les Brekke s'échappent. Son plan aurait abouti si seulement Laurie s'était retenue de courir derrière lui. Fen lui cria de revenir mais elle avait pratiquement rejoint Matt.

L'agent, assis au volant, avait décroché le téléphone pour appeler du renfort, tout en redémarrant.

Matt s'engagea alors dans les jardins, devant les pavillons. Fen le suivait lui aussi, le couvrant d'injures. Il avait raison : Matt les avait mis dans de beaux draps. Il avait même du mal à croire qu'il eût été si stupide. Comment avait-il pu fuguer sans se douter que son père alerterait les patrouilles de police ? Sa seule excuse, assez délirante elle-même, était que jusque-là, il n'avait pas conscience qu'il était en train de fuguer.

Sa famille comptait l'offrir en sacrifice à un serpent géant. Le seul moyen pour lui de sauver sa peau était de tailler la route pour former une équipe qui vaincrait la bête. Rien à voir avec l'explication classique : « Mes parents sont trop méchants donc je suis parti vivre très loin. » Toutefois, aux yeux de tout le monde, c'était exactement ce qu'il avait fait.

La voiture de police rugissait le long de la chaussée tandis qu'ils traversaient le jardin. L'agent baissa la vitre.

– Reviens immédiatement, Matthew Thorsen ! Tu es le fils d'un shérif. Tu dois donner l'exemple. Tu te rends compte que tu le déshonores, là ?

Derrière Matt, Fen ricana d'une voix très sarcastique :

– Évidemment, vu sous cet angle…

Malgré cela, Matt hésita un instant. Les mots de l'agent lui faisaient trembler le cœur, une voix intérieure hurlait que cet homme avait raison. Matt ne pouvait pas se permettre d'être irresponsable. Il ne devait pas déshonorer sa famille.

Ce moment de doute ne dura pas. Matt comprit aussitôt que les règles établies n'étaient plus valables. Désormais, agir de façon responsable signifiait sauver le monde, quitte à désobéir aux forces de l'ordre. Ou à déshonorer sa famille. Ou encore…

– Par là ! cria-t-il en montrant un passage entre deux pavillons. Foncez ! Je m'occupe du reste.

Fen le poussa vers l'allée.

– Non, Thorsen. C'est moi qui assure. Tu en as fait assez.

Quand Matt voulut le contredire, Fen le poussa plus fort, et ils s'engagèrent tous les trois dans le chemin. Fen passa devant. Il les précéda dans le jardin et par-dessus la clôture, traversa un autre terrain, le long d'une série de maisons non contiguës. Ils coururent ainsi jusqu'au portail opposé et débouchèrent sur la voie rapide.

La voiture de police n'était visible nulle part… pour le moment.

Fen regarda à droite et à gauche. Matt allait lui suggérer quelque chose quand Fen fit un geste vers un pick-up garé en face.

– Là-bas, annonça-t-il. Emmène Laurie. Couchez-vous sur le plateau et attendez.

Ils traversèrent en courant, franchirent la haie d'un bond tandis que Fen surveillait les environs. Matt aperçut la voiture de police, au coin de la rue. Il se plia en deux et avertit Fen.

– Allongez-vous. Restez plaqués. Et fermez-la. Tu en es capable, Thorsen ?

D'un seul regard, Laurie intima à Matt de se taire. Il entendit les chaussures de Fen claquer par terre. Apparemment, il trottait vers la voiture de police. Celle-ci fit halte, le moteur en marche.

– Salut, dit Fen.

Le policier répondit d'un grognement :

– Où sont passés tes copains ?

Fen prit une voix plus faible.

– Je suis venu pour vous le dire. Mais avant, il faut que vous me promettiez quelque chose.

Silence.

– Moi aussi, je suis de Blackwell, reprit Fen. Laurie, c'est ma cousine. Elle s'est sauvée avec Thorsen après la fête. Ils s'étaient mis en tête d'aller à Deadwood tous les deux. Trop débile, non ?

Matt entendait Fen ricaner tandis que le policier pouffait lui aussi, comme s'il se détendait.

– Bref, je les ai rattrapés ce matin. Ma cousine refuse de m'obéir. Je voudrais bien que vous la rameniez à la maison. Ce serait possible ?

– Évidemment. Tes parents seront fiers de toi, petit gars, quand ils sauront que tu t'es si bien occupé d'elle.

– Je ne fais que mon devoir.

– Allez, viens. Monte.

– C'est justement ça, le problème, reprit Fen. Ma cousine et moi, on s'entend bien, mais si elle apprend que je l'ai dénoncée, elle va m'en vouloir à mort. Vous pourriez les retrouver tout seul ? Moi, je vous attendrais une rue plus loin, et vous n'auriez qu'à faire semblant de me tomber dessus par hasard.

L'agent accepta. Matt s'aperçut qu'aucun avis de recherche n'avait été émis au sujet de Fen, et que celui-ci ne s'en étonnait pas. Il tendit l'oreille : Fen racontait que Laurie et son copain avaient traversé les jardins du lotissement, comptant faire demi-tour plus loin pour se réfugier dans un magasin, en ville. Il ne savait pas lequel, mais « Thorsen ne passe pas inaperçu, avec ses cheveux roux ». Le policier le remercia et lui promit de le rejoindre au plus tôt.

* * *

Grâce à cette ruse, ils parvinrent à s'échapper. Ils restèrent simplement hors de la route, en lisière de forêt, en gardant l'œil sur le ruban de bitume pour éviter de s'égarer.

– Je suis vraiment désolé, dit Matt en retenant une branche pendant que Laurie et Fen passaient devant lui. Je n'ai pas…

– … pas vu venir, non, coupa Fen. Aucun d'entre nous n'avait vu venir, mais on aurait dû. Ton père, c'est le shérif. Les flics allaient te courir après, c'était évident. Après vous deux, même.

Fen se tut et, avec une patience à laquelle Matt ne s'attendait pas, il ajouta :

– Mais bon, on avait autre chose en tête. Les tornades, les Guerriers, les Valkyries, les trolls... Ajoutons les flics à notre liste, d'accord ?

– D'accord, admit Laurie, avant de lui donner un coup de tête sur l'épaule. On a oublié de se concentrer sur les problèmes de base. Par exemple, sur le fait que nous sommes tous en fuite.

– Gardons ça à l'esprit, nota Matt. Maintenant, il faut être superprudents. Plus question de faire du stop, par exemple.

– Tout juste, murmura Fen.

Il regarda alternativement Matt et Laurie, puis il sourit.

Et personne ne releva le fait que seulement deux des trois fugitifs avaient été signalés aux autorités.

15

◆

LAURIE

DEADWOOD

Laurie constata, plutôt étonnée, que la marche était assez calme, même s'ils s'étaient rendu compte qu'une nouvelle fois, leur projet était plutôt vague : « aller à Deadwood pour trouver les jumeaux ». Il n'était pas désagréable de passer quelques heures en paix. Pour rien au monde les garçons n'auraient reconnu qu'ils devenaient amis, et pourtant c'était le cas. À cause de la police et des créatures mythiques, leur vie quotidienne avait radicalement changé, mais ils faisaient équipe. Malgré tout, au bout de quelques heures, Matt prit un air inquiet et Fen se mit à râler qu'il avait faim.

– Commençons par là.

Laurie désignait le cimetière de Mount Moriah, sur la butte qui dominait Deadwood. Elle ne comprenait pas pourquoi, mais pour elle, c'était une évidence.

– Pas de problème, dit Matt, ses yeux montrant le même intérêt qu'à l'entrée du musée.

– Comme tu voudras, ajouta Fen.

Il passa devant elle pour gravir la butte.

De toute évidence, les garçons examinaient les environs pour y déceler des dangers, et Laurie ne pouvait pas le leur reprocher. Ce qu'elle aurait pu leur reprocher, c'était d'agir comme si elle était aveugle, mais elle n'avait pas envie de soulever cette question.

À peine entrée dans le cimetière, Laurie les vit : un garçon et une fille, certainement frère et sœur, calquaient les inscriptions d'une tombe. Il y avait d'autres visiteurs alentour, et encore plus de monde en ville, mais c'était là que ses pieds l'avaient menée. Elle comprenait mal d'où venait sa certitude mais, dès le premier regard, elle sut qu'ils étaient les descendants. En les regardant de plus près, elle s'aperçut qu'ils étaient non seulement frère et sœur mais aussi jumeaux. « Comme Frey et Freya. Ils sont ceux que nous cherchons. » Une question demeurait : comment annoncer à ces deux inconnus qu'ils devaient se joindre à trois ados pour mettre au point une stratégie visant à abattre un reptile géant, donc sauver le monde ? Sous quelque angle qu'elle abordât le problème, cela lui semblait délirant.

– Ce sont eux, annonça-t-elle tout bas. Les jumeaux.

L'enfant qui tenait une feuille les regarda venir ; l'autre, agenouillé au sol pour frotter le papier avec une craie, leur jeta un petit coup d'œil avant de se remettre à la tâche. Ils ne firent ni sourire de bienvenue ni signe d'accueil. À l'école, Laurie aurait hésité à les rejoindre.

Mais elle n'était pas à l'école.

Et après les trolls… eh bien, deux enfants ouvertement indifférents ne lui faisaient pas peur. Elle savait ce qu'était la peur, et ces deux regards « passe-ton-chemin-j'aimieux-à-faire » ne l'impressionnaient pas. Elle leur sourit ; ils continuèrent de l'ignorer. Celui qui se tenait debout parla à l'autre, qui se mit à rire.

– Tu es sûre de ton coup ? demanda Fen.

Laurie confirma, sans relâcher son attention. Soudain, elle redouta qu'ils ne partent en courant. « Il faut éviter ça. Nous avons besoin d'eux. » Seul problème : elle ne voyait pas comment les en convaincre.

Sans savoir pourquoi, elle s'était attendue à rencontrer des jeunes comparables à Matt ou à Fen, alors qu'il n'en était rien. De loin, ils semblaient grands. Leurs mèches raides, blond clair, leur tombaient sur les épaules. Laurie n'était pas certaine de différencier la fille du garçon, car ils portaient presque la même tenue : un pantalon noir à bretelles, de grosses bottes noires, et des bijoux brillants aux oreilles et aux doigts.

– On a un plan, cette fois ? insista Fen.

Matt, muet, se contenta de faire un pas vers les jumeaux.

Ils paraissaient parfaitement indifférents à l'attention qu'ils suscitaient. Ils avaient peut-être l'habitude d'être observés, car ils ne semblaient pas gênés. Ils n'avaient jamais affronté des loups, des Valkyries ni des trolls, eux. Laurie songea qu'il valait mieux ne pas mentionner ces choses-là trop tôt. Concentrés sur leur tâche, ils ignoraient leur entourage.

Laurie voulait aller vite. Ce site dominant le paysage la troublait plus qu'elle ne l'aurait cru ; certaines tombes anciennes lui donnaient des frissons. Peut-être parce qu'il faisait froid, ou qu'elle venait de comprendre qu'ils risquaient de mourir eux aussi. Fen avait frôlé la mort et, selon la légende, Matt allait périr. L'idée que l'un d'entre eux disparaîtrait la rendait malade. Avant la tornade, elle ne connaissait pas bien Matt, et le peu qu'elle croyait savoir de lui était faux. Ayant affronté côte à côte quelques monstres, ils étaient presque devenus amis. « Ils ne peuvent pas le tuer. C'est insupportable. » Elle allait faire l'impossible pour empêcher cela.

Et, pour commencer, convaincre ces jumeaux de coopérer.

Elle pressa le pas.

Matt bondit pour rester près d'elle. Il lui demanda tout bas :

– Qu'est-ce que tu fais ?

– Je vais leur parler, répondit-elle d'un air bien décidé.

– Tu comptes leur dire, l'air de rien, qu'ils doivent nous aider à vaincre un serpent géant pour empêcher l'apocalypse ?

Matt ne murmurait plus, même si sa voix restait trop faible pour que les jumeaux l'entendent. Il ajouta :

– On n'est pas à Blackwell, ici. Si ça se trouve, ils ignorent tout de Thor et Loki.

– Eh bien, on va leur demander ce qu'ils savent, répliqua Laurie.

Quand Matt se tourna vers Fen pour qu'il le soutienne, Fen se contenta de hausser les épaules. Même si son cousin n'appréciait pas son plan, elle savait qu'il l'épaulerait. Fen était toujours de son côté. Bon, presque toujours. Il serait capable de s'allier avec Matt s'il pensait que c'était dans l'intérêt de Laurie. Elle le savait. Elle savait aussi qu'il casserait la figure de celui qui ne la respecterait pas. Il l'avait prouvé dès l'école maternelle. Et cela donnait peut-être un peu de courage à Laurie, elle l'admettait.

Ils rejoignirent les jumeaux. Laurie vit qu'ils avaient les ongles courts, vernis de noir, et les yeux soulignés d'une ligne sombre. Ils se comportaient toujours comme si Laurie et les garçons n'étaient pas là. Sans même leur accorder un petit regard.

– Salut, dit Laurie.

Ils ne répondirent pas.

– Ma cousine vous parle, là, signala Fen.

– Et mon frère et moi, on n'a pas envie de discuter avec elle… ni avec toi, riposta l'enfant qui était resté debout.

Au son de sa voix, Laurie comprit qu'il s'agissait de la fille.

Fen grogna.

Le gamin accroupi se redressa pour se placer à côté de sa sœur. Il ne dit rien, se contentant de lui porter un regard incertain.

– Écoutez, reprit la fille. On ne vous connaît pas, on n'a pas envie de vous connaître et on se fiche pas mal de ce que vous voulez. Ray et moi, on est occupés. (Elle leur tourna le dos en secouant les mains comme pour les balayer.) Maintenant, fichez le camp.

– Quoi ? gronda Fen d'un ton à peine humain.

– Fen…, avertit Matt.

– Pour trouver ces espèces de Barbie et Ken à la sauce gothique, j'ai failli finir étranglé par un troll, alors il n'est pas question que je décampe pour les laisser jouer avec leur craie ou faire du maquillage.

Les yeux de Fen étaient d'un jaune brillant. Laurie se demanda s'il lui cachait encore certaines de ses capacités, ou s'il était tout bêtement fatigué.

– Pardon ? demanda la fille d'un ton plus provocateur qu'interrogateur.

– Reyna…, souffla son frère.

Sans lui prêter attention, elle se remit face aux trois arrivants.

– Faudrait pas croire que, parce qu'on porte du khôl, on n'est pas capables de te défoncer, sac d'os. Va te renseigner en ville. Et les trolls, franchement… Retourne jouer sur ton ordi.

– Oh ! Taisez-vous, tous les deux. On n'est pas là pour se bagarrer, coupa Matt en se plaçant entre Ray et Fen. Tout ce qu'on veut, c'est discuter un peu avec vous. On est fatigués et, pour certains d'entre nous (il regarda Fen), le voyage a été éprouvant. On se fiche pas mal de votre euh… maquillage.

– Sans blague ? Ce garçon porte du vernis à ongle, insista Fen.

– La ferme, Fen.

Laurie lui plaqua la main sur le buste et se tourna vers Reyna et Ray.

– S'il vous plaît, on peut vous expliquer ?

Ils attendirent ainsi quelques instants, immobiles et mal à l'aise, puis Reyna répondit :

– Admettons. Dites ce que vous avez à dire et partez.

Elle prit son jumeau par le bras.

Laurie sentit passer un étrange picotement, comme si elle avait des fourmis dans tout le corps. Les pouvoirs surnaturels de ces deux-là, quels qu'ils fussent, étaient décuplés quand ils étaient en contact. Apparemment, Matt détectait les monstres et Laurie, les descendants. Et quoi d'autre ? Les ennuis ? Les dangers ? Sans bien comprendre, elle percevait un phénomène, qui augmentait dès que les jumeaux se touchaient. Elle reprit la parole :

– Bon. Vous voulez vous asseoir, marcher ou…
– Non, on ne veut pas, trancha Reyna.
Apparemment, elle parlait pour eux deux. Ray se tenait à côté d'elle, silencieux, ressemblant davantage à une extension de sa sœur qu'à un être indépendant.
– OK…
Laurie inspira profondément sans trop savoir par quoi commencer. Elle consulta Matt, qui fit un pas en avant pour expliquer :
– La fin du monde approche. Nous avons besoin de vous pour l'empêcher d'arriver.
Reyna recula en tirant Ray vers elle. Matt reprit :
– Ce n'est pas tout, évidemment. Ce n'est qu'un résumé. Je peux vous raconter le reste, si vous me laissez…
– Viens, Ray.
Reyna se baissa pour ramasser leurs affaires. Elle tenait toujours l'épaule de son frère, qui était resté debout et considérait Matt.
– Vous n'êtes pas comme tout le monde, vous savez faire des choses dont les autres sont incapables. Parce que vous êtes des nôtres.
– Nous n'avons rien à voir avec vous. (Reyna lâcha son frère pour croiser les bras sur sa poitrine.) Nous sommes…
– … des descendants des dieux scandinaves. Vous avez des pouvoirs magiques. Je le sais, coupa Matt d'une voix posée.
– Du moins, vous en aurez bientôt, ajouta Laurie.
Les jumeaux échangèrent un regard, puis Ray murmura :
– On ne voit pas de quoi vous parlez.
En une minute, les jumeaux rassemblèrent leur matériel et partirent d'un pas vif. Pour un peu, ils auraient couru.

– Quelle réussite ! railla Fen.

* * *

Se rendre au centre de Deadwood à pied fut une sorte de punition. Les deux derniers jours avaient été très longs, et Laurie était fatiguée. Elle avait envie de prendre un bain, de se glisser dans son lit ou de s'enrouler sur le canapé de son salon avec un bon bouquin – à moins de regarder un film avec Fen et Matt. Ce dont elle n'avait pas envie, c'était de trouver un moyen de convaincre les jumeaux, qui cachaient certainement un secret, de s'allier à eux pour sauver le monde. D'ailleurs, elle n'avait elle-même aucune envie de sauver le monde, mais il aurait été intolérable de rester chez soi tout en sachant qu'un épisode aussi crucial allait arriver. Certes, elle n'était pas de ceux qui mèneraient le combat, mais son cousin en faisait partie, son ami aussi, et elle comptait les aider à atteindre leur but. Elle avait réussi à tromper le troll, et elle était persuadée d'avoir vu juste en croisant les jumeaux – du moins, elle se le répétait.

– Et si je m'étais trompée ? demanda-t-elle tout haut.

Matt s'immobilisa pour la regarder droit dans les yeux.

– C'est ce que tu crois ?

– Non. Pas forcément. Je ne sais pas.

Soudain, elle sursauta en entendant un homme crier qu'il allait « appeler les forces de l'ordre ».

Sur le trottoir d'en face, deux hommes s'injuriaient en brandissant des armes. Pendant un instant, Laurie eut envie de s'approcher pour protéger... l'un des deux. Cela ne dura qu'une fraction de seconde, sans qu'elle décide lequel elle aiderait. L'un portait un costume et un haut-de-forme, l'autre, un blouson de cuir à franges, un

pantalon crasseux et un chapeau de cow-boy défoncé. Le temps de battre des paupières, elle devina que c'était du théâtre. Deux acteurs rejouaient une scène de l'histoire du Far West.

– Wild Bill n'a pas été tué dans la rue, protesta Matt tout bas.

– Quoi ? demanda Fen.

– Ce type ne joue peut-être pas Wild Bill. C'est la grande figure historique de la ville, mais d'autres pistoleros sont passés par ici, dit Laurie.

Matt et elle avaient fait un pas en avant pour regarder le spectacle.

– Sérieux, on ne va pas rester ici ? C'est rasoir, protesta Fen en se glissant entre eux.

Laurie se rapprocha de lui. Il n'aimait pas qu'elle se concentre sur quelqu'un d'autre que lui. La mère de Laurie lui avait même expliqué qu'elle l'y encourageait en lui obéissant trop souvent; mais il fallait bien que quelqu'un soutienne Fen et, depuis des années, les seules personnes sur lesquelles il pouvait compter étaient Laurie et son père.

– Allez, Fen. Vivre ici en ce temps-là, ça devait être cool, tu ne crois pas ? Je croyais que tu étais un Brekke.

Fen resta muet une minute tandis qu'ils assistaient à l'affrontement virtuel des deux acteurs.

– C'était peut-être cool, mais là, c'est rien que deux gars qui se la jouent.

Il n'était pas facile de prendre parti pour l'un ou l'autre. L'homme en costume dégaina son arme, bientôt imité par le cow-boy, qui agissait d'une main souple. Comme Laurie n'avait pas bien écouté, elle ignorait qui était le bon ou le méchant. Les choses auraient été plus simples, au théâtre comme dans la vie, s'il n'y avait eu que des bons et des méchants, des héros et des ordures ; hélas, le bien et le mal n'étaient pas toujours aussi distincts. Elle regarda Fen. La seule évidence, c'était que son cousin allait devenir un héros. Sur ce point, elle avait vu juste. Fen reprit :

– Je parie qu'en ce temps-là, il y avait déjà des Brekke et que les Thorsen… (il regarda Matt)… les arrêtaient pour un oui ou pour un non.

Matt haussa les épaules.

– Sois gentil, Fen, gronda Laurie. Les Thorsen ne sont pas tous coulés dans le même moule, les Brekke non plus. Matt a fui la police avec nous, et toi, tu l'as secondé quand il s'est battu.

Cette fois, les deux garçons haussèrent les épaules, gênés.

Matt se détourna des faux cow-boys.

– On devrait aller manger et établir un plan pour convaincre les jumeaux de nous rejoindre, dit-il.

– Et trouver un endroit où dormir, ajouta Fen. On n'a plus de sacs de couchage et, à moins de forcer la porte d'une chambre d'hôtel, on n'a nulle part où aller.

Ils reprirent leur marche dans la rue principale. Par souci de sécurité, ils achetèrent un chapeau à Matt dans une boutique de souvenirs. Il le rabattit sur son front. Après leur échange avec le policier de Lead, la prudence était de mise. Compte tenu de l'avis de recherche et de leur âge, il ne serait pas facile de passer la nuit à l'abri. Ils avaient laissé leur matériel de camping au mont Rushmore. Laurie soupira. Elle n'avait pas envie de coucher sur le sol froid et nu mais elle était bien consciente qu'aucun hôtel ne leur louerait une chambre. D'ailleurs, même s'ils réussissaient à convaincre un adulte de leur réserver une chambre à son nom, il n'aurait pas été très malin de dépenser ainsi leurs maigres économies.

Dans sa famille, tout le monde était doué pour l'arnaque ; depuis qu'elle en savait plus sur ses ancêtres, elle s'en trouvait curieusement fière. Ce talent d'escrocs leur venait de Loki. D'une certaine manière, cela donnait raison à sa mère : Laurie était le sosie de son père. Ce n'était peut-être pas un défaut, contrairement à ce qu'avait dit sa mère le jour où le principal l'avait convoquée dans son bureau. Selon Laurie, sa mère sous-estimait les qualités de son père. Avoir de la chance – ou savoir mettre la chance de son côté – avait du bon.

– Les jumeaux accepteraient peut-être de nous héberger, dit-elle soudain en imaginant par quelles astuces elle parviendrait à en faire des alliés.

Fen éclata de rire.

– Alors qu'ils ne veulent même pas nous parler, toi, tu t'imagines qu'ils vont nous inviter !

– Ce n'est pas impossible.

Si elle avait été seule avec lui, elle se serait expliquée, mais elle craignait que Matt, même s'ils étaient presque amis, refuse de participer à un bluff.

– Je n'aime pas être d'accord avec Fen, intervint Matt, mais là, il a raison. Ils sont partis en courant. On avait à peine commencé à les amadouer quand ils ont décampé.

– Ils sont de notre côté, tu es sûre ? demanda Fen.

Il se passa les mains sur le visage comme pour se réveiller. Sa voix devint soudain plus incertaine.

– La légende doit se réaliser, admettons, mais dans quelle proportion ? Puisque j'ai pu choisir mon camp, ils peuvent le faire eux aussi. Ce sont peut-être des alliés du serpent. Admettons qu'un serpent géant débarque un jour : tout le monde sera au courant. En ce temps-là, je ne sais pas quand, abattre un serpent géant n'était pas facile, et c'est pour ça qu'on appelait les dieux. Mais depuis, on a inventé les tanks, les bombes et tous ces trucs-là.

Tout ce que Laurie trouva à dire, ce fut :

– Fen n'a pas tort… Il a raison, même. Nous ne savons ni ce que nous faisons ni où nous devons aller. (Après un moment de réflexion, elle ajouta :) En plus, je suis fatiguée et j'ai faim.

La frustration de Fen s'évanouit.

– On va manger. Et trouver la solution.

Il lui donna un petit coup d'épaule.

Matt resta silencieux pendant la marche ainsi que durant leur dîner léger. Puis, tandis qu'ils sortaient du bistrot, il regarda Laurie et demanda, l'air de rien :

– Où sont les jumeaux ?

Sans réfléchir, elle tendit le doigt vers la gauche.

Fen et Matt lui sourirent tous les deux et, quand elle comprit ce qu'elle venait de faire, elle les imita.

– Je vais les trouver. Ce sont eux, et je vais les trouver.

– On en est capables, ajouta Matt. À nous trois, on les convaincra. On forme une bonne équipe.

Laurie s'attendait un peu à voir Fen grimacer, mais il la regarda et conclut :

– Montre-nous le chemin.

Ils quittèrent le centre touristique de Deadwood et ses casinos, pour gagner les rues qu'ils avaient évitées en arrivant de Mount Moriah. Laurie resta aussi silencieuse que les garçons, concentrée sur son instinct qui lui indiquait où trouver les jumeaux. Elle finit par comprendre qu'ils retournaient au cimetière. C'était troublant.

Matt avait probablement la même impression car il fronçait les sourcils.

– Attendez, j'ai dû me tromper, dit Laurie. J'étais certaine que mon instinct me guidait vers eux.

– Si ça se trouve, les gens que nous cherchons sont au cimetière, et nous sommes passés devant eux tout à l'heure, suggéra Matt avec espoir.

Sous le coup de la frustration et de la peur d'une longue marche sans résultat, Laurie hurla tout bas. Fen lui prit la main.

– Tout va bien.

– Pas vraiment, non.

Elle ferma les yeux pour se concentrer. Une sensation, toujours la même, la poussait de l'avant et lui indiquait le chemin à suivre. Elle eut beau tourner le dos au cimetière, cela ne changea rien à ce qu'elle ressentait. Elle secoua la tête.

– Je ne comprends pas. Ils y sont peut-être retournés. Ou peut-être s'agit-il d'autres personnes.

Suivie des garçons, elle arriva à Madison Street et non à Mount Moriah. Elle sentait que le but était tout près, comme si elle était au bout d'une impasse. La maison devant eux était une énorme verrue. On aurait dit que les propriétaires avaient acheté plusieurs bâtiments pour les remplacer par une villa prétentieuse et surdimensionnée qui clamait : « Nous ne savons plus quoi faire de notre argent. » Laurie tendit le bras.

– Il me semble qu'ils sont là.

– Eh béé..., commenta Fen. Barbie et Ken ont de la thune, on dirait.

Matt secoua la tête.

– On entre, ils s'énervent comme tout à l'heure, et on finit entre les mains de la police. Si les flics me cherchent à Lead, ils me cherchent ici aussi, je suppose.

Fen lui adressa un regard apaisant.

– Bien vu, Thorsen. Alors, qu'est-ce qu'on fait ?

Étonnée, Laurie constata que Fen comptait toujours sur elle pour les guider.

– Je n'en sais rien, avoua-t-elle.

Fen finit par suggérer :

– Filons avant d'être dénoncés comme rôdeurs.

La maison était proche du cimetière. Ils décidèrent donc d'y retourner. Soit les jumeaux reviendraient, soit ils étaient ailleurs dans Deadwood, et dans ce cas Laurie les retrouverait. Cela ne ferait pas forcément progresser la cause du rejoignez-notre-équipe-de-sauveurs mais, pour convaincre ces deux enfants, il fallait d'abord les trouver.

16

MATT

TOMBEAUX ANONYMES

Devant le cimetière, Matt suggéra qu'ils commencent par le parcourir pour voir si les jumeaux étaient là. Fen répondit en râlant : lors de leur premier passage, ils les avaient vus tout près de l'entrée, puis le flair de Laurie les avait menés droit chez eux. Mais Matt insista. Fen se laissa convaincre et il suivit le mouvement.

Ils franchirent le portail noir. Matt se mit à quadriller le cimetière en s'arrêtant devant certains panneaux ; la quatrième fois, Fen grogna.

– Tu fais quoi, là ? demanda-t-il. Tu prépares un devoir d'histoire, Thorsen ? Les jumeaux ne sont pas cachés dans cette plaque.

– Il y a à peu près quatre mille plaques gravées, ici, répondit Matt sans cesser de lire. Et cela ne représente qu'un tiers du total des tombes, puisque la plupart sont anonymes.

– Je ne vois pas le rapport avec les jumeaux.

– Je trouve ça intéressant, c'est tout.

– Intéressant ? protesta Fen, grimaçant. C'est un cimetière !

– Oui, mais c'est le cimetière de Deadwood. (D'un geste large, Matt désigna les collines ponctuées de sépultures.) Pense au nombre d'hommes qui sont morts lors d'une fusillade, en plein jour. C'est chouette, non ?

Laurie eut un petit rire.

– Tu trouverais ça moins chouette si tu étais l'un d'eux.

– Tu comprends très bien ce que je veux dire. Nous sommes dans le grand cimetière du Far West. C'est ça qui est cool.

Il baissa la tête vers Deadwood, au pied de la butte. Les arbres coupaient assez bien la vue pour inciter Matt, les paupières froncées, à imaginer la ville d'antan, avec des saloons à la place des cafés, des tripots à la place des casinos. Il commença à se détendre, pour la première fois depuis qu'il avait quitté Lead. Là-bas, il avait raté son coup. Tout raté, au point de se convaincre que Fen et Laurie découvriraient qu'il n'était pas le chef dont ils avaient besoin. Puis ils étaient allés de l'avant. Il se détendait, redevenait lui-même. Presque comme s'il était entouré d'amis.

– Dans le temps, Deadwood était la « dernière frontière », raconta-t-il. J'ai lu des correspondances là-dessus pour préparer un exposé. Dans l'une d'elles, quelqu'un disait qu'après être passé à Deadwood, il ne redoutait plus l'enfer.

– La dernière frontière ? Comment ça ? demanda Laurie tandis qu'ils reprenaient leur marche.

Voyant que Fen roulait des yeux, elle lui jeta un regard mauvais.

– Ça m'intéresse, tu permets ? Puisqu'on est là, autant écouter le guide amateur.

Matt sourit.

– Je vais faire de mon mieux. Je ne suis jamais venu ici – mes parents méprisent la ville de Deadwood, celle d'hier et d'aujourd'hui –, mais j'en connais l'histoire par cœur. On la surnommait « dernière frontière » parce que, d'un point de vue administratif, la ville était illégale. Elle a été construite sur les terres des Amérindiens. Un jour, le général Custer a trouvé de l'or. Ça a déclenché une ruée et la création de Deadwood. Mais comme aucune règle n'était appliquée, la loi et l'ordre n'y avaient pas leur place, du moins jusqu'à l'arrivée d'un Canadien, Seth Bullock – le premier shérif de la ville.

Matt continua tandis que Fen traînait les pieds et secouait la tête.

* * *

Tout au long du chemin, Matt identifia des sépultures de célébrités – Wild Bill, Calamity Jane, Seth Bullock, Henry Smith dit « le Prêcheur », Potato Creek Johnny –, mais les jumeaux n'étaient pas là. Et ils mirent si longtemps à atteindre l'autre bout du cimetière qu'ils durent recommencer en sens inverse, au cas où ils seraient arrivés entretemps. Cela fit râler Fen… tout comme le fait que Matt s'arrêtait systématiquement devant des emplacements qu'ils avaient jusqu'alors négligés, dont la fosse commune. C'était là, expliqua Matt à Laurie, qu'avaient fini la plupart des morts inconnus.

Enfin revenus à l'entrée, ils se cachèrent derrière une stèle pour guetter les jumeaux. Une heure passa. Puis une autre. Le soir venait. Matt s'était éloigné pour s'étirer les jambes quand il entendit un claquement. En levant la tête, il découvrit un drapeau qui battait au vent.

– Tu vois quelque chose ? chuchota Laurie en sortant elle aussi de la cachette.

Matt secoua la tête.

– Un drapeau, c'est tout, répondit-il en levant les yeux vers la pénombre. C'est bizarre : on ne baisse pas les drapeaux à la tombée du jour, ici. On les laisse flotter vingt-quatre heures sur vingt-quatre et…

– Tu ne vas pas remettre ça ? protesta Fen. Je te jure, je vais te trouver une jolie petite tombe vide, si tu continues !

– Même pas peur, répliqua Matt. Le cimetière est plein.

Il aurait dû en rester là mais il trouvait amusant de titiller Fen, surtout quand les distractions étaient rares.

– Tu sais, certains de ces caveaux doivent être vides. Au temps des frontières indiennes, on enterrait ici les chercheurs d'or, et parfois, quand les familles l'apprenaient, elles réclamaient leur dépouille. Sauf que le corps était sous terre depuis si longtemps qu'il était impossible de le déterrer pour l'envoyer par la poste. On se contentait d'expédier des ossements désinfectés à l'eau bouill…

– Ho ! coupa Fen, le doigt tendu vers Laurie. Tu crois qu'elle a envie d'entendre un truc pareil ?

– En fait…, commença Laurie.

– Non, intervint Fen d'un ton sans riposte. Ferme ton clapet, Thorsen. Sinon, je vais te le fermer, moi.

– Avant ou après m'avoir jeté dans une fosse ?

Fen grogna. Matt eut un petit sourire.

Laurie vint se placer entre eux.

– Il te provoque, Fen. (Elle se tourna vers Matt.) Arrête ça. (Puis, vers Fen :) Toi aussi, tu arrêtes.

– C'est lui qui a commencé...

D'un regard, elle incita son cousin à se taire, puis elle retourna se cacher. Matt et Fen la suivirent. Tandis qu'il contournait la stèle, Matt crut entendre quelque chose. Il regarda autour de lui. Ne voyant rien, il se retourna sans plus d'attention mais il sentit... son cerveau vibrer. Il n'aurait pas trouvé de meilleure façon de le dire. Il avait l'étrange impression que quelqu'un le regardait ; par réaction, au lieu de sentir ses cheveux se hérisser sur son cou, il entendit un *ding* dans son cerveau, qui signifiait : « Regarde bien. »

Il perçut ensuite un bruit métallique, un vrai : son amulette vibra. Il ouvrit la bouche sans trouver quoi dire. Muet, il se pencha vers l'autre face de la stèle pour étudier l'obscurité croissante. Alors il les vit : deux formes s'avançaient vers le cimetière.

Des Nornes ? Des Valkyries ? Des trolls ? Son amulette avait déjà réagi à chacune de ces créatures. Quand les silhouettes s'approchèrent, toutefois, il reconnut Ray et Reyna. Il était donc capable de détecter aussi les descendants ? Cela n'avait encore jamais eu lieu. C'était peut-être un nouveau pouvoir.

Il tapota l'épaule de Laurie, le doigt tendu. Elle lui murmura qu'il fallait leur laisser le temps d'approcher encore. Fen piaffa, impatient, sans protester davantage.

Matt ne savait pas quoi penser. Les jumeaux n'avaient rien de commun avec les gamins de Blackwell ou de Lead, ni même de Deadwood. Il n'y a pas de mal à être différent, non. Mais là... non, vraiment, il ne savait pas quoi penser. Par conséquent, il ne voyait pas comment leur parler, les convaincre de se joindre au combat.

« Pourtant, c'est ton boulot, pas vrai ? C'est même le défi que t'ont lancé les Valkyries : trouver les autres et en faire tes alliés. »

Combattre était bien plus simple.

Il jaugea les jumeaux. Le mieux était peut-être d'ignorer leur étrange tenue et leur maquillage pour leur parler directement. Pourtant Laurie avait déjà essayé.

Le Marteau vibrait comme pour lui rappeler qu'il pouvait les convaincre par la force. Par la peur. Cette idée le gêna. Un chef ne se comportait pas ainsi. Et encore moins Thor. Malgré ce qu'on prétendait parfois, il avait toujours employé sa force pour faire le bien. Pour sauver les gens, pas pour leur nuire.

Matt observait les jumeaux. Ils étaient assez proches et leur visage semblait encore dire : « Le monde m'ennuie. » Soudain, il prit conscience que ses amis et lui n'avaient aucun nouveau moyen d'agir. Laurie et Fen attendaient qu'il essaye autre chose, qu'il trouve le mot juste. Or il ne connaissait pas ces enfants. Ils avaient fait tout ce chemin pour rien et maintenant…

Il inspira profondément. Il allait leur parler. Être raisonnable. Rationnel.

Rationnel ? Il comptait pourtant dire à ces gosses qu'ils devaient l'aider à sauver le monde. Combattre le serpent géant avant que des loups ne dévorent le Soleil et la Lune, plongeant la Terre dans un hiver éternel. La logique n'était pas…

Son amulette vibra encore. Il la sortit pour la poser sur sa chemise et se concentrer. Mais il sentit que la vibration ne provenait pas seulement de l'amulette. Il s'agenouilla, la main au sol. La terre vibrait. Ce n'étaient donc pas les jumeaux qui faisaient réagir son bijou.

Matt sauta sur ses pieds.

– Les tro… !

Il n'eut pas le temps d'achever : deux pierres tombales, près du mur, devinrent vivantes en un instant. Elles se recourbèrent par-dessus le muret avant même que Matt ne contourne la stèle. Les jumeaux se retournèrent et ouvrirent la bouche, stupéfaits.

Les trolls les soulevèrent. Le garçon, Ray, était figé. Reyna décochait des coups de pied à ses ravisseurs et criait. Matt courut vers eux, suivi de Fen et Laurie, mais les trolls, rapides comme le vent, repassèrent par-dessus le mur. Alors qu'ils couraient, une autre pierre tombale se souleva pour les suivre, et elles partirent toutes les trois vers l'autre bout du cimetière. Les jumeaux lançaient des cris de détresse et se débattaient sans relâche.

Matt poursuivit les monstres mais quand il arriva devant le muret, ils avaient déjà disparu dans le cimetière obscur. Il n'y avait plus le moindre signe de leur présence, et il ralentit en tendant l'oreille. Enfin, il vit quelque chose bouger près de la stèle commémorative de Wild Bill Hickok.

Il arrêta Fen et Laurie, le doigt tendu. Le troll qui avait couvert la fuite des kidnappeurs se tenait devant la barrière qui encerclait le monument. Il tentait de se glisser sous la grille pour attraper quelque chose.

– Il cherche des sous, murmura Matt en revoyant le moment où Laurie avait jeté de la petite monnaie vers le troll du mont Rushmore.

En s'approchant entre les tombes, il confirma son intuition. Plus tôt, ses copains et lui avaient remarqué des visiteurs qui passaient la main à travers la grille pour

« apporter leur obole » à Wild Bill. Il y avait là deux bouteilles de whisky, une fleur, quelques cartes à jouer affichant un as, et pas mal de petites pièces. C'étaient elles qui avaient attiré l'attention du troll.

Quand il vit le troll se tortiller pour les saisir, Matt dut se retenir de rire. C'était aussi drôle que voir un tigre de trois cents kilos se détourner d'une gazelle pour écraser un papillon. Les autres trolls étaient déjà loin.

– Je le contourne, chuchota Fen. À mon signal, on fonce vers lui tous les deux. Il va nous dire où ils ont emmené les jumeaux.

La veille encore, Matt aurait trouvé ce plan très judicieux mais depuis, il avait combattu un troll. Il avait appris que, malgré leur air idiot, leurs grognements, leurs gargouillements et leurs acrobaties pour récupérer trois sous, les trolls étaient des blocs rocheux… dont le poing pesait plus lourd qu'une massue. Convaincre Feuille d'avouer où étaient les jumeaux n'avait pas été facile. D'un geste, Matt ordonna donc à Fen de rester sur place, le temps d'observer la scène.

Pendant cinq minutes, le troll s'évertua à glisser son bras démesuré entre deux fils de fer, avant de s'apercevoir que le grillage lui arrivait à peine au niveau de la poitrine. Ensuite, il lui fallut encore un long moment pour comprendre comment enjamber l'obstacle.

– Il n'a pas inventé l'eau chaude, hein ? pouffa Laurie.

C'était une litote. Matt devait garder en tête ce détail, s'il venait à se battre avec ce monstre.

Pourtant, il n'y eut pas de combat. La bête attrapa la monnaie, passa la barrière dans l'autre sens et reprit sa course. D'un signe, Matt commanda de le suivre.

Même si les deux autres trolls étaient partis depuis longtemps, leur compère ne semblait pas enclin à se dépêcher, et les jeunes gens ne furent pas semés. Le troll longea les collines, disparaissant de temps à autre derrière des massifs d'arbustes ou se fondant avec de hautes pierres grisâtres avant de réapparaître, toujours en mouvement. Enfin, au bout du cimetière, Matt entendit les jumeaux.

– Vous nous prenez pour des imbéciles ? disait Reyna. Vous faites équipe avec ces jeunes. Ils ont voulu nous embobiner en racontant des bobards sur les dieux et les trolls. Juste après, vous débarquez, habillés en trolls. Ils sont nuls, vos déguisements. Je vois une fermeture Éclair, là, dans le dos.

– Pas moi, dit Ray d'une voix faible aussitôt déportée par la brise.

– Il y en a forcément, insista sa sœur. Ils ont mis des costumes moches pour nous kidnapper. C'est bien ça, hein ? Vous voulez une rançon ?

– Trésor, articula l'un des trolls. Aerik veut trésor.

– Tu vois ? triompha Reyna.

Matt se faufila entre les tombes. Le dernier troll avait rejoint ses complices et ils étaient tous les trois accroupis autour des jumeaux ligotés dos à dos. Ray semblait terrorisé et Reyna, furieuse.

Matt identifia alors l'un d'entre eux. Il aurait reconnu entre mille cet affreux visage ridé : c'était Feuille.

Justement, Feuille s'adressa à son camarade arrivé en retard :

– Où allé Soleil ?

L'autre troll, la peau striée de rouge sombre comme du fer rouillé, ouvrit la main pour lui montrer les pièces.

– Encore plus ? demanda Feuille.

Quand Soleil fit non de la tête, il grogna vers les jumeaux :

– Vous avez trésor.

– De l'argent ? dit Ray. Oui, nos parents en ont. Notre père, c'est le patron d'un casino.

– Ne lui dis…, commença Reyna.

D'un coup d'œil, il la fit taire et reprit :

– Notre papa paiera. Je vais vous donner son numéro. Ou bien… (il considéra les trolls de la tête aux pieds)… ou bien je peux l'appeler avec mon portable.

Les trolls restèrent muets. Puis Aerik déclara :

– Trésor. Aerik veut trésor. Feuille a dit fille s'appelle Freya. Fils s'appelle Frey. Dieu veut enfants. Frey et Freya possèdent trésor.

Laurie se pencha pour dire tout bas :

– Ils ont deviné que les jumeaux étaient précieux parce que nous étions à leur recherche.

– Et pour eux, compléta Matt, « précieux » est synonyme de « trésor ».

Ils écoutèrent la discussion pendant quelques minutes encore. Les échanges entre les deux parties étaient plutôt difficiles.

– Ils en ont pour des heures, dit enfin Laurie. (Elle se tourna vers Matt.) Faut-il attendre qu'ils redeviennent des pierres ?

Matt regarda le ciel. Les étoiles étaient apparues à peine une heure plus tôt. L'aurore était loin. Il se tourna vers les trolls. En maîtriser un, c'était possible. Deux, pourquoi pas, à condition de libérer Ray pour obtenir son aide. Mais trois ? Pas question.

– On n'a pas le choix, conclut-il.

* * *

Une demi-heure plus tard, les jumeaux commencèrent à comprendre ce que voulaient les trolls. Plus ou moins.

– Pas de billets de banque ? dit Reyna. Avec quoi on paye une rançon, sinon avec des billets ? Des obligations ?

– De l'or, lui souffla son frère. Ils ont parlé d'un « trésor qui brille » : de l'or, donc.

– Ils n'ont qu'à le dire, si c'est ça.

Ray observa les trolls et, à la façon dont il les étudiait, Matt comprit qu'il avait enfin admis la vérité : ce n'étaient pas des hommes déguisés. Et, quand il se retourna vers sa sœur, il hésita avant de se décider à ne pas répliquer.

En se tortillant entre ses liens, Ray ôta une bague. Il la brandit maladroitement, serrée entre deux doigts.

– C'est ça que vous voulez ? Des choses comme ça ? Trésor ?

Quand Aerik fit un geste pour saisir l'objet, Ray le lança dans l'herbe. Les trois trolls se jetèrent dessus. Feuille remporta la bataille et se mit à glousser d'une voix râpeuse qui fit frissonner Matt.

– C'est bien ce que je pensais..., conclut Ray. C'est le trésor ?

– Oui, répondit Aerik en sautillant. Trésor. Encore trésor. Aerik veut trésor.

– Donne-leur ta bague, chuchota Ray à sa sœur.

– Quoi ? Pas quest...

– Reyna !

Reyna râla mais elle parvint à retirer sa bague et à la lancer. Une seconde fois, les monstres firent la mêlée. Feuille en sortit encore vainqueur, mais Aerik lui arracha sa prise et ils se disputèrent en échangeant des grognements inintelligibles, jusqu'à ce que Feuille cède.

– C'est tout, dit Reyna. Maintenant, vous allez nous détacher...

– Encore trésor, coupa Soleil en roulant au sol pour s'accroupir devant eux. Veux encore.

– On n'a rien de plus, répondit Ray.

Reyna agita les doigts.

– Vous voyez ? Plus de bagues. Fini.

Feuille l'observa de profil en se balançant sur le côté, les poings par terre.

– Encore trésor...

– On n'en a pl...

– Encore trésor !

Cette fois, Aerik rugit en bondissant. Il saisit Ray à la gorge et le souleva d'un coup, emportant en même temps Reyna, ligotée contre lui. Il les porta au-dessus de sa tête et commença à étouffer le garçon. Suffoquant, Ray battait des pieds. Reyna se mit à crier et tenta de se retourner.

– Trésor ! braillait le monstre. Donne trésor, sinon Aerik casse fils de Frey ! Casse ses os. Tout petits morceaux. Donne maintenant !

Matt, son amulette à la main, bondit hors de sa cachette.

– Quelqu'un a parlé de trésor ?

Aerik se retourna, imité par les deux autres monstres. Matt, face aux trois trolls à la fois, avala sa salive et reprit :

– Vous vous souvenez de moi ?

– Fils de Thor, répondit Feuille en levant une main. Cassé doigts de Feuille.

– Exact. Le fils de Thor possède un trésor bien spécial, pas vrai ?

Il desserra son poing pour lâcher l'amulette, qui se balança au bout du cordon noir.

– Tu te souviens aussi de cela ?

– Marteau, dit Soleil. Marteau de Dieu.

– Et le marteau de Dieu est très précieux ! Plus précieux qu'une montagne de bagues et de pièces. Il a du pouvoir. Le pouvoir de Thor. Le pouvoir de tuer les géants.

Il fit osciller l'amulette. Trois paires d'yeux de fouine en suivirent le mouvement, d'avant en arrière.

– Vous la voulez ? reprit Matt.

Trois têtes hideuses opinèrent.

– Alors pose ces enfants par terre, toi.

Aerik les lâcha d'un coup. Ray atterrit sur Reyna, qui poussa un petit cri sourd.

– Bien. Puisque vous êtes trois, vous allez faire la course. Je vais jeter l'amulette. Celui qui la trouvera obtiendra le pouvoir de Thor. Ça vous paraît juste ?

Ils hochèrent encore la tête. Feuille avança d'un pas. Aerik déplia son bras pour le freiner et ils grognèrent l'un vers l'autre pendant un moment, le temps que Feuille recule vers la ligne de départ.

– Tout le monde est prêt ? demanda Matt. Je compte jusqu'à trois. Un. (Il leva la main.) Deux. (Il plia le bras.) Trois !

Il fit semblant de jeter le pendentif mais, au lieu de le lâcher, il le serra dans son poing.

Aucun troll ne bougea. Matt laissa sa main retomber vers sa cuisse et agita l'autre bras.

– Il est là-bas. Allez le chercher.

– Dans ta main, rétorqua Soleil.

– Quoi ?

Matt leva la main qu'il venait de secouer, exposant la paume.

– Non, elle est vide. Vous voyez ?
– Autre main.
Aerik fit un grand pas vers lui.
– Fils de Thor croit Aerik idiot. Aerik pas idiot. Marteau dans main.
Matt ouvrit l'autre main et fit mine d'être surpris en y découvrant le bijou.
– Oh… Il a dû se coincer entre mes doigts. Désolé. On recommence.
D'un geste, il invita Aerik à retourner vers la ligne de départ, près de ses deux compères. Derrière eux, Ray et Reyna se démenaient pour se libérer. Reyna, qui avait dégagé l'une de ses mains, tentait de dénouer la corde. Matt voulu gagner encore un peu de temps mais les trolls râlaient et trépignaient comme s'ils allaient passer à l'attaque.
– C'est bon, c'est bon, dit Matt. On y va. Cette fois, je le lance. Tout le monde est prêt ?
Les trolls firent signe que oui. Lentement, espérant que les jumeaux parviendraient à se libérer, Matt avait fait coulisser l'amulette. Il ne serrait plus que la corde, pendue sous sa main, l'amulette elle-même étant plaquée sur sa paume, retenue par son pouce. Il refit un compte à rebours et jeta la corde de toutes ses forces.
Là encore, les trolls ne bougèrent pas d'un centimètre.
– Vous n'avez pas vu ? demanda Matt en agitant une main tout en glissant l'amulette dans sa poche. Cette fois, je l'ai jeté.
– J'ai bien vu, moi ! ajouta Ray. Il est là-bas, au pied de cette tombe.
– Seulement ficelle noire, répondit Aerik. Fils de Thor jeté ficelle noire. Pas vouloir ficelle noire.

« Pourquoi ça ne marche pas ? Laurie n'a pas eu de mal à en rouler un, elle. » La panique lui tordait les boyaux.

Laurie s'avança.

– Mais cette ficelle noire, c'est celle qui maintient le Marteau sous son cou. Elle est là-bas. Comme vient de le dire le fils de Frey. Vous la voyez ?

– Triche, dit Aerik. Marteau dans poche.

– Hein ? protesta Matt en tapotant ses poches, espérant que ses mains ne tremblaient pas trop. Comment serait-il arrivé là ? Je l'ai lancé, je vous dis. Il est…

Aerik passa soudain à l'assaut.

Matt poussa Laurie hors de sa portée et infligea un coup de Marteau à Aerik. Un coup parfait, arrivé juste à temps, qui le fit rouler au sol. Hélas, les deux autres trolls ne manquèrent pas de charger à leur tour. Matt plongea dans la direction opposée, s'éloignant de Laurie.

– Hé, cria Fen. Mocheté n° 2 ! Viens ici !

À peine relevé, Matt s'approcha de Laurie pour la protéger, puis il s'arrêta : il fallait avant tout détacher les jumeaux. Laurie courait déjà vers eux tandis que son cousin faisait diversion.

Matt infligea un coup de Marteau à Soleil et Fen échappa à la charge de Feuille. Il courut rejoindre Matt sans attendre qu'Aerik se relève lourdement.

– Tu veux un petit conseil, Thorsen ? lui dit-il. Contente-toi de te battre. Tu n'as aucun talent de magicien.

– Ouais, ouais…

Aerik bondit vers eux. Matt le fit décoller d'un coup de Marteau, mais à cet instant, Soleil s'était déjà remis sur pattes et Feuille s'était retourné. Ils couraient vers Matt et Fen. Les deux garçons se plaquèrent au sol dans deux directions opposées, les trolls à leur poursuite.

Au moment où Soleil faisait un brusque mouvement en avant, Matt balança le Marteau. Du moins, il essaya. Il ne se passa rien. Le garçon roula tandis que Soleil abaissait son poing sur le sol en rugissant. Il fit un nouvel essai avec le Marteau, en visant plus précisément, et d'un geste plus furieux. Quelques étincelles se répandirent sur l'herbe, la faisant à peine trembler.

Matt vit une fois de plus le poing géant s'abattre sur lui ; il tenta de se relever mais il était trop tard. Atteint à l'épaule, il percuta la tombe la plus proche, d'un coup de tête assez violent pour perdre connaissance. Quand il revint à lui, il pendait à un mètre du sol, face à Soleil qui le tenait au collet.

Matt serra le poing et invoqua le Marteau. Sa main brillait à peine.

– Tu n'as plus d'énergie ! hurla Fen. Trouve autre chose.

Matt voulut lui répondre qu'il ne refuserait pas un petit coup de main, mais Fen faisait face à Feuille. Quant aux jumeaux, enfin libérés, ils avaient rejoint Laurie. Ils dansaient tous les trois autour d'Aerik, espérant le déconcentrer.

Soleil secoua Matt.

– Donne Marteau. Donne Marteau tout de suite.

– Je voudrais bien, grogna Matt tout bas. On dirait qu'il est vide.

– Soleil va casser fils de Thor. Casser comme…

Matt balança son bras afin de cogner Soleil en plein sur la joue. Assez violemment pour le mettre K-O… mais Soleil fronça à peine les sourcils et, par contrecoup, une douleur brûlante traversa le bras de Matt, comme s'il avait frappé un mur de pierre.

« C'est bien le cas. C'est un mur de pierre. Comme Fen l'a remarqué. Ce sont des monstres de pierre. On ne se bat pas avec un... »

– Donne Marteau ! réitéra Soleil. Maintenant !

Il secoua Matt si fort que ses dents s'entrechoquèrent, son estomac se retourna et il ne vit plus rien sinon les yeux troublés de Soleil, sa bouche ouverte et...

« Oui ! »

Matt serra les lèvres en attendant que Soleil arrête de le secouer. Alors, il replia son bras et lui donna un coup de poing dans l'œil. Soleil émit un hurlement strident. Matt lui frappa l'autre œil.

Soleil le lâcha et il heurta le sol tandis que le monstre reculait en trébuchant, hululant d'une voix suraigüe, comme une craie sur un tableau noir.

– Soleil voit rien ! Rien ! Soleil aveugle !

– Thorsen ! cria Fen.

Matt se leva péniblement et se tourna vers Laurie, toujours aux mains d'Aerik. Les jumeaux rouaient de coups le monstre qui les ignorait. Fen, cinq mètres plus loin, se battait contre Feuille, entre lui et sa cousine.

– Thorsen ! répéta Fen.

– J'arrive !

Matt prit de l'élan avant de se jeter sur Aerick. Il parvint à lui escalader le dos et à le contourner avec son bras pour lui cogner l'œil.

Rugissant, Aerik lâcha Laurie. Il battit des mains vers Matt, ses griffes frôlèrent le tee-shirt du garçon. Matt recula d'un bond pour éviter d'être agrippé.

Au même moment, le troll fit volte-face en direction de Laurie, Ray et Reyna. Quand Matt s'en rendit compte, il pensa courir pour détourner son attention, mais Soleil, qui avait recouvré la vue, lui bloqua le passage. Il se retourna pour chercher une autre échappatoire. Fen galopait vers lui, suivi de Feuille. Quand il comprit qu'il fonçait droit vers Soleil, il s'arrêta.

Les cinq enfants regroupés étaient cernés par les trois trolls qui montraient les dents et grognaient de colère et de frustration.

Ils étaient pris au piège.

17

LAURIE

UNE PORTE S'OUVRE

Le cœur de Laurie battait à tout rompre et ses poumons se rétractaient comme si quelqu'un essayait de les vider. Les cinq descendants étaient entourés par les trolls, contre lesquels ils n'avaient pas été très efficaces lors de leur premier affrontement. Cette fois, ils étaient deux de plus, mais Ray et Reyna se tenaient blottis l'un contre l'autre; quant à Matt, il n'avait plus d'énergie; enfin, même transformé, Fen n'aurait pas pu faire grand-chose contre des créatures en pierre.

Tandis que le cercle des trolls se resserrait autour d'eux, la pression qui étouffait Laurie s'intensifia tant qu'elle se crut prête à vomir ou s'évanouir. Elle vit Fen et Matt tendre un bras vers elle pour la soutenir, mais elle leva les mains pour leur ordonner de rester où ils étaient. À cet instant, l'air commença à vibrer devant elle. Elle écarta les doigts pour mieux voir la zone curieusement colorée qui venait d'apparaître. Entre ses mains, l'air prenait la couleur d'une opale.

– Laurie ? Qu'est-ce que tu as ?

Fen avait fait un pas en avant, sans toutefois la toucher.

– Je ne sais pas…

La tête lui tournait tandis que la tache colorée s'étendait. Elle se demanda combien de temps avait passé ; elle se sentait loin de son corps tandis qu'elle observait les éclairs colorés qui rayonnaient devant elle. Elle se retint de vomir.

Au-delà de la lueur, les trolls attendaient, elle le savait. Ils s'étaient immobilisés pour examiner la porte qu'elle tenait entre ses mains. Les jumeaux se trouvaient de l'autre côté, derrière elle. Et, face à Laurie, au-delà de la porte qu'elle venait de créer sans comprendre comment, il y avait une salle garnie de plantes.

– Allons-y, dit-elle.

– Où ça ? demanda Ray.

– Peu importe, du moment qu'il n'y pas de trolls, murmura Reyna.

Elle prit son frère par la main et sauta en avant, le forçant à la suivre.

Ce fut douloureux. Laurie eu l'impression d'être écrasée et elle crut un instant que les trolls l'avaient attrapée. Mais personne n'avait bougé, ni les trolls ni les garçons.

– Allez, dépêchez-vous, ordonna-t-elle.

Matt se tourna vers Fen, prêt à parler, mais il se tut et passa la porte à son tour. Laurie poussa Fen à faire de même, avant de sauter derrière lui, abandonnant Deadwood et les trolls abasourdis.

Ils ne mirent pas longtemps à passer le portail mais Laurie eut l'impression que l'espace se resserrait sur elle. La pression qu'elle ressentit quand ses amis entrèrent fut très

différente de ce qu'elle éprouva quand elle entra elle-même. Elle crut qu'elle rétrécissait et fut envahie par une envie presque irrésistible de fermer les yeux. La main de Fen serrait la sienne et elle décida de se concentrer sur ce détail.

En un instant, ou peut-être une éternité, ils entrèrent d'un pas maladroit dans une immense salle remplie de plantes tropicales et d'oiseaux multicolores. À travers un dôme de verre, Laurie vit des arbres, dehors. La pièce était garnie d'orchidées, et une drôle de bête à écailles, avec une queue longue et fine, disparut derrière une plante. C'était probablement une serre ; ils étaient vivants ; et elle, finalement, n'était pas sens dessus dessous.

De plus, il n'y avait aucun troll. Ce détail lui donna envie de s'asseoir pour recouvrer ses esprits. Près d'elle, Matt et Fen observaient les environs pour guetter le danger. Fen lui tenait toujours la main, et les jumeaux étaient derrière. Quand Laurie considéra le petit groupe qui l'accompagnait, elle se rendit compte que tous, sans exception, s'attendaient à voir débouler d'une seconde à l'autre un troll ou un autre monstre. Compte tenu de leur situation quelques instants plus tôt, cela n'avait rien d'une terreur irraisonnée. Et, elle dut l'admettre, ils la regardaient d'un œil étonné, comme un être surnaturel.

– Je vais vomir, confia-t-elle à Fen.

Elle se laissa glisser par terre tandis que Fen lui répondait :

– Serre ta tête entre tes genoux.

– C'est vraiment vrai, nota doucement Reyna. Les monstres n'avaient pas de fermetures Éclair, alors ?

Sans le voir, Laurie devina que Fen était en train de rouler des yeux ou leur jeter un regard mauvais.

– Ça va mieux ? lui demanda-t-il.

– Sois gentil, souffla-t-elle.

Elle parlait tout bas, non pour être discrète, mais parce qu'elle aurait été incapable de hausser la voix.

– Ne me vomis pas sur les pieds, ordonna Fen d'un ton tout aussi doux.

– Je me sens très bien.

Elle mentait, à lui autant qu'à elle-même. Elle n'allait pas bien du tout. Elle avait l'atroce impression que ce qu'elle venait de faire lui avait retourné les entrailles. Ils étaient à l'abri des trolls, peut-être, mais elle ne comprenait pas ce qui s'était passé. Les Nornes, les Valkyries ou une autre créature lui avaient peut-être donné un pouvoir étrange. En cet instant, pourtant, elle se demandait s'il s'agissait d'un don ou d'une malédiction.

Soudain, une voix commenta :

– Je ne m'attendais pas à ça. C'est la première fois que je vois un portail s'ouvrir.

Laurie leva les yeux vers un garçon qui devait avoir à peu près son âge. Elle ne l'avait pas encore remarqué, tant l'apparition soudaine de la porte lui avait donné le vertige. Ses compagnons aussi le dévisageaient. Le passage avait sûrement déstabilisé tout le monde.

– D'où est-ce que tu v…, commença Laurie.

– J'étais au coin, là, quand vous êtes entrés.

Il désignait le couloir.

Plus grand qu'elle et que Fen, le garçon n'atteignait pas la taille de Matt et des jumeaux. En revanche, il était plus musclé que Fen ou Ray. Ses cheveux couleur sable, entre le châtain clair et le blond, flottaient au-dessus de son visage. Ses joues étaient piquetées de taches de rousseur et ses yeux bruns les examinaient tous avec une profonde curiosité. Sur son tee-shirt, on devinait un slogan et une marque de skateboard.

Quand il fit un pas vers eux, Fen grogna.

– Je m'en occupe, annonça Matt en se plaçant devant les cousins. Il n'y a rien à voir ici, alors tu…

– C'est lui que nous cherchons, coupa Laurie.

Sous sa peau, le fourmillement avait recommencé et elle devinait que cela lui signalait la présence d'un descendant du Nord. Elle lui sourit.

– Tu es une sorte de pigeon voyageur, pas vrai ? demanda Reyna, derrière elle.

Laurie regarda par-dessus son épaule sans rien dire. Son mouvement de tête lui donna le vertige. Fen commençait à ressembler à un chien qui tire sur sa laisse, prêt à bondir sur n'importe qui. Il s'écarta des jumeaux pour s'approcher du nouveau venu.

Toujours immobile, Laurie tendit le bras et lui prit la main, à la fois pour se stabiliser et pour le retenir. Reyna, de son côté, tira son frère vers elle.

Fen et Matt encadraient Laurie et surveillaient les jumeaux du coin de l'œil. Laurie remarqua – non sans une certaine fierté – qu'ils se tenaient près d'eux. Avec les garçons, elle les avait tirés des mains des trolls et, même si la situation ne leur plaisait pas, ils étaient assez intelligents pour comprendre leur intérêt à garder un œil sur ces deux guerriers et cette fille capable d'ouvrir des portes invisibles. « C'est bien ce que je pensais, se dit-elle en souriant. Ce sont eux aussi des guerriers. » Ils n'étaient que des enfants, mais ils allaient accomplir un exploit.

– Tu sais ce que tu fais, là ? vérifia Fen.

– Oui, dit-elle.

Travailler en équipe était agréable et, puisqu'ils avaient rejoint ce garçon, l'armée antimonstres était presque complète. Tout allait bien.

– Je m'appelle Laurie. Voici Fen, Matt, Reyna et Ray, énuméra-t-elle en les désignant chacun son tour.

– Baldwin.

Le garçon souriait. Contrairement aux jumeaux, il semblait ravi de les voir, ce qui se confirma quand il reprit :

– Génial ! C'est la première fois que je rencontre quelqu'un qui a des pouvoirs étranges, comme moi. Je savais bien qu'il y en avait d'autres. J'ai toujours senti que j'étais différent, et puis j'ai deviné que je n'étais peut-être pas le seul. Vous savez, mes parents m'ont emmené voir plein de médecins, même si j'étais certain que ce n'était pas une maladie. Je n'ai jamais mal, rien ne me blesse. Et vous, quels sont vos pouvoirs ? On est des superhéros, c'est ça ? Je ne lis pas beaucoup mais j'aime bien les *comics*.

Tout le monde le regardait avec des grands yeux. Même les jumeaux interrompirent leur chuchotis pour le dévisager. Baldwin, piaffant d'impatience, acceptait la bizarrerie de la situation avec plus de facilité que ses interlocuteurs.

– Des pouvoirs étranges ? répéta Fen.

Avec un mouvement de tête, Baldwin confirma :

– Par exemple, la plupart des gens sont incapables de faire apparaître une porte, mais vous, oui. Vous en êtes tous capables ? Si je savais le faire, je m'en servirais pour inventer des figures de skateboard.

Laurie se mit à rire.

– Ce garçon est mille fois plus facile que les jumeaux. (Elle se reprit et se tourna.) Désolée…

Reyna serra les dents comme pour se retenir de répondre. Laurie reprit à l'intention de Baldwin :

– Moi, j'ouvre des portes. Eux, ils font… autre chose.

– Trop bien ! Quoi, par exemple ?

Laurie craignit que Fen se mette à ironiser sur Baldwin. Les gens de bonne humeur agaçaient son cousin, et elle n'eut pas le temps de répondre avant lui car il coupa :

– On verra ça plus tard. D'abord, il faut…

Un bruit tout proche incita Baldwin à ordonner :

– Cachez-vous.

Par habitude ou par réflexe, les descendants restèrent silencieux jusqu'au moment où Baldwin réapparut derrière une fougère géante.

– Désolé. Je pensais que c'était un gardien. D'habitude, je leur souris pour les détendre, mais je ne sais pas ce qui se passerait si vous étiez repérés. Je ne veux pas que vous ayez des ennuis, ni eux, d'ailleurs.

– Un gardien ? Bon, il faut filer d'ici, décida Matt en regardant autour de lui. Même si on ne sait pas où c'est, « ici ».

– Le jardin des Reptiles, Rapid City, Dakota du Sud, déclara Baldwin en écartant les bras. J'adore cet endroit. Je rêve d'examiner les serpents venimeux, mais à chaque fois que je m'en approche, quelqu'un pousse des grands cris.

Il se tut un moment et, pour la première fois, sa gaieté s'effaça.

– Les serpents ne sont pas en liberté, quand même ? demanda Laurie, inquiète.

Elle était loin d'adorer ces animaux, surtout depuis qu'elle pensait sans arrêt au Serpent de Midgard, et elle trouvait surprenant que, dans une réserve animalière, les reptiles venimeux évoluent en liberté.

– Oh non, ils sont en cage. Comme j'ai envie de les toucher, je suis resté ici après la fermeture.

Il les regarda, persuadé que son explication était logique – et ce n'était pas le cas.

– Super…, râla Fen. Il est plus sympa que les deux maquillés, là-bas… (il pointa du doigt par-dessus son épaule)… mais c'est un malade mental.

Baldwin éclata de rire.

– Non, pas du tout ! Je voulais faire une expérience avec les serpents, et vous avez débarqué. Donc, ils attendront.

– C'est comme dans la légende, remarqua Matt.

Tout le monde se tourna vers lui. Il continua :

– Ce garçon descend de Balder, un dieu que rien ne pouvait atteindre, sauf le gui. Et il était toujours aimable. Toujours content.

– Hein ?

Ray et sa sœur, restée bougonne, les rejoignirent.

– Tu veux dire qu'il est invulnérable ? demanda Reyna. Il résiste à tout ?

– Sauf au gui, répéta Matt.

– Je suis un dieu ? Cool… Euh, je n'ai jamais vu de gui, annonça Baldwin, dangereusement intéressé. Si j'en touchais, ça me ferait mal ?

Les enfants le dévisageaient. Fen, la bouche ouverte, la referma sans mot dire et secoua la tête. Il finit par s'éloigner. Les jumeaux le suivirent.

– Sérieusement, insista Baldwin en les rattrapant, vous faites du snowboard ? Du skate ? J'ai un tremplin.

Il semblait parler sans fin, mais au lieu de gronder, Fen ralentit pour que Baldwin le rejoigne.

D'un regard, Matt consulta Laurie, qui haussa les épaules. Elle était plutôt douée pour trouver les descendants des Scandinaves, mais cela ne voulait pas dire qu'elle comprenait tout. Ainsi, les jumeaux gardaient un secret, elle en était certaine. Et Baldwin voulait toucher du gui pour connaître la douleur. Tout ce qu'elle avait envie de faire, elle, c'était se cacher dans un coin, prendre une douche, éventuellement changer de vêtements… ou au moins laver ceux qu'elle portait.

Ils quittèrent le jardin des Reptiles pour aller chez Baldwin. Peut-être à cause de son incapacité à sentir la douleur, comparable aux capacités de transformation de Fen ou au Marteau magique de Matt, Baldwin se doutait déjà qu'il était hors du commun, et il accepta l'explication de Matt avec la facilité et le naturel qui le caractérisaient. S'il avait un défaut, c'était un excès d'ardeur. Il voulait se battre, adorait l'idée que son invulnérabilité le destina à mener un combat crucial et, étonamment, lutter contre un serpent géant le surexcitait.

– Ce sera mieux que les petits serpents du jardin des Reptiles, déclara-t-il en ouvrant sa porte. Et, à moins qu'il ne soit fait de gui – ce qui serait bizarre, franchement –, cela ne me fera aucun effet. Ni douleur ni blessure. C'est trop héroïque.

Tandis qu'ils entraient derrière lui, Laurie se réjouit que la maison ne soit pas aussi immense que celle des jumeaux. Elle était presque certaine que Fen et elle n'auraient pas pu se sentir bien dans une demeure pareille. Là, ils étaient dans un pavillon normal, entouré d'autres pavillons normaux.

Fen s'affala sur le canapé. Les jumeaux se posèrent gracieusement par terre, en un seul et même mouvement. Matt parcourut la pièce, regarda à travers les fenêtres et repéra les issues.

– Vous pouvez passer la nuit ici. Mes parents sont partis en week-end. Je suis censé dormir chez les voisins, mais ils ne m'y obligent pas. Les gens sont bizarres, je trouve : ils me laissent toujours faire ce que je veux. Vous aussi, on vous traite de cette manière ?

Tout en débitant ses phrases, il alla dans la cuisine.

– Je parie que vous avez faim.

– Non, mais oui, on a faim, répondit Fen.

Baldwin était déjà parti. Fen se frotta le visage et interrogea Matt :

– Thorsen ? C'est quoi, son mythe, à lui ?

– En plus de résister à tout sauf au gui, il attire l'amitié de tout le monde. C'est pour ça qu'il obtient toujours ce qu'il demande. Les gens tiennent à lui faire plaisir. (Il se détourna de la fenêtre.) Selon le mythe, tous les dieux l'appréciaient. Ils avaient inventé un sport consistant à jeter des armes vers lui, mais pas pour lui faire mal.

Baldwin montra sa tête au coin de la porte.

– On pourrait peut-être y jouer, nous aussi.

– Non, ripostèrent en chœur Fen et Matt.

– Plus tard, alors, admit Baldwin, résigné. Je ne suis pas très fort en mythologie. Vous êtes qui, vous ?

Matt désigna Fen et expliqua :

– Lui, il descend de Loki, à la fois filou et trublion. Les jumeaux s'appellent Frey et Freya. Elle, c'était la déesse de l'Amour et de la Beauté. Son frère incarnait le Climat et la Fertilité. (Il haussa le menton pour compléter.) Et moi, je descends de Thor. Je vais... euh... combattre le Serpent de Midgard.

– Thor, smash, coupa Reyna.

– C'est Hulk, pas Thor, commença à expliquer Matt.

– Peu importe, grommela Reyna.

Son frère rit, mais Fen riposta :

– Ça vaut mieux que se protéger derrière du maquillage et des habits pour bébés.

Pendant une seconde, Matt fut sous le choc : Fen venait de prendre sa défense. Il se ressaisit avant que Fen ne voie son expression stupéfaite – à supposer qu'il fût capable de la remarquer. D'ailleurs, Fen s'était déjà tourné vers Baldwin :

– Qu'est-ce que tu as à manger ?

Laurie n'avait jamais vu Fen se comporter si poliment avec un inconnu. Baldwin sucitait une amitié irrésistible. Fen ne manquerait pas d'apprécier le goût de Baldwin pour les sports extrêmes ; lui non plus, il n'avait rien d'un grand lecteur. Elle remarqua que Matt lui faisait signe de le suivre. Ils se retirèrent dans l'entrée.

Il la regarda droit dans les yeux pour lui annoncer :

– Selon les mythes, Loki l'a tué. (Voyant qu'elle ne répondait pas, il continua.) Quand Loki a donné à Balder une pointe de gui, il en est mort. Ça, c'est la version la plus répandue. Selon d'autres versions, les dieux ont tenté de tirer Balder des mains de Hel – celle qui s'occupe de la vie après la mort –, parce que personne n'acceptait sa disparition. Hel pensait que Balder manquait à tout le monde et pouvait être ramené à la vie. Loki, lui, n'avait pas versé une larme, et Hel a fini par refuser de libérer Balder. Loki est donc responsable à la fois de la mort de Balder et de son non-retour à la vie. Mais là, je te parle du véritable Loki. Cela ne veut rien dire, pour nous.

Il leva la tête vers la cuisine, où Fen et Baldwin riaient. Il continua d'un ton plus énervé, comme si Laurie l'avait contredit.

– La Prophétesse et ma famille soutiennent que les mythes sont une réalité. Compte tenu de tout ce que nous avons vu, je commence à le croire moi aussi. Pourtant, nous existons par nous-mêmes, nous ne sommes pas les clones des dieux. Les Nornes ont dit que nous n'étions pas destinés à perdre. Par conséquent, notre aventure ne sera pas forcément calquée sur le mythe.

Laurie analysa ce qu'elle venait d'entendre. Son opinion demeurait floue sur un certain nombre de points. Toutefois, elle restait persuadée qu'ils pouvaient gagner. Quel intérêt auraient-ils eu à se démener ainsi, si le mythe devait se refermer sur eux sans évoluer ? Ce n'était qu'une légende ; elle, elle était dans le réel.

– As-tu des frères, Baldwin ? lança-t-elle.

– Non, répondit-il en les rejoignant, balayant sa frange d'un geste. Vous voulez que je vous prête des vêtements ? On mettra les vôtres dans la machine à laver.

Ils lui sourirent l'un comme l'autre. C'était vraiment la personne la plus agréable que Laurie avait rencontrée. Elle l'appréciait un peu comme elle appréciait Matt : elle sentait qu'il aurait pu être son frère, qu'il avait pour elle la même importance que Fen. Reyna et Ray ne lui inspiraient pas le même sentiment, ce qui la rendait nerveuse… d'autant plus que Reyna était la seule autre fille. À cause de Fen, elle n'avait été copine qu'avec des garçons, mais cela ne l'empêchait pas d'avoir envie de fréquenter des filles.

En suivant Baldwin dans l'escalier, elle l'écouta commenter les photos accrochées au mur, raconter son premier saut par la fenêtre et résumer le jour où il avait tenté d'acheter une épée sur eBay, ce qui lui avait valu d'être puni.

À l'étage, il lui sortit un tee-shirt, un blue-jean et une ceinture. Devant la porte de la salle de bains, il montra les serviettes.

– Je vais voir combien de pizzas ma mère a laissées au congélateur. Ce serait mieux que de sortir, non ?

– Oui, merci, répondit-elle avant de bâiller. Ces quelques jours ont été épuisants.

– Normal.

Il s'éloigna en chantonnant.

* * *

Ils passèrent deux heures dans un joyeux désordre, à manger et aménager chacun son coin pour dormir. Quand Matt tenta d'aborder la question de leur stratégie, Fen le menaça de le mordre s'il ne leur accordait pas quelques heures de repos. Les jumeaux flottaient au-dessus de tout cela, et Baldwin bombarda Fen et Matt de questions. Tandis qu'ils lui racontaient fidèlement les épisodes du mont Rushmore, des tornades, des trolls, des Valkyries et tout le reste, Laurie somnola – jusqu'à ce que l'on sonne à la porte.

Elle se réveilla en sursaut, troublée. Elle n'était pas chez elle, endormie sur un canapé inconnu, vêtue de vêtements empruntés. La sonnerie fut suivie de coups et, un instant plus tard, Baldwin était debout près d'elle. Quand elle le vit, elle se rappela où elle était.

– Les trolls n'appuient pas sur la sonnette, si ? demanda-t-il.

– Je ne pense pas.

Elle l'accompagna jusqu'à l'entrée. Ils regardèrent chacun son tour par le judas.

Une fille était sous le porche. La pointe de ses mèches brunes et courtes était teinte en rose et sa tenue annonçait haut et fort « je ne suis pas d'ici » : elle portait une veste moulante avec un col en fourrure, une jupe apparemment composée de coupons de tissu en tous genres et une paire de bottes roses.

– Elle est avec vous ? demanda Baldwin.

Laurie secoua la tête.

– Ah... (Il ouvrit la porte.) Bonsoir.

La fille salua et répondit :

– Bonsoir, je m'appelle Astrid. Il paraît que vous cherchez mon copain.

18

MATT

CAUCHEMAR ÉVEILLÉ

Après un moment de discussion avec Baldwin, Matt s'était endormi. Il rêva qu'il était rentré chez lui, avant le Vetrarblot, tandis que sa mère cuisinait du rakfisk.

– J'arrête la boxe, lui annonça-t-il en sortant le lait du réfrigérateur. Et la lutte.

Sa mère se tourna vers lui, son couteau à la main, les sourcils froncés. Josh et Jake cessèrent de manger. Ils le regardaient tous les trois.

– Je compte rejoindre le club de football, ajouta-t-il. Pour jouer en équipe. (Il remit la bouteille à sa place.) Je ne suis pas très doué pour les sports de combat, de toute façon.

– Bien sûr que si ! contredit sa mère. Tu es le meilleur du collège.

– Et tu seras le meilleur du lycée, ajouta Josh, le pouce levé. Tu es champion de naissance, Mini-Matt.

Matt claqua la porte du frigo.

– Non. Non, ce n'est pas vrai. Je suis nul aux sports de combat. Vous devrez trouver quelqu'un pour me remplacer.

– Pour te remplacer où, mon chéri ? interrogea sa mère.

– Matt ? appela son père depuis le couloir.

– Il est là ! lui répondit sa mère.

Le père entra, les mains chargées d'une boîte percée de quelques trous sur le couvercle.

– Je t'ai apporté quelque chose. Je t'ai dit et répété que nous n'aurions jamais d'animal de compagnie, mais je crois que tu es assez mûr, finalement.

– Assez responsable, précisa sa mère.

– Enfin responsable, ajoutèrent ses frères.

Son père lui tendit la boîte. Matt l'ouvrit et découvrit un petit serpent enroulé au fond. L'animal leva sa tête minuscule et, avec un regard rougeoyant, lui siffla à la figure.

Matt lâcha la boîte. Elle bascula et le serpent en sortit tandis que le garçon reculait. Le reptile se déroula au point de devenir grand comme la moitié du plan de travail, avec une tête aussi volumineuse que la boîte.

– Matt ! protesta sa mère. Ne fais pas de mal à cette pauvre bête.

– C'est… c'est un serpent.

Le père ramassa l'animal pour l'enrouler autour de son bras.

– Un serpent très particulier, Matt. Ton serpent à toi. Tu dois prendre soin de lui.

On sonna à la porte. Sans réagir, ils restèrent tous tournés vers lui, secouant la tête en signe de déception tandis qu'il s'éloignait à reculons. Le serpent s'étira tant que sa

tête frôla le sol, puis il se dressa d'un bond et s'enroula autour des jambes du père de Matt.

– Papa ! s'écria le garçon.

Il voulut bondir mais il était devenu inerte. Le serpent s'enroula autour du corps du père à la manière d'un python, ses écailles vertes luisant, ses yeux rouges miroitant.

La sonnerie tinta une seconde fois.

– Veux-tu prendre ton serpent, Matt ? insista sa mère. Tu ne comptes pas sur Papa pour en prendre soin, quand même ? Ce ne serait pas très responsable.

Son père était complètement enveloppé par le serpent, qui avait posé la tête sur son crâne. La bouche ouverte, l'animal agitait sa langue. Il fixait Matt. Incapable de réagir ou de crier, le garçon resta immobile, fasciné par les mâchoires démesurées qui s'agitaient au-dessus de son père.

– Tu devrais t'occuper de lui, je t'assure, reprit celui-ci… une seconde avant d'être avalé par l'animal.

Tout à coup, Matt ouvrit les yeux ; il regardait un plafond blanc, la poitrine écrasée par une masse qui lui vidait les poumons. Il avait du mal à respirer et à ouvrir la bouche. Ou à bouger. Il était comme coincé dans son rêve, paralysé. Il ne pouvait même pas battre des cils. Ses yeux le piquaient, sa poitrine brûlait, bref, il suffoquait.

Quand il entendit au loin les voix de Laurie et Baldwin, il voulut les appeler, mais il ne put rien articuler. Il était pris au piège, par terre, dans le salon de Baldwin.

– Il faudra que tu t'en occupes, dit une voix derrière lui.

La voix de sa mère. Elle se pencha sur lui, grise et pâle.

– Tu vas t'occuper de ton serpent, Matty ? répéta-t-elle.

Elle se courba plus bas encore, à tel point qu'il sentit son souffle, parfumé au poisson pourri.

– Il faut absolument que tu t'en occupes !

Elle se penchait toujours, la bouche de plus en plus large, les yeux rougeoyants, la peau couverte d'écailles vertes, les dents pointues comme des crochets, agitant sa langue fourchue.

Matt se redressa soudain comme une catapulte. Il se plia pour tousser et crachoter, le temps de reprendre haleine. Puis, lentement, il se tourna. Le serpent n'était plus là. Il ferma les yeux, se frotta les paupières et regarda autour de lui.

Il était dans le salon de Baldwin, couché par terre. Fen dormait profondément, roulé en boule dans le fauteuil relax. Le canapé sur lequel Laurie avait dormi était vide, la couverture rabattue sur le bord, et il l'entendait discuter avec Baldwin près de la porte d'entrée. Exactement comme dans son rêve.

« Ce n'était donc pas un rêve ? »

Si, forcément. Un sale cauchemar lors duquel on croit se réveiller.

Il cligna des yeux une fois de plus et redressa les épaules en consultant les chiffres bleus du lecteur de DVD. Minuit passé. Pourquoi Laurie s'était-elle levée pour discuter avec Baldwin ?

Il rit tout bas en y pensant. Question idiote. Il avait surpris Reyna en train de regarder Baldwin du coin de l'œil. Si une fille aussi jolie le trouvait séduisant, alors il plaisait forcément à toutes les filles.

Matt bâilla et se massa les bras pour se débarrasser des fourmis et des derniers souvenirs du cauchemar. Il s'étirait une nouvelle fois quand il perçut une autre voix – de fille. Reyna ? À l'oreille, il aurait dit que non. Tandis qu'il s'asseyait, il se souvint qu'il avait vaguement entendu sonner, dans son rêve – et que personne n'avait réagi.

Il se leva et s'approcha de l'entrée, les pieds nus. La voix de la fille était plus claire ; elle parlait d'Odin. Baldwin la pria d'entrer et les voix s'éloignèrent vers le salon. Matt les suivit. Il finit par apercevoir la fille, à l'autre bout du couloir de l'entrée.

Elle avait… les cheveux roses. Il se frotta les yeux. D'accord, pas complètement roses, juste les pointes. Elle portait aussi des bottes roses, qui montaient jusqu'à ses genoux. Bizarre, mais plutôt sympa-bizarre.

Elle leva la tête. Quand elle le vit, elle eut un sourire, un sourire assez franc et rayonnant pour illuminer son visage tout entier. Elle s'approcha de lui sans prêter attention à ce que Laurie était en train de dire. Son sourire, déjà généreux, devint encore plus large, à supposer que cela fût possible. Matt sentit ses joues s'enflammer.

– Tu es Matt, j'en suis sûre.

Elle le considéra de la tête aux pieds. Matt était certain d'être devenu aussi rouge que les cheveux de cette fille.

– Wow, reprit-elle. Tu es le fils de Thor, n'est-ce pas ?

– N… non. Seulement son descendant. Un descendant lointain.

Elle sourit.

– Tu vois ce que je veux dire.

– Matt ? intervint Laurie. Je te présente Astrid. La copine d'Odin.

Sentant que Laurie avait insisté sur le mot « copine », Matt se détourna, les joues en feu. Avait-il eu l'air de dévisager

Astrid ? Il espérait que non. Ce n'était pas le cas. Du moins, il ne pensait pas l'avoir regardée trop intensément.

– La copine d'Odin, répéta-t-il. Super.

Il entra dans la pièce pour s'adosser au mur, de l'air le plus détendu possible.

– Qu'est-ce qui se passe ?

– Odin nous l'a envoyée, expliqua Laurie. Il est très occupé par la préparation du Ragnarök, et il a demandé à Astrid de nous rejoindre.

– Sympa.

– Vraiment ? demanda Astrid avec un soupir de soulagement. Super. Même si Odin m'a assuré que ça vous plairait, j'avais un doute. C'est toi qui décides, pas vrai ? Tu es le responsable.

Elle regardait droit vers Matt, qui parvint à rire doucement.

– Je ne dirais pas ça.

Elle lui adressa un petit sourire discret, comme s'ils partageaient un secret.

– Donc, comment est-ce que tu comptes…

Quelque chose frôla la fenêtre, comme un filet de fumée. Par réflexe, il leva la main vers son amulette. Quand sa main toucha sa peau nue, il écarquilla les yeux.

– Matt ? l'interrogea Laurie.

– Mon Marteau. Il n'est…

Il se tut pour tapoter sa poche. Il réfléchit un instant, le temps de se remémorer les événements.

– Ah oui. Je l'ai posé sur la table basse pour ne pas le perdre.

– Parce qu'il faut remplacer le cordon, rappela Laurie. Je crois qu'on devrait en acheter un rouleau entier.

– Ouais, ouais…

Il jeta un regard vers la fenêtre. Il n'y avait rien derrière.

– Tu as vu quelque chose ? demanda Laurie.

– Ça devait être du brouillard. (Il pouffa de rire.) Je deviens nerveux. Je vois des trolls partout.

– Sans blague ? grogna Laurie en tirant une chaise. Donc, est-ce…

– Tu as bien dit du brouillard ? coupa Astrid. (Elle se tourna vers Laurie.) Excuse-moi, je te coupe la parole, mais… (Elle revint vers Matt.) Du brouillard ?

– Un truc de ce genre, je ne sais pas, bredouilla-t-il. Peut-être même rien.

Il prit lui aussi un siège.

– Non, ça pourrait être quelque chose, révéla-t-elle.

Elle s'approcha de la fenêtre et écarta les rideaux d'une main tendue, la voix soudain plus aiguë.

– À quoi cela ressemblait-il ?

– Je n'en sais rien. À du brouillard, je te dis. De la fumée.

Il fit quelques pas pour examiner le ciel nocturne.

– Il n'y a plus rien.

Astrid se retourna.

– Avez-vous tous bien dormi ?

– Moi, quand j'ai entendu sonner, j'ai réveillé Baldwin, rapporta Laurie. J'ai un peu somnolé, pas plus.

– Pour moi, tout était normal, ajouta Baldwin.

Ils consultèrent Matt.

– Euh, super, dit-il. Parfait. Rien de spécial.

Les yeux d'Astrid fouillèrent les siens.

– Vraiment ? C'est important, Matt. Comment tu te sentais, à ton réveil ? As-tu rêvé ?

Il tressaillit.

– Oui. Un rêve plutôt moche, mais je ne vois pas…

– Un cauchemar ? insista-t-elle. Et ensuite, quand tu t'es réveillé ? Tu as senti quelque chose ?

Il les regarda chacun son tour.

– Matt, murmura Laurie. Elle t'a dit que c'était important. Ne fais pas le malin.

– Oui, bon, j'ai cauchemardé, reconnut Matt. Je croyais que j'étais réveillé alors que je ne l'étais pas. Pas complètement, en tout cas. Je ne pouvais pas bouger, je voyais des choses bizarres et je n'arrivais pas à respirer.

– Parce que tu avais l'impression qu'un objet t'écrasait la poitrine ?

– Oui, confirma-t-il. Comment le…

– Les maras, conclut Astrid en lâchant les rideaux. Moi qui croyais qu'on était débarrassés d'elles…

– Débarrassés de qui ? demanda Laurie. C'est quoi, une mara ?

Elle interrogea Matt du regard. Il eut beau se creuser la cervelle, il ne trouva pas de réponse.

Astrid se dirigea vers la porte d'entrée pour regarder dehors, tendue, comme si elle craignait une offensive.

– Odin m'avait avertie, mais je croyais que je les avais semées. Je suis navrée. Si j'avais su que j'étais suivie, je ne serais jamais venue jusqu'ici.

– Qu'est-ce qu'une mara ? insista Matt pendant qu'elle retournait vers la fenêtre.

– Une jument, marmonna Astrid.

– Une jument ? répéta Baldwin.

Matt secoua la tête ; il venait de trouver un début de réponse, une vieille histoire enterrée au fond de sa mémoire.

– Ce sont des spectres qui nous troublent l'esprit. C'est de là que vient le mot « cauchemar » : *mara*, ou *mare*, c'est « fantôme » en néerlandais.

– Admettons, dit Laurie. Mais elles sont dehors ? (Elle regarda autour d'elle.) Ou ici, dans la maison ?

– Je... je n'en sais rien, avoua Matt. Je ne les connais pas bien, à vrai dire. Elles n'occupent pas une place centrale dans les légendes. Elles sont juste mentionnées dans certaines sagas. Astrid ?

Il regarda dans le couloir, mais elle n'y était plus. Il trotta pour la retrouver. Elle était devant la porte d'entrée, la main sur la poignée.

– Il faut que je sorte, annonça-t-elle quand il la rejoignit. C'est à cause de moi qu'elles sont ici. Si je m'en vais, elles partiront.

– Qu'est-ce qu'elles cherchent ? demanda Matt.

Elle fronça les sourcils.

– Que cherchent les maras ? répéta-t-il.

– La même chose que tous les monstres. Vous. Les descendants du Nord.

– Admettons. Moi, Laurie, Fen, Baldwin et les jumeaux. Elles t'ont suivie jusqu'ici pour nous localiser. Ton départ ne va rien arranger, souligna Matt.

– Tu as raison. Évidemment. Je suis désolée. C'est... (Elle inspira profondément.) Je m'en occupe. Tout le monde au sous-sol.

– Hein ? Pas question, dit Laurie. Nous avons fait face à des trolls et à des Guerriers. On est capables. Si tu veux te cacher au sous-sol, toi...

Elle haussa le menton.

– Je ne me cache jamais. Surtout quand je suis responsable de la situation.

– Bon, reprit Laurie.

Suivie de Baldwin, elle se dirigea vers le couloir.

– Comment ça se combat, ces choses-là ? De quoi s'agit-il précisément ?

– Ce sont des esprits, n'est-ce pas ? demanda Matt. Un peu comme les fantômes. C'est ce que j'ai vu dehors.

Astrid hocha la tête.

– Elles rôdent aussi à l'intérieur, compléta Matt. Dans notre esprit, notre crâne. Elles nous embrouillent. Tu nous as dit que tu croyais les avoir semées. Par quel moyen ?

– La méthode ne donnera rien, pour vous, répondit Astrid. C'est pour cela que vous devriez descendre et...

– On reste ici, trancha Matt. Explique-nous.

– Et vite, s'il te plaît, la pria Laurie, tournée vers la fenêtre.

– Je descends de la reine Gunnhild de Norvège, que l'on prenait pour une sorcière. C'était vrai, d'ailleurs. Et j'ai hérité de ses pouvoirs. Pour repousser les maras, il faut faire de la magie. Une magie bien spéciale. Je m'en charge. Vous, vous ferez... ce que vous pourrez.

– Laurie, tu veux bien réveiller Fen ? demanda Matt. J'ai peur qu'il me morde la main jusqu'à l'os, si j'essaye.

– Comme Tyr, nota Astrid en retenant un sourire.

Il y eut un bruit dans le salon. Ils y coururent tous, Matt le premier.

C'était Fen. Il venait de tomber de son fauteuil, toujours endormi. Matt rit tout bas.

– Bon courage pour le réveiller, Laurie. Il dort à poings f...

Quand Matt vit les yeux de Fen, écarquillés et figés, il bondit pour s'accroupir près de lui. Inerte, le regard terrorisé, Fen avait la bouche ouverte et sa poitrine sifflait comme s'il ne parvenait pas à respirer.

– Paralysie du sommeil, indiqua Astrid. Comme toi tout à l'heure.

Matt secoua l'épaule de Fen.

– Ne fais pas ça ! protesta Astrid en sautant vers lui. Cela ne ferait qu'aggraver les choses. Il faut le laisser s'éveiller naturellement.

Matt se retourna vers Laurie. Elle n'était plus là. Elle se tenait à l'autre bout de la pièce, le regard flottant, à tel point qu'il la crut figée elle aussi. Mais elle ouvrit les lèvres pour murmurer :

– Jordie ?

« Jordie ? Qui est donc… Son petit frère ! »

– Elle a des hallucinations, lança Matt. Laurie ? Ce n'est pas…

– Jordie ! s'écria-t-elle.

Et elle partit en courant comme pour rejoindre son frère invisible. Matt se retourna vers Fen, toujours immobile par terre, les yeux écarquillés.

– On s'occupe de lui, lança Astrid. Baldwin et moi, on sera là quand Fen se réveillera. Va chercher Laurie, toi.

Matt détala aussitôt. Il l'entendit bafouiller d'une voix entrecoupée de sanglots :

– Je suis désolée, Jordie. J'étais obligée de partir. Obligée.

Matt suivit sa voix jusque dans la cuisine. Plantée au milieu de la pièce, tournée vers le comptoir, elle implorait le pardon de son frère, le visage ruisselant de larmes.

– Je ne savais pas… Je pensais te protéger. Je ne savais pas.

– Laurie ?

Constatant qu'elle ne réagissait pas, il répéta, plus fort :

– Laurie ? Ce n'est pas lui. Ce n'est pas Jordie. Il ne faut pas croire ce qu'il te raconte. C'est une mara, tu te souviens ?

– Non, dit-elle en secouant la tête. Non !

Matt crut qu'elle lui répondait, jusqu'au moment où elle ajouta :

– Je n'aurais jamais fait ça. Je voulais empêcher le Ragnarök. Te protéger.

– Laurie !

Matt se plaça entre elle et le plan de travail. Et pourtant, elle ne semblait pas le voir. Piégée dans un cauchemar éveillé, comme lui un peu plus tôt.

– Non ! hurla-t-elle. Jordie, non !

Elle se jeta en avant et percuta Matt de plein fouet. Quand il tenta de la maintenir, elle le griffa et lui donna des coups de pied, à tel point qu'il finit par la lâcher. Elle s'effondra en sanglotant, les bras tendus, comme pour attraper quelqu'un d'autre.

– Laurie. (Matt lui prit les épaules et la secoua.) Laurie !

Comme elle ne répondait pas, il la prit sous les bras pour la remettre sur pied, tout en lui assurant le plus calmement possible :

– Tu es en train de rêver. Jordie va bien. Il est à des kilomètres d'ici. Tu le sais. Tu le sais bien.

Elle commença à se débattre, faiblement, comme si elle l'avait entendu. Il se répéta, d'une voix plus ferme, puis il la secoua et l'éloigna du corps imaginaire de son frère.

– Qu… quoi ? bafouilla-t-elle en le regardant. Où est-ce… ? (Soudain, elle le repoussa.) Thorsen !

– Tu as eu des hallucinations. Je crois que tu as vu Jordie mourir et que tu as cru y être pour quelque chose.

– Jordie ?

Elle déglutit et tituba, comme si tout lui revenait. Quand Matt tendit la main vers elle une fois de plus, elle le repoussa, se raidit et inspira profondément.

– Tout va bien, assura-t-il.

– Tu en es sûr ? demanda une voix derrière lui.

Il se retourna lentement. Son père se tenait là, les cheveux et les vêtements ruisselants, le visage presque… fondu.

– Est-ce que je te donne l'impression que tout va bien ? demanda son père en avançant d'un pas. Tu as laissé ton serpent m'engloutir, Matt. Me dévorer, sans faire un geste pour l'en empêcher.

– Pas du tout. Je…

Matt s'interrompit pour fermer les yeux bien serré. Une hallucination. Ce n'était qu'une hallucination. Il en était conscient, mais c'était si convaincant. C'était de la sorcellerie, comme pour Laurie. Elle savait bien que Jordie ne pouvait pas être là, et pourtant elle y avait cru.

– Matt ?

La voix de Laurie était lointaine, comme si elle était à l'autre bout de la maison. « Elle est tout près. Concentre-toi sur elle. Reviens à toi. »

Les yeux toujours fermés, il se tourna vers Laurie.

– Continue de parler, la pria-t-il.

– Parler de quoi ?

Cette fois, c'était Jake.

– Parler de quoi, Matt ? À cause de toi, tout est fichu. Je le savais bien. Tu rates toujours tout.

– Laurie ? Dis-moi quelque chose, je t'en supplie !

Il perçut vaguement deux ou trois mots, mais quelqu'un d'autre parlait plus fort qu'elle : Josh.

– Pourquoi tu n'as pas réagi, Matt ? accusait-il. Je te croyais plus fort que ça. Même quand Jake prétendait le contraire. Même quand Papa prétendait le contraire. Moi, je te faisais confiance.

– Laurie ? Plus fort !

Il la sentit serrer son bras.

– Libère-toi, Thorsen. Lutte le plus fort possible ! Tu sais que ce n'est pas vrai. Défends-toi !

Ses yeux se rouvrirent. Il la vit, juste devant, la tête levée vers lui.

– Je suis là, soupira-t-il.

– Restes-y.

– Oui, chef !

Il regarda alentour pour effacer le moindre souvenir de sa vision.

– Bon, rejoignons…

Un hurlement retentit à l'étage.

– Les jumeaux.

Matt poussa Laurie vers la porte.

– Va voir Fen. Je monte à leur secours.

Tandis qu'ils couraient vers la porte, il y eut un sifflement près de Matt, sur la gauche, et il se tourna : la tête d'un serpent était à la fenêtre, illuminée par des yeux rouges.

– Il n'est pas là, murmura-t-il. Il n'y a rien.

Laurie poussa un cri aigu et se plaqua les mains sur la tête pour se protéger d'un monstre invisible.

– Ce n'est pas…, commença-t-il.

– Je sais. (Elle baissa les bras et parcourut la pièce d'un regard coléreux.) Pas vrai ! lança-t-elle. Tu m'entends ? Tu n'es pas vrai !

– Tu as compris.

Matt lui posa les mains sur les épaules et la poussa vers l'entrée de la maison.

Il aperçut un ruban de fumée tourbillonnant et s'arrêta, par réflexe, en retenant Laurie. La fumée prit bientôt la forme d'une femme aussi maigre qu'un squelette à peine couvert de peau. Ses longs cheveux blancs flottaient autour d'elle. Ses yeux n'étaient que des creux. Quand elle ouvrit la bouche, des chicots à demi pourris apparurent.

– Tu n'es pas là, affirma Matt tout en poussant Laurie devant lui. Tu n'es qu'une invention de mon imagination.

L'apparition siffla et tendit vers lui un long doigt osseux. Laurie se braqua.

– Euh, Matt ? Est-ce que tu vois une sorcière hideuse qui tend le bras vers nous ?

– Oui.

– Alors, elle est vraiment là, parce que moi aussi, je la vois.

– Une mara, conclut-il. Sous sa forme normale, peut-être.

Il se plaça devant Laurie et redressa les épaules.

– Quoi qu'il en soit, ce n'est qu'un esprit. Elle ne peut pas te faire de mal. Garde ça en tête. Ferme les yeux et tiens-toi à mon tee-shirt. On va passer à travers…

Un éclair jaillit du doigt de la vieille sorcière et frappa Matt comme une décharge électrique, au point de le faire tomber par terre, abasourdi. Laurie l'aida à se relever.

– Ta théorie ne tient pas.
– Sans blague ?
La mara tendit encore le doigt, vers Laurie cette fois. Matt la poussa sur le côté avant de se jeter au sol. La force frappa le mur, laissant un trou rougeoyant dans le plâtre.
– L'autre porte ! cria Matt.
Il poussa Laurie et courut derrière elle. Quand il entendit un crépitement, il cria pour l'avertir et se recourba. L'éclair fila au-dessus d'eux et atteignit le mur une fois encore. Ils reprirent leur course vers la porte qui débouchait sur l'escalier.
À l'étage, Reyna criait et Ray bégayait de peur.
– Je monte avec toi, annonça Laurie.
Ils gravirent les marches quatre à quatre, suivis par la mara qui allait sans se presser, comme si elle menait un troupeau, tout en ricanant et lançant des éclairs. Quand une silhouette parut soudain sur les marches, Matt faillit basculer en arrière. C'était sa mère – avec le visage gris et mort qu'il avait vu dans son rêve.
– Je te faisais confiance, annonça-t-elle. Je leur ai dit que tu serais capable de nous sauver.
Le père de Matt se montra à son tour sur le palier.
– Tu as déçu ta mère, Matt. Tu nous as tous déçus.
– C'est pas les vrais, se murmura Matt. Pas les vrais.
Laurie hurla devant une apparition visible d'elle seule et se retourna comme si elle voulait redescendre. Matt la retint et la poussa vers le haut en répétant de plus en plus fort :
– Pas les vrais. Pas les vrais !
Plus il luttait contre les cauchemars, plus la mara se déchaînait. Après ses parents, il vit son frère, son grand-

père, ses copains d'école. Morts. Dévorés par des serpents et décomposés dans des tombes. Oui, ils étaient tous morts. Et ils l'accusaient.

Laurie n'était pas en meilleure posture. Il le savait car elle criait et pleurait ; tout ce qu'il pouvait faire, c'était l'encourager et lutter contre ses propres visions. Quand ils arrivèrent enfin à l'étage, les apparitions retombèrent vers la mara.

Laurie se jeta sur une porte pour l'ouvrir brusquement. Voyant qu'il s'agissait de la chambre des parents de Baldwin, Matt songea à l'arrêter pour lui indiquer qu'ils ne devaient pas y mettre un pied, mais ce n'était pas le moment de se soucier des règles de politesse. Il la laissa donc claquer la porte derrière eux.

De l'autre côté, sa famille le grondait toujours. Une projection traversa la porte en bois et lui brûla l'épaule. Il trébucha en arrière tandis que Laurie courait vers la fenêtre du balcon, qu'elle ouvrit d'un coup.

– Attends ! ordonna Matt.

– Il faut sortir. Elles ne nous suivront pas dehors.

Matt la rejoignit. Le balcon, long et étroit, était bordé par une balustrade en bois qui donnait sur le jardin. Laurie l'escalada.

– Non !

Matt bondit vers elle.

– Nous devons franchir la clôture, soutint-elle.

Une fois de plus, son regard était creux, et il comprit qu'elle était en pleine hallucination.

– Ce n'est pas une…

Elle bascula dans le vide. Matt, en criant, se pencha sur la rambarde. Laurie était étalée dans l'herbe. Il monta à son tour sur le garde-corps, accroupi au bord du vide, puis il saisit le rebord et sauta.

Il heurta le sol assez violemment pour perdre son souffle et se faire mal aux jambes. Il rejoignit Laurie à quatre pattes. Elle s'était redressée et frottait son bras étrangement plié. Fracturé.

– Ça va ? demanda-t-il. À part ton bras, je veux dire ?

– Ah, vous voilà ! lança une voix devant la maison.

Fen, planté devant une porte-fenêtre, bouillait de rage.

– Vous croyiez peut-être vous en tirer aussi facilement ?

19

FEN

LES ENNUIS CHAUSSÉS DE BOTTES ROSES

Quand Fen vit ses deux amis, il comprit qu'ils étaient sur le point de l'abandonner. Sa cousine, sa presque sœur, lui tournait le dos parce qu'il était moins fort que Matt. Il s'était dit que cela pourrait arriver, mais jusque-là, il avait confiance en elle. Elle seule lui était restée fidèle.

– Pendant que je dors, vous en profitez pour fiche le camp ? Vous me plantez là pour aller sauver le monde ?

Fen avança vers eux, grognant sourdement comme s'il avait déjà quatre pattes.

– C'est un rêve, Fen.

Matt tenait un bras autour de Laurie, qui s'appuyait contre lui.

– Toi et Thorsen ? reprit Fen en tendant le bras pour la saisir.

Elle tressaillit et se détacha de lui.

– Non, dit-elle. Ce n'est qu'un rêve ; nous faisons tous des cauchemars où nous voyons ce qui nous fait peur.

– C'est à cause des maras. Elles nous attaquent avec des hallucinations, expliqua Matt en faisant un pas en avant, montrant l'étage. Laurie a sauté par la fenêtre parce qu'elle croyait que c'était une clôture.

Laurie hocha la tête et regarda son bras, plaqué sur sa poitrine.

– J'ai une fracture. C'est pour ça que j'ai reculé.

Fen était sur le point de répondre quand Kris sortit de l'ombre, derrière Laurie.

– Tu ne vas pas avaler ça ? Tu as toujours été le plus bête de la famille, mon pote. Sais-tu qu'on m'avait promis une récompense si je te dénonçais ? Mais j'ai refusé. (Il émit un petit rire et jeta vers Fen une canette de bière à moitié vide.) Maintenant que j'ai perdu mon pari, je me retrouve coincé avec toi.

Fen esquiva la canette.

– Fen, reprit Laurie en faisant un pas vers lui. Je ne sais pas ce que tu vois, mais ce n'est pas réel. Concentre-toi sur moi, je t'en conjure. Il faut que tu m'aides.

Il secoua la tête et Kris disparut.

– Comment combattre des illusions ? demanda-t-il.

– Regarde fixement ce qui existe, répondit Matt, tourné vers la maison. En revanche, les sorcières squelettiques ne sont pas des hallucinations, et j'ai laissé mon Marteau là-bas. Si on veut les combattre…

– Rentrons, si c'est ça.

Fen rouvrit la porte de la maison. Son père était étendu par terre dans la cuisine. Skull et Hattie le pilonnaient de coups de pied au flanc et à l'estomac. Ils lui adressèrent un vilain sourire.

– Le prochain, c'est toi, annonça Hattie. Attends un peu que je raconte à tes copains qui nous a fourni le bouclier et qui est chargé de nous livrer Matt. Après ça, je parie qu'on n'aura pas besoin de te cogner bien fort ! Ils te tomberont dessus en premier.

Près de lui, il entendit Laurie répéter :

– Pas les vrais. Pas les vrais. Pas les vrais.

Fen se redressa et détacha son regard des Guerriers. Ils devaient repérer les maras pour les repousser. Baldwin arriva en courant.

– Il y a des monstres chez moi !

Il tendit la main vers Matt ; il tenait l'amulette.

– Tiens. Tu avais laissé ça dans le salon.

– Merci !

Matt serra le minuscule marteau si fort que Fen crut qu'il allait se faire mal. Décidément, Baldwin était serviable : il leur avait apporté le nécessaire sans qu'on le lui demande.

– Où sont les jumeaux ? demanda Laurie.

– Ils bombardent la mara avec je ne sais quoi, expliqua Baldwin. C'est invisible, mais quand ils se donnent la main, l'air ondule et les illusions disparaissent autour d'eux. En revanche, les squelettes résistent. Ils ne disparaissent pas, eux.

– Et Astrid ? demanda Matt. Elle va bien ?

– Qui ça ? interrogea Fen.

– Une nouvelle. Arrivée pendant que tu dormais, résuma Baldwin avant de se tourner vers Matt en secouant la tête. Elle est quelque part dans la maison, elle a dit qu'elle allait faire de la magie.

Fen, Laurie et Matt repartirent vers l'escalier et la chambre d'amis, où il était prévu que les jumeaux passent la nuit. Sur le pas de la porte, Reyna et Ray faisaient face au couloir, la main dans la main. Devant eux se trouvaient

cinq femmes osseuses et effrayantes. Elles ne pouvaient pas entrer dans la pièce, pas plus qu'elles ne reculaient.

Même s'ils semblaient fatigués, Reyna et Ray agitaient leur main libre comme s'ils jetaient quelque chose. Les maras se dérobaient, mais elles n'étaient pas atteintes. Laurie avait vu juste : les jumeaux partageaient un secret. Ils avaient des pouvoirs magiques.

Une fille – Fen supposa qu'il s'agissait d'Astrid – ouvrit une porte voisine pour se pencher vers eux.

– Matt ! appela-t-elle en lui prenant le bras. Je n'ai pas réussi à rejoindre les jumeaux.

Affichant soudain un sourire, Baldwin marcha vers les maras. Elles ne se tournèrent pas vers lui, même quand il tenta de les pousser pour libérer la porte.

Soudain, Fen entendit des grondements. Par-dessus son épaule, il aperçut au moins trois bêtes dans l'escalier.

– Des loups ! Entrez dans l'autre chambre ! s'exclama-t-il.

Il tenta de pousser ses compagnons dans la pièce voisine de celle des jumeaux.

– Ce n'est pas réel, Fen, murmura Laurie. Pas réel. Jordie n'est pas ici. Ma mère non plus. Ces loups n'existent pas.

Elle était pâle, elle aussi. Il comprit qu'elle était sur le point de s'évanouir. Avec un bras cassé, elle devait aller à l'hôpital, et pourtant il n'était pas possible d'abandonner Baldwin.

– Viens, dit-il à Matt.

Il le tira sur le côté pour le rapprocher d'Astrid et permettre à Laurie de s'asseoir sur le lit.

– Il nous faut un plan, Thorsen, insista-t-il. Les jumeaux et Baldwin nous permettent de gagner du temps, mais il nous faut un plan.

– Je vais voir ce que je peux faire, proposa Astrid.

Fen grogna. Il n'était pas question qu'une inconnue s'approche de Laurie blessée.

– Un plan, Thorsen, répéta-t-il d'une voix à moitié animale.

Comme la porte était ouverte, Fen vit Baldwin agrippé comme un singe au dos de l'une des maras, qui l'ignorait. Les jumeaux n'avaient pas avancé d'un pas, et Fen n'était pas décidé à s'éloigner de Laurie.

– J'essaye, Brekke, assura Matt.

Il regardait derrière Fen, concentré sur quelque chose que Fen ne voyait pas.

Une mara se retourna pour s'approcher de la porte.

– Pas vrai, murmura Matt.

Astrid se plaça près de lui et claqua la porte, comme si une planche de bois pouvait arrêter un monstre.

– Ils sont tout seuls dehors, Thorsen. Soit tu y vas, soit c'est moi. L'un d'entre nous doit rester ici pour protéger Laurie.

D'un geste, Fen la désigna et, pour la première fois depuis leur combat commun contre les Guerriers de Blackwell, Laurie ne protesta pas. Cela suffisait à prouver qu'elle souffrait.

Matt le remarqua lui aussi. Il prit Astrid par le poignet.

– Ce que tu as fait tout à l'heure… Il faut que tu réessayes.

– Je ne suis pas certaine que ça aboutisse… (Elle prit la main de Matt, qui la retira par réflexe.) Je peux essayer.

– Tout de suite ! ordonna Fen.

– Fen a raison, insista Matt, prêt à ouvrir la porte d'un coup. Si tu n'y arrives pas, il faudra qu'on sorte, lui et moi.

– Je vais essayer, répéta Astrid.

Matt tira brusquement la porte. Astrid adressa un petit sourire à Fen, puis elle suivit Matt sur le palier en récitant des mots incompréhensibles. Les maras émirent des hurlements stridents qui firent grimacer Fen, puis elles disparurent.

Astrid s'effondra vers Matt, qui la saisit et l'aida à s'asseoir par terre. Il resta accroupi près d'elle.

En sortant de leur chambre, les jumeaux les contournèrent pour rejoindre Fen et Laurie dans la pièce voisine.

– Qui est cette fille ? demanda Reyna.

– Astrid. Une espèce de sorcière, annonça Baldwin.

Il passa devant eux, bondissant et chantant.

– Vous avez vu ? Elle les a zappés. Je vous l'ai dit, on est des superhéros. Amenez-moi le prochain monstre !

Malgré les circonstances, Fen ne put se retenir de sourire devant une telle attitude.

– Il est aussi nul que nous, Laurie, dit-il.

Voyant qu'elle ne souriait même pas, il sentit un vent de panique glacial le traverser.

– Laurie ?

Elle lui adressa le sourire le moins convaincant qu'il eût jamais vu.

– Désolée. Il y a peut-être de l'aspirine ou quelque chose comme ça, ici. Baldwin ?

– Certainement, mais on devrait quand même appeler un médecin, conseilla Baldwin. C'est ce qu'on fait, quand on se blesse, n'est-ce pas ? Moi, ça ne m'est jamais arrivé, n'empêche qu'à l'école, quand des copains se sont... (Ses mots se perdirent.) Je vais chercher de l'aspirine et le téléphone.

– Pas le téléphone, objecta Laurie. Juste l'aspirine. Ensuite, on m'enroulera le bras dans je ne sais quoi. Si on va à l'hôpital, la police sera prévenue et ça, il n'en est pas question.

– On se débrouillera, affirma Ray en s'approchant du lit.

Fen se planta devant Laurie en montrant les dents. S'il était encore debout sur deux pieds, c'était uniquement parce que se transformer en loup l'aurait rendu muet.

– C'est bon, Fen, dit Laurie pour le calmer. (Constatant qu'il ne réagissait pas, elle insista :) Fen !

Il lui jeta un coup d'œil par-dessus son épaule. Et gémit sans parvenir à se retenir.

– On va arranger ça, toutou, commenta Reyna en rejoignant son frère. Pas besoin d'aller à l'hôpital. Promis.

– Laisse-les passer, pria Laurie.

Fen était tenté de devenir grossier, et pourtant, si ces gens étaient capables d'effacer la pâleur de Laurie, il leur en serait reconnaissant. Il consulta tout de même Matt, qui avait laissé Astrid rejoindre Fen, au bord du lit.

Matt semblait aussi inquiet que lui. Cela suffit à le soulager. Si les choses tournaient mal, il ne serait pas seul.

– Que personne ne la touche pendant que nous agissons, avertit Ray.

Les jumeaux se placèrent de chaque côté du lit où Laurie s'était étendue. Ils se prirent les mains pour former un cercle au-dessus d'elle. Ils baissèrent alors ce cercle vers son bras déformé en récitant des mots d'un ton modulé, montant et descendant, qui donna la chair de poule à Fen.

Baldwin se plaça près de lui et Astrid recula pour se caler contre Matt. D'un geste maladroit, il lui passa le bras autour de la taille pour la stabiliser, et Fen se sentit alors mal à l'aise. Matt, que Fen avait détesté pendant des années, était finalement un mec bien. Mais, comme Laurie et Baldwin, il accordait sa confiance trop facilement. Cela laissait à Fen la tâche de protéger tout le monde. Il n'était pas certain de son opinion à propos des jumeaux, mais il sentait qu'il n'appréciait pas Astrid.

– Merci, souffla Laurie, réveillant son attention.

Son bras était réparé, bien droit.

Les jumeaux se redressèrent d'un seul mouvement, comme si leurs muscles communiquaient mystérieusement pour fonctionner en symbiose.

– Tu nous as sauvés des trolls; nous t'avons soignée. Nous sommes quittes, résuma Reyna.

– Tu as besoin de dormir. En tout cas, c'est guéri, ajouta Ray.

– Je savais bien que vous nous cachiez quelque chose, avoua Laurie, somnolente.

Quand Fen fit un pas vers elle, les jumeaux reculèrent. Ray leva les mains d'une manière défensive, mais Reyna pouffa. Fen ne savait pas quel niveau de magie ils possédaient, et en cet instant, cela ne l'intéressait pas. Tout le monde devait s'éloigner de Laurie.

– Merci.

Il avait pensé à commencer ainsi sa phrase, mais des mots plus forts ne tardèrent pas à suivre :

– Maintenant, vous sortez.

Un petit grognement lui échappa; il était presque sûr que ses yeux n'étaient pas tout à fait normaux. Voir Laurie blessée l'avait tant secoué qu'il avait un peu perdu le contrôle de lui-même. Dans ce genre de situation, il valait mieux rester seul. Ces jeunes avaient porté secours à Laurie, d'accord, et il en tint compte pour conclure, d'un ton plus agréable :

– Il faut qu'elle se repose.

Matt proposa :

– Si tu as besoin de nous...

Fen hocha simplement la tête, incertain d'être encore capable de parler. Il y avait trop d'inconnus dans cette pièce, autour de Laurie, et son instinct protecteur repoussait à l'arrière-plan toutes les autres missions. Il faisait confiance à Matt et à Baldwin mais, à ses yeux, les trois autres resteraient dangereux tant qu'ils n'auraient pas démontré le contraire. Une seule bataille ne faisait pas d'eux des alliés.

« Tout danger doit être repoussé. »

Baldwin resta devant la porte, debout comme une sentinelle qui attend les ordres. Matt emmena les jumeaux et Astrid. Tandis qu'ils quittaient la chambre, Matt interrogea les jumeaux :

– Merci d'avoir soigné Laurie. Vous savez faire d'autres choses ? Vos pouvoirs s'exercent-ils aussi lors d'une attaque, comme ceux d'Astrid ?

Fen aurait bien voulu entendre leur réponse, mais il était soulagé de les voir s'éloigner. Même si Matt n'était pas son ami, ils avaient fréquenté la même école assez longtemps pour que Matt sache que Fen était surprotecteur. La seule nouveauté, dans cette situation, était que Matt avait appris que Fen, quand on le cherchait trop, devenait un loup grincheux. Matt avait agi exactement comme Laurie l'aurait fait : il avait décidé d'éloigner les gens pour que Fen n'ait plus besoin de se forcer à être sociable.

Il sentit ses épaules s'alléger tandis qu'il s'approchait de Baldwin, dans le couloir.

– Merci, lui répéta-t-il avant de refermer la porte puis de s'étendre par terre.

Quiconque tenterait de s'approcher de Laurie devrait d'abord passer près de lui et, même s'il était fatigué, cela le réveillerait.

20

LAURIE

CHARMES ET LARMES

Quand elle descendit avec Fen le lendemain, juste avant le déjeuner, Laurie se rendit compte qu'elle ne s'était pas sentie aussi reposée depuis des jours. Son bras était un peu fragile mais il semblait réparé. Les jumeaux avaient un secret, c'était indéniable : ils étaient magiciens. Et, compte tenu de ce que Fen lui avait raconté à propos des maras, Astrid aussi.

Théoriquement, elle aurait dû être contente : la présence de ces trois magiciens aurait pu la rassurer sur leurs capacités à arrêter le Ragnarök. Pourtant, ce n'était pas le cas. Même si elle rechignait à l'admettre, elle était tendue. En un seul jour, ils étaient passés d'un groupe de trois à sept personnes et avaient subi une nouvelle attaque. On leur tombait dessus à tous les coins de rue et, sans Astrid, jamais ils n'auraient pu maîtriser les maras. Laurie lui en était reconnaissante. Malgré cela, l'arrivée d'alliés inattendus ne les sauverait pas à chaque fois.

Quand ils entrèrent dans le salon, Fen lui ordonna :

– Assieds-toi.

– Je me sens bien, Fen. Je t'assure ! Mon bras est encore sensible mais je n'ai plus de fracture. (Elle tendit le bras.) Je peux...

Fen grogna, le doigt tendu vers le canapé.

– Tu es ridicule, commenta-t-elle en obéissant malgré tout.

Elle était fatiguée et fragile, ils le savaient l'un comme l'autre. Pendant près d'une heure, il avait insisté pour qu'elle accepte de rentrer chez elle. Sa mère était incapable d'assurer sa sécurité, mais Fen pouvait compter sur Kris et quelques autres loups pour la protéger des Guerriers. Il ne tenait pas à ce qu'elle reste avec eux, surtout parce que la mission était dangereuse ; d'ailleurs, elle était déjà blessée – comme lui. Être étouffé par un troll était forcément douloureux. Le problème, quand elle discutait avec Fen, c'était qu'il ne tenait pas compte des blessures qu'il encourait, lui.

Laurie s'assit donc sur le canapé en attendant que Fen apporte de quoi manger. S'il s'occupait d'elle, cela le soulagerait et elle ne s'en sentirait pas plus mal. Quand elle l'entendit parler avec Baldwin, elle sourit. Ça aussi, c'était bon pour lui. C'était peut-être l'effet du pouvoir de sympathie de ce garçon ; en tout cas, Fen appréciait Baldwin. Matt et Astrid entrèrent dans la pièce en discutant. Les jumeaux étaient absents. Laurie se sentit étrangement seule.

Quand Matt partit à son tour vers la cuisine, Astrid s'approcha d'elle. Laurie la salua d'une voix qu'elle espérait joyeuse.

– Bonjour, répondit Astrid en s'asseyant près d'elle.

– Merci de nous avoir sauvés, hier soir.

Astrid rit.

– Elles m'avaient suivie jusqu'ici, donc je ne vous ai pas vraiment sauvés.

Laurie se détendit.

– En tout cas, tu les as vaincues, c'est le plus important.

Astrid lui adressa un sourire aussi amical que ceux de Baldwin. Laurie se sentit moins seule. Astrid était comme elle : sans compter parmi les descendants les plus importants, elle faisait partie de l'équipe. C'était peut-être pour cela que Reyna et Ray n'étaient pas aussi aimables qu'Astrid : à leurs yeux, Laurie n'avait pas sa place parmi eux. Fen et Matt, pour leur part, étaient convaincus qu'elle devait rentrer chez elle. Seul Odin avait paru croire qu'elle pouvait être des leurs.

« Un peu comme Astrid. Elle et moi, on est ici à cause de lui. »

– J'ai croisé Odin, un jour, raconta Laurie à Astrid. Il avait l'air… gentil. Il doit te manquer.

Astrid éclata de rire.

– Gentil ? Odin ? C'est un malade, mais ce n'est pas entièrement sa faute. Je veux dire, nous sommes ce que nous sommes à cause d'histoires qui ont été écrites il y a une éternité.

– J'espère que non ! protesta Laurie en secouant la tête. Il était assez original, mais comme Fen, Matt et… (elle fit un geste vers la cuisine et l'étage) tous les autres, il a une grosse responsabilité. Nous, on a de la chance : on n'est pas chargées de missions aussi lourdes. On va les aider, d'accord, mais ce n'est pas la même chose.

Pendant qu'elle parlait, Fen était revenu. Il lui tendit une assiette et regarda méchamment Astrid, comme si elle était une mouche qu'il hésitait à écraser ou avaler.

Astrid ne releva pas l'offense. Elle lui sourit et lui dit bonjour. Pourtant, elle ne quitta pas le canapé pour lui laisser sa place.

Laurie ne disait plus rien. Ils n'avaient qu'à se débrouiller, elle allait manger. Tout en mâchant son sandwich, elle se demanda si Fen la protégeait parce qu'il était à demi loup. Depuis qu'elle savait qu'il était un *wulfenkind*, son comportement lui semblait plus logique. Quand ils étaient petits, il lui avait juré de la protéger, et il avait pris son rôle plus au sérieux après le départ du père de Laurie. Comme Fen, celui-ci savait que des événements terrifiants se préparaient. Ils savaient que de grands méchants loups rôdaient. Étant eux-mêmes des loups, ils s'inquiétaient pour les membres de la famille qui n'en étaient pas, comme elle.

Rien de tout cela ne justifiait l'attitude agressive de Fen envers Astrid : elle n'avait rien fait de mal, et elle avait même soigné Laurie la veille au soir. Il restait vissé sur place, à tel point qu'Astrid leva la tête vers lui.

– Tu veux bien te décaler ? demanda Laurie à sa voisine. Il se comporte comme si j'étais encore blessée.

– Bien sûr, répondit Astrid.

Elle glissa vers l'extrémité du canapé et Fen se laissa tomber entre elles. Il resta là, muet, rendant impossible la moindre conversation. Après quelques secondes d'un silence pesant, Astrid prit la parole :

– Donc, Laurie et toi, vous êtes les je-ne-sais-combientièmes petits-enfants de Loki ?

Fen la regarda et se contenta de confirmer :

– Ouais.

Laurie adressa un sourire reconnaissant à Astrid. C'était un sujet qui pouvait inciter Fen à sortir de sa coquille.

– Tout juste, dit-elle. C'est pour ça que Fen devient loup. Moi, je ne change pas de forme. Fen combattra le serpent avec Matt. (Elle sourit à son cousin.) Je ne me battrai pas, mais j'arrive plutôt bien à piéger les trolls.

– Tu pourrais aussi rentrer chez toi, suggéra Fen.

Pour éviter de se disputer avec lui devant Astrid, Laurie prit une nouvelle bouchée de sandwich. Elle en avait assez qu'on veuille la laisser sur le carreau. Il n'était pas nécessaire qu'elle soit là pour vaincre le serpent, mais cela ne voulait pas dire qu'elle ne servirait jamais à rien.

Matt vint vers eux. Elle ne l'avait jamais vu si sûr de lui. C'était peut-être parce qu'il était un champion. Elle-même avait confiance en elle, quelquefois, mais seulement quand elle accomplissait une tâche utile, et surtout pas quand Fen jouait au loup protecteur et obstiné.

– Le jour du Ragnarök, Loki menait les monstres, nota Astrid. Pourtant, comme l'a dit Matt, rien ne nous oblige à répéter les contes. Pas la peine de s'inquiéter sur ce point.

– Heureusement…, dit Laurie.

Cette remarque lui semblait absurde. Fen n'allait pas mener le clan ennemi, c'était évident ! En disant cela, Astrid avait certainement voulu les rassurer et pourtant, elle semblait un peu méfiante.

Au lieu de s'asseoir, Matt resta debout, les mains posées sur le dossier du canapé.

– Nous sommes tous réveillés ? Alors faisons un plan. On ne peut pas attendre sagement que les monstres nous tombent dessus. (Il haussa la voix.) Ray, Reyna, Baldwin ! Réunion au sommet !

Baldwin entra et se laissa tomber par terre près de Fen. Les jumeaux descendirent d'un pas paresseux et entrèrent dans le salon, un peu en retrait mais bien présents. Matt, près du siège vide, les considéra.

– Maintenant que nous sommes au complet, nous devons nous équiper.

– C'est-à-dire ? demanda Reyna.

– Il nous faut les plumes, le Marteau, le bouclier, récita Matt avant d'ajouter, tourné vers Astrid : Peux-tu contacter Odin ?

– Je voudrais bien, soupira-t-elle. Il est en vadrouille, comme d'habitude. Il finira par se montrer, mais jusque là, il vous faudra faire avec moi. Toutefois, je sais par quoi nous devons commencer : le Mjölnir. Notre champion a besoin du Marteau.

Matt rougit et secoua la tête.

– Nous travaillons en équipe, Astrid.

– Je sais. N'empêche, dans ce combat, le méchant est le serpent, et tu devras le vaincre seul. (Elle pouffa de rire.) Tu es le chanteur principal du groupe, Matt. Nous, on est tes choristes. Des choristes hors pair, heureusement, mais rien de plus.

Gêné, Matt était sur le point de répondre quand Fen intervint :

– Elle n'a pas tort, la poupée rose. Il faut avant tout mettre la main sur le marteau de Thorsen. (Il s'adossa et croisa les bras.) Je suivrai les ordres.

– Pardon ? réagit Reyna. Si c'est ça que tu appelles monter un plan, je me demande comment vous avez survécu.

– Dis donc, gronda Fen. Barbie et Ken ont une meilleure idée, peut-être ?

– Qui est Ken ? chuchota Baldwin.

– Minute ! coupa Matt. Reyna, qu'est-ce qui t'embête ? Qu'on aille chercher le Marteau ou que je joue un rôle central ? Parce que moi, je n'ai jamais prétendu que j'étais spécial ni…

– Calmos, Thorsen, trancha Fen en secouant la tête. Je parlais sérieusement. Tu as besoin du véritable Marteau. Ton pouvoir magique à quatre sous ne pourra pas tout faire.

– Sait-on où se trouve le Mjölnir ? demanda Laurie. Puisque nous savons où est le bouclier, je propose de commencer par là. (Elle consulta Astrid.) À moins que tu ne saches où est le Marteau, toi qui proposes d'aller le chercher…

– J'espérais que tu le savais, toi, répondit Astrid en regardant Matt. Les Valkyries ne t'ont pas donné d'indice ? Ni les Nornes ?

Matt secoua la tête.

– Peux-tu les joindre ? Les interroger ? insista-t-elle.

– Je pourrais leur poser des questions, à condition qu'elles apparaissent. En attendant, nous sommes coincés… (Matt se redressa.) Non, pas coincés ! Laurie a raison : nous savons où est le bouclier.

– C'est super, mais il nous faut avant tout le Marteau, insista Astrid.

Fen gronda si fort que Reyna et Ray échangèrent un regard. Laurie se dit qu'elle devrait bientôt se placer entre elle et son cousin. Il n'avait pas très bon caractère et ce jour-là, c'était encore pire, car il s'inquiétait pour elle.

– Tu as beau être la petite amie d'Odin, ça ne te donne aucun pouvoir de décision, trancha Fen.

Astrid bondit sur pieds, le regard furieux, et quitta la pièce en courant. Sans se décontenancer, Fen se tourna vers Matt.

– Donc, où se trouve le Marteau ?

Personne ne dit un mot. Matt dévisagea Fen sans complaisance, puis il sortit lui aussi. Laurie était désemparée. Les jumeaux remontèrent à l'étage, et Baldwin regarda tour à tour le couloir, Fen et Laurie. Il resta silencieux, sans aller jusqu'à suivre Matt et Astrid.

– Fen…, commença Laurie, sans trouver un mot de plus.

Il se leva.

– Quand vous aurez un plan, vous me le direz, lança-t-il en quittant la pièce.

Il était nul, d'accord, mais pour rester dans l'équipe, Astrid avait intérêt à être moins susceptible. Si elle se fâchait dès que Fen lui lançait une pique, elle n'était pas près de se calmer. Laurie l'aimait bien et elle appréciait d'être épaulée par une autre fille que Reyna – qui était restée froide envers elle… envers tout le monde, d'ailleurs. Malgré cela, elle devrait parler à Astrid. Personne ne s'était éclipsé quand Astrid avait souligné que Laurie et Fen descendaient du dieu qui avait combattu du côté des ennemis, ni lors de l'apparition des trolls, des Nornes, des Valkyries et des maras.

21

◆

MATT

LA GUERRE AUX GUERRIERS

Matt devait épauler Astrid. C'était comme dans une équipe de boxe ou de lutte : on combat les autres membres à l'entraînement, mais on les soutient lors d'un tournoi. On s'entraide. On s'encourage. À la boxe, en cas de conflit – quand un garçon se moquait d'un autre, par exemple –, l'entraîneur chargeait Matt de les réconcilier. C'était probablement parce qu'il savait négocier. Il devait donc remettre les choses en place. Souder l'équipe.

Malgré cela, il ne fallait pas qu'Astrid comprenne les choses de travers. Et si elle imaginait qu'il l'aimait ? Certes, il l'appréciait, en tant qu'individu. Mais elle avait une façon de le dévorer du regard, de parler de lui… Rien que d'y penser, il rougissait. Elle ne cachait rien, probablement. Elle avait un petit ami. Si elle était super gentille avec Matt, c'était parce qu'il était gentil avec elle. Comme à l'école, parfois, quand il était gentil avec les élèves plus jeunes, qui finissaient par s'asseoir près de lui à la cantine et rentrer avec lui le soir.

Mais s'il la sollicitait, elle se ferait des idées. Il devrait alors lui dire qu'elle se trompait. Ou, pire encore, ce serait elle qui lui révélerait le malentendu : « Tu es super, Matt, mais j'ai déjà un petit ami. » Il en deviendrait rouge de honte.

Il fit quelques pas derrière elle. Puis il l'imagina en train de se retourner et de constater qu'il la suivait ; cela ne ferait qu'aggraver la situation.

– Hé, Astrid, lança-t-il le plus calmement possible. Attends un peu.

Quand elle le vit, un sourire illumina son visage et Matt sentit ses jambes se dérober.

– Je suis désolé, dit-il en montrant le salon. Fen ne voulait pas te brusquer. On est tous fatigués et inquiets. Tu avais raison, pour le Mjölnir.

Elle le rejoignit.

– Merci. Tu es à la fois le cerveau et le muscle de l'opération, pas vrai ?

– Non, nous sommes tous associés. C'est un travail d'équipe. Fen a vu juste sur un point : nous ignorons où trouver le Mjölnir. En revanche, nous savons où est le bouclier.

Elle baissa les épaules et soupira profondément.

– J'ai hâte de découvrir le Mjölnir, évidemment, reprit-il. Pourtant, à en croire les Valkyries, le bouclier est tout aussi important.

– Justement : si tu sais où il est, tu pourras aller le chercher n'importe quand. (Elle lui toucha le bras du bout des doigts.) Tu as besoin du Mjölnir.

Il rabattit sa frange pour replier le bras, l'air de rien.

– Quelqu'un pourrait te renseigner, ajouta-t-elle. Les Nornes. Les Valkyries. Je parie que tu peux les appeler. Leur demander de t'aider à localiser le Mjölnir.

Matt secoua la tête.

– Je dois le trouver moi-même. Cela fait partie de l'épreuve.

– L'épreuve ? répéta-t-elle d'un air moqueur. Ceux qui te font passer une épreuve te connaissent mal. Tu es prêt, ça crève les yeux. D'autre part, de quel droit soumet-on le puissant Thor à une épreuve ? Tu es le plus important. Depuis toujours. Même à notre époque, tout le monde se souvient de Thor. Qui saurait nommer une Norne ? Une Valkyrie ? Les gens ne savent même pas qui elles sont.

Pourtant, Matt n'était pas Thor : il n'était que son représentant. Il devait démontrer qu'il méritait cet honneur. Il n'était pas prêt à braver le serpent. Astrid était gentille de le penser, mais elle se trompait.

Elle fit encore un pas vers lui et baissa la voix comme pour éviter d'être entendue par quelqu'un d'autre.

– Odin était le roi des dieux, tu le sais certainement.

– En effet.

– C'est la vérité… et pourtant il n'était pas le plus populaire. Ni le plus adoré. Renseigne-toi. Odin était le dieu des nobles. Thor, lui, était le dieu des petites gens. Le plus populaire. Le plus vénéré. Le plus adoré. Ce n'est pas Odin qui a inspiré des *comics*, pas vrai ? Il y a une raison : l'histoire tourne autour de Thor. Depuis toujours. (Elle le regarda droit dans les yeux une fois encore.) Il s'agit de toi. Tu es Thor, tu as besoin du Mjölnir, et si tes amis disent le contraire, c'est par jalousie. Tu es Thor. Eux, ils sont… d'autres gens.

– Fen t'a peut-être vexée en disant que tu ne faisais pas vraiment partie de l'…

– Je m'en fiche. Ce que je veux, Matt, c'est te procurer le Marteau.

C'était une préoccupation étrange ; Matt la soupçonna d'être profondément blessée par Fen, mais il n'insista pas.

– Personne ne prétend que je n'ai pas besoin du Marteau. Tu cherches à m'aider, je le sais, mais nous devons avant tout nous procurer le bouclier. (Cette fois, ce fut son tour de chercher son regard.) Si tu ne veux pas nous aider sur ce point, je comprends, mais ce serait super que tu te joignes à nous.

Se faisait-il des idées, ou avait-elle rougi ?

– Je t'aiderai, Matt, c'est évident.

* * *

Les autres étaient restés dans la cuisine. Matt y entra, suivi d'Astrid.

– Fen ? demanda-t-il. Tu sais où se trouve le camp des Guerriers, pas vrai ?

– Euh… Je sais où il était. En espérant que ton père et ses troupes ne l'aient pas détruit.

Matt se tourna vers Laurie.

– Admettons que Fen sache où aller ; toi, est-ce que tu pourrais nous ouvrir la porte magique ?

– Je pourrais essayer, même si je ne suis pas certaine d'avoir compris comment j'ai fait la première fois. (Elle se tut un instant pour sourire.) Alors tu comptes récupérer le bouclier. Ça nous fera déjà une arme.

– À condition qu'on y arrive.

– Tu veux que Laurie nous ouvre le portail du camp des Guerriers ? demanda Fen d'une voix qui était presque devenue un grognement. Sérieusement ?

– On ne déboucherait pas directement dans leur campement, précisa Matt. On arriverait à quelques pas de là, et on finirait à pied.

– Nous tous ? (Fen se tut avant de secouer la tête.) Non, je m'en charge, Thorsen. Laurie ouvrira la porte et moi, j'irai chercher ton bouclier.

Laurie elle-même le regarda vivement, un peu choquée. Matt était surpris, mais il n'était pas désagréable de voir Fen s'impliquer dans l'équipe.

– Merci pour cette proposition, répondit-il. Tu sais, je les ai déjà affrontés une fois, avec toi. Il te faudra du renfort. Beaucoup de renfort. Nous irons tous ensemble.

– Tous ? répéta Reyna.

– Oui, soutint Matt les yeux dans les yeux. Nous tous.

– Sauf Laurie, objecta Fen. Elle vient d'être blessée. Il n'est pas question qu'elle y aille. En plus, contrairement à nous, elle n'a pas de don pour combattre. (Il se tourna un instant vers sa cousine et ajouta d'un ton tranchant :) Ne discute pas.

Laurie croisa les bras sur sa poitrine, l'œil hargneux, et Matt se sentit soulagé qu'elle en veuille à Fen et non à lui.

* * *

Après quelques ratages, Laurie parvint à ouvrir un portail magique. Elle en tremblait, et Fen semblait prêt à mordre le premier venu. Matt n'avait pas envie de se placer entre elle et lui, et d'ailleurs, il ne savait pas encore avec qui il marcherait. Laurie avait vu juste en disant qu'ils auraient besoin d'elle, mais Fen avait lui aussi vu juste en soulignant qu'elle était sur le point de tomber malade.

La porte qu'ils franchirent débouchait sur une forêt. Après avoir jeté un petit coup d'œil alentour, Fen déclara que le camp des Guerriers était à quatre cents mètres environ. Blackwell n'était donc pas loin. Matt y songea un moment – il était tout près de chez lui. Il aurait pu y être en un quart d'heure. Mais ce n'était pas envisageable. Pas encore. Peut-être même jamais.

Pour le moment, tout ce qui comptait, c'était de se tenir assez loin de la ville et du campement pour que personne ne leur tombe dessus, le temps de mettre en place leur stratégie. Tandis que la nuit venait et que l'obscurité envahissait le bois, Matt exposa son idée.

– Je ne comprends pas, dit Baldwin. Je croyais que tu avais besoin de nous pour un combat.

Matt secoua la tête.

– Je pense qu'il nous faudra du renfort. Je voulais dire : en cas de bataille. Ici, nous sommes face à autre chose que deux trolls imbéciles. Ces gars-là sont plus nombreux que nous, et ils savent tous se battre. Sans oublier que quelques-uns se transforment en loups. En gros loups.

– Bref, il n'y aura pas de bataille ? conclut Baldwin.

– Thorsen a raison, intervint Fen, toujours décidé à tenir Laurie loin du danger. Pas la peine de se battre si nous pouvons l'éviter. Le mieux serait que Matt se faufile discrètement pour attraper le bouclier tandis que nous monterons la garde.

– En fait, objecta Matt, je comptais te demander de venir avec moi. Tu connais les lieux, toi.

– Je te le répète : je ne sais pas où ils ont rangé le bouclier.

Fen affichait une expression étrange, mi-provocatrice, mi-suppliante. Matt comprit que le moment où Laurie s'était blessée l'avait beaucoup secoué.

– Il vaudrait mieux pour tout le monde que je reste ici, ajouta Fen. Je me changerai en loup pour détecter les dangers, et je courrai à la rescousse si j'entends quelque chose.

– Bon, admettons.

Matt consulta les autres membres de l'équipe, sauf Laurie, qui adressait un regard soupçonneux à son cousin, lui-même penché vers ses pieds.

– Donc, qui veut venir avec moi ? demanda Matt.

* * *

Baldwin et Matt observèrent les environs, cachés derrière un buisson. Ils avaient laissé leurs amis à l'autre bout de la forêt. Matt était sur le point de contourner le massif quand Baldwin lui fit signe de rester sur place.

– Avant d'y aller, je voudrais te remercier de m'avoir choisi.

Matt haussa les épaules.

– Pas de problème.

Il ne souligna pas que personne d'autre n'avait sauté sur l'occasion. Laurie s'était proposée mais, d'un regard, Fen avait averti Matt qu'il avait intérêt à emmener quelqu'un d'autre, sinon… Ray avait offert ses services, et là, c'était Reyna qui avait envoyé à Matt un conseil du même genre. Quant à Astrid, Matt connaissait mal ses talents – qu'il s'agisse de ses pouvoirs ou de ses capacités de combattante. Bref, de toute façon, il aurait probablement choisi Baldwin. Rien ne pourrait le blesser, et il avait promis de ne pas provoquer de bagarre.

– Je voulais quand même te dire merci, reprit Baldwin. En général, ce n'est pas moi que l'on choisit.

Matt se tourna vers lui.

– Pourquoi donc ? Tout le monde t'aime bien.

– Oh, je ne dis pas qu'on me laisse sur le bord du chemin, non. Mais je ne suis jamais classé premier. Quand je participe à un concours de maths ou d'orthographe, je m'en sors, même si je suis loin d'être le meilleur. Pareil pour les sports. Les arts. La musique. Tout. Je ne suis jamais le premier.

Il émit un petit rire un peu amer.

– Je connais ça, répondit Matt.

– N'empêche que, pour une fois, nous sommes classés premiers aux yeux de certaines personnes ! reprit Baldwin avec un large sourire. Les Nornes ou les Valkyries, je ne sais plus. Là, quelqu'un nous a placés au premier rang.

Matt sourit lui aussi.

– Ouais, on peut dire ça.

– Je t'assure. Bon, on devrait y aller. Je ne vous décevrai pas. Ni vous ni les dieux. J'assurerai ma mission et je réussirai.

* * *

Fen avait conseillé à Matt de marcher contre le vent : ainsi, aucun *wulfenkind* ne percevrait son odeur. Ce soir-là, la brise était faible, et Matt dut donc s'arrêter plusieurs fois pour vérifier d'où elle venait. Arrivé près du camp, il fit signe à Baldwin de faire halte derrière un autre buisson.

Tandis que Baldwin attendait patiemment, il écarta les branches pour observer les lieux. À ses yeux, les Guerriers étaient des scouts qui avaient mal tourné. À en juger par leur campement, il n'était pas loin de la vérité. Il avait lui-même été scout pendant un an et s'il avait commencé la boxe et la lutte, c'était pour avoir une excuse pour ne plus les fréquenter. Le chef de sa bande, un ancien officier, menait la troupe comme des soldats. Surtout quand ils campaient. Tout devait être parfait. Une réserve de bûches devait être entretenue près du feu en permanence, avec des tronçons de la bonne longueur entassés dans le bon sens. Aucun objet ne devait traîner, ce qui était normal, mais la règle s'appliquait à tous les accessoires qui n'étaient pas en service. Celui qui laissait son gobelet par terre avant de partir en randonnée était condamné à effectuer cinquante pompes. Même si le groupe passait une semaine au même endroit, il fallait rouler les sacs de couchage et remballer le matériel chaque matin. Des fois que l'ennemi débarque soudain et qu'il faille évacuer d'urgence. Absurde.

Soudain, Matt se dit que ce chef scout était peut-être un Guerrier, lui aussi. Le camp qu'il regardait à cet instant était semblable : seules les tentes étaient visibles. En plus, elles formaient un cercle parfait autour du foyer.

– Apparemment, il n'y a personne, murmura Baldwin. Ils doivent être en vadrouille. (Il se tut.) Fen parlait sérieusement, tu crois ? Ce sont vraiment des pillards ? Comme les Vikings ?

– Comme des vautours, plutôt. Ils entrent par effraction dans des maisons vides et volent tout ce qui n'est pas cloué au sol. Je suis certain qu'ils ont laissé quelqu'un ici pour monter la garde. Il faut le repérer avant d'attaquer.

Baldwin se retint de lui demander comment il comptait passer à l'offensive. Il imaginait que Matt savait ce qu'il faisait. Il se trompait. Matt, tandis qu'il observait le camp, fut pris d'un étrange picotement à l'estomac. Au moins douze tentes encerclaient le feu de camp. Comment se faufiler dans l'une d'elles sans être repéré ? Et laquelle fallait-il viser ? Fen avait dit qu'il faudrait fouiller chez Skull ou Hattie – les meneurs. Mais il avait aussi indiqué que leurs tentes étaient exactement comme les autres. Donc, ce renseignement ne menait à rien.

– Oh, souffla Baldwin, le doigt tendu. Quelque chose a bougé, là-bas. Tu as vu ?

Matt n'avait rien remarqué mais, en fronçant les sourcils, il repéra un point rouge et luisant qui flottait dans l'air. Puis une forme sombre déplaça le point vers une autre silhouette, qui le saisit et le porta à ses lèvres. Deux garçons partageaient une cigarette.

Ces gardiens étaient de l'autre côté du campement, un peu en contrebas, au bord d'un ruisseau. Une fois accroupi, Matt ne vit plus le point rouge. Cela voulait dire qu'il n'était plus repérable, lui non plus. Il sourit.

Il chuchota à Baldwin de rester derrière lui sans faire de bruit. L'avertissement n'était pas vraiment nécessaire : Baldwin se comportait ainsi depuis le début. C'était un coéquipier idéal. Les autres pourraient peut-être en prendre de la graine.

Tandis qu'ils s'approchaient du cercle de tentes, l'amulette de Matt se mit à frémir sans émettre de chaleur ni vraiment vibrer. Le seul mot qui lui vint pour définir le phénomène fut « frémissement » – comme si l'objet avait voulu lui rappeler qu'il existait.

Était-ce une réaction au bouclier ? Pourtant, quand Matt était passé devant le drakkar, où se trouvait le bouclier, l'amulette n'avait jamais réagi. Mais elle n'avait jamais réagi devant les Guerriers, non plus. Donc…

« Fais confiance à cette drôle de sensation. » Voilà ce que lui conseillait son instinct. Et il lui obéit. Ils contournèrent par l'extérieur le cercle de tentes. À chaque pas, l'amulette frémissait plus fort, jusqu'au moment où elle se calma. Matt recula vers la tente qui avait déclenché le frémissement le plus puissant... décision parfaitement ridicule, dont il n'avait pas l'intention de parler à Baldwin. D'ailleurs, Baldwin ne lui posa pas de question. Il semblait convaincu que Matt savait ce qu'il faisait.

Matt était conscient qu'il ne pouvait pas se faufiler sous la tente en comptant sur Baldwin pour monter la garde. D'instinct, Fen aurait su réagir, Laurie aussi. Baldwin, lui, devait être averti. Matt lui adressa donc quelques mots à voix basse avant d'avancer, une fois certain qu'il était protégé.

Ils contournèrent la tente. Matt dénoua le rabat, le souleva et se glissa dessous tout seul, Baldwin restant dehors. À l'intérieur, il n'y avait qu'un tas de couvertures. Il aurait juré que son amulette sautillait, surexcitée. Et en effet, sous les couvertures, il découvrit le bouclier. Sourire aux lèvres, il serra son amulette qui vibrait toujours. Elle avait donc un autre pouvoir, une capacité qui s'était déclenchée quand Hildar lui avait expliqué de quoi il avait besoin. Elle aurait pu le lui dire. Toutefois, il devait admettre qu'il lui était agréable de découvrir ces détails par lui-même.

Il tira le bouclier vers lui. C'était bien celui du drakkar. Il était plus léger qu'il ne l'aurait cru, et le bois était lisse, comme poli par des années de manipulation. Il l'imagina tenu par un véritable guerrier viking prêt au combat...

Un rêve sympathique, mais ce n'était pas le moment de rêver. Il le souleva et, sans réfléchir, le passa par-dessus son épaule, le bras sous la bride, pour le caler sur son dos. Il se sentait à l'aise. Protégé, aussi, comme si un allié assurait ses arrières. À présent, il ne lui manquait plus que le

Mjölnir pour être fin prêt. Il sourit intérieurement et s'apprêta à sortir de la tente.

Baldwin, à l'affût comme un chien de garde, étudiait l'horizon pour guetter le danger. Quand Matt annonça tout bas : « Je l'ai ! », il sursauta et faillit perdre l'équilibre.

En voyant Matt, il parut presque déçu, comme s'il avait espéré livrer un combat. Puis il remarqua le bouclier et écarquilla les yeux.

– C'est ça, le... ? Ouah... Trop beau. (Il fit un grand sourire et commenta :) Ça te va bien.

– Merci. Pas de souci à l'horizon ?

– Non. Les futurs cancéreux sont toujours près de la rivière, avec leur cigarette. (Il fit une pause.) Je ne pensais pas que les jeunes fumaient encore.

– Seulement les vilains garçons, murmura Matt.

Baldwin pouffa de rire mais se reprit aussitôt, et se contenta de sourire à pleines dents.

– Ça nous permettra de les identifier, pas vrai ?

– Exactement. Allez, on file. Mission...

Une forme apparut près d'une tente, de l'autre côté du cercle. Puis une autre, et une autre encore. Matt virevolta. Il y en avait aussi derrière. Près de chaque tente se tenait un Guerrier. Toutes les voies étaient bloquées. Il se retourna pour trouver le moins menaçant, prêt à se jeter dessus...

Un visage familier était visible entre deux toiles : Skull, le plus grand des Guerriers, celui que Matt avait affronté le soir de la fête foraine. Derrière lui, Matt aperçut une fille à peu près du même âge. Elle était encore plus grande que Reyna, large d'épaules et coiffée de tresses blondes. Hattie. Une demi-douzaine de Guerriers, les plus robustes, les suivaient.

22

MATT

CHAMP DE BATAILLE

– Tu ne serais pas en train de voler quelque chose, par hasard ? demanda Skull. Pas toi, Matt Thorsen, fils de l'élite de Blackwell !

– Le voleur, ici, c'est toi ! riposta Baldwin en sautant devant Matt. Tu as fauché le bouclier sur le drakkar.

Skull éclata de rire, imité par Hattie.

– C'est Fen qui vous a raconté ça ? (Il contourna Baldwin pour mieux voir Matt.) Interroge Fen sur ce point, Thorsen. Demande-lui qui a volé le bouclier. Mieux encore, demande-lui pourquoi il t'a envoyé le chercher, toi.

– Ça n'a pas d'importance, objecta Baldwin.

Le rire de Skull se répandit parmi les Guerriers.

– Vraiment ? Ha ! Fen nous a livré le bouclier… et aujourd'hui, il nous livre le champion. (Il se tourna vers Baldwin.) Tu peux t'en aller. Va dire à Fen qu'il a payé sa dette.

Matt analysa ce qu'il venait d'entendre. Il avait mal compris. Forcément. Il pouvait admettre que Fen ait volé le bouclier – d'ailleurs, tout avait commencé le jour où il l'avait pris en flagrant délit –, mais de là à leur livrer le champion ? Matt ne pouvait pas le croire. C'était forcément un mensonge.

« Et pourtant… Ça expliquerait pourquoi il était d'accord avec Astrid pour récupérer l'équipement. Et préférait ne pas venir ici avec moi. Ce n'était pas pour m'aider à rapporter le bouclier ; c'était pour me livrer aux Guerriers. »

Baldwin fit un pas en avant.

– Pour le saisir, vous devrez me passer sur le corps.

Matt perçut un bruit derrière lui. Quand il se retourna, il était trop tard. Une demi-douzaine de Guerriers l'assaillirent. Il donna au premier un crochet du gauche et Baldwin l'imita, distribuant des coups à tout-va.

– Ne vous occupez pas du blondinet ! ordonna Skull. Vous ne pourrez pas le blesser, alors économisez-vous !

Matt décocha à un Guerrier un coup assez puissant pour l'envoyer au sol, mais au même instant, un groupe d'au moins quatre autres le cerna par-derrière. Ils se resserrèrent autour de lui et le mirent au sol malgré ses coups de pied et de poing. Quand Baldwin tenta de les écarter, ils se contentèrent de le repousser du coude ou de l'avant-bras, ce qui le rendit fou de rage. Il tournoyait en protestant :

– Et moi ? Toi, là, le boutonneux, viens par ici ! Moi qui vous prenais pour des guerriers vikings ! Allez, battez-vous !

Quand l'un d'eux se tourna enfin, apparemment prêt à relever le défi, Skull insista :

– Ne vous occupez pas du blond, je vous dis ! C'est Balder. Rien ne le blesse, sauf le gui. Contentez-vous de le repousser comme une sale mouche.

Rendu furieux par cette insulte, Baldwin frappa assez fort pour que Skull ordonne enfin à quelques Guerriers de le maîtriser. Matt était déjà par terre, étendu sur le dos, bras et jambes écartés, maintenu par quatre Guerriers, plus un cinquième assis sur sa poitrine. Après s'être débattu, il avait compris qu'il valait mieux capituler et réserver son énergie pour plus tard, à condition que la chance lui sourie.

– Remettez-le debout, commanda Skull.

Les Guerriers obéirent. Ils hissèrent Matt sur ses pieds, deux garçons de chaque côté. En sentant l'amulette rouge et brûlante sur son torse, il devina qu'elle était chargée à bloc, prête à servir. Mais à quoi ? Il aurait pu vaincre l'un de ces gars. Cela n'aurait pas empêché une douzaine d'autres de lui tomber dessus. Il lui fallait un autre plan. Plus astucieux.

– Bon. Où est mon bouclier ? demanda Skull.

L'un des Guerriers brandit l'objet qu'il avait retiré du dos de Matt avant de le faire tomber.

– Va le ranger sous ma tente.

Le Guerrier obéit et disparut sous la tente tandis que Skull s'approchait de Matt.

– Je voudrais te présenter quelqu'un, annonça-t-il. Mais d'abord, tu as besoin d'une petite leçon, sale voleur.

Le regard de Skull descendit vers le ventre de Matt, qui devina la suite : un coup au plexus sur une victime sans défense. Pourtant Matt n'était pas sans défense. Sans quitter Skull du regard, il prépara son Marteau pour frapper dès qu'il aurait fait un pas en arrière…

Il reçut un coup dans le dos, un choc violent et rapide sur les reins, qui diffusa dans tout son corps une douleur cruelle. Il se tourna et vit une fille – Hattie –, tout sourire. Puis il y eut un autre coup, venant de devant, celui qu'il attendait. En plein dans le plexus. Ses poumons se vidèrent et il roula sur lui-même, en sifflant et toussant.

– Hé, Skull ! cria Baldwin tout en se débattant pour se libérer des Guerriers qui le tenaient. C'est quoi, ce prénom idiot ? Te faire appeler Tête-de-mort, tu penses que ça te rend plus puissant ? J'espère qu'ils y croient, tes gars, parce que tu vas avoir besoin d'aide, c'est certain.

Skull se tourna lentement vers lui.

– Dis donc, je te parle ! insista Baldwin. Toi, là, le loser qui ne veut cogner le fils de Thor que si quatre types l'immobilisent ! Et tu prétends que tu es un Guerrier viking ? Les Vikings ne t'auraient même pas engagé pour nettoyer leurs toilettes ! Tu es incapable de te battre contre Matt sans l'aide de ta petite copine. Remarque, elle n'est pas inutile : il suffit que cette mocheté se tourne vers tes ennemis pour qu'ils partent en courant, pas vrai ?

Hattie fit un pas vers lui.

– J'ai dit qu'on l'ignorait, réitéra Skull. Tu ne pourras pas lui faire mal.

Hattie infligea à Baldwin un coup de poing dans le ventre, et il toussa.

– Peut-être, dit-elle, mais ça me fait plaisir.

– La vérité ne te plaît pas, hein ? ajouta Baldwin en reprenant son souffle avant de reculer d'un bond. Tu te transformes en louve, toi ? Je parie que non. Tu n'as pas besoin de ça. Tu es déjà une chienne.

Hattie le cogna encore. Matt grimaça, prêt à conseiller à Baldwin de se taire, quand il se souvint que son copain, insensible à la douleur, ne pouvait pas être blessé. Il

cherchait juste à exaspérer Hattie et Skull en les insultant.

– Assez ! rugit Skull vers Hattie. Si tu veux te défouler sur quelqu'un, viens ici et vise Thorsen. Là, je suis sûr que le blondinet sera atteint.

Skull s'approcha de Matt. Pendant qu'il levait le poing, Matt lança le Marteau vers lui. Skull bascula au sol, sur le dos. Il se redressa, défiguré par la colère.

– Sale morveux, dit-il en fonçant sur Matt. Je vais t'apprendre à...

Un tourbillon de brouillard apparut entre eux, assez épais pour que Matt ne voie plus Skull. Il l'entendit jurer et chercher à s'en écarter. Matt examina la brume. Venait-elle de lui ? Il avait déjà vu son Marteau émettre un peu de vapeur, mais là, la tache était aussi épaisse que la fumée d'un énorme feu de camp, et elle envahissait le campement à toute allure.

« Ne te contente pas de regarder. Utilise-la ! »

Matt s'aperçut que les Guerriers le serraient moins fort et en les observant, il comprit qu'ils étaient en train de suffoquer. Il n'eut pas de mal à se libérer un bras, puis à se tourner pour percuter la mâchoire de celui qui le tenait encore. Le gars bascula et en fit tomber un autre, derrière lui, comme dans un jeu de quilles.

Quand Matt fonça dans le brouillard, il fut cerné de gris et tout disparut. Il entendit grogner à gauche et aperçut une Guerrière foncer sur lui en brandissant un couteau. Quelque chose la frappa par-derrière et elle bascula, la tête en avant... Fen était agrippé à son dos. Il lui arracha son couteau à cran d'arrêt et le glissa dans sa poche, replié, avant de bondir.

– Allez, Thorsen !

Matt ne bougea pas.

– Je suis venu te sauver, reprit Fen. Une fois de plus. Ne m'incite pas à le regretter. Viens.

Matt recula.

– Qu'est-ce que… ? commença Fen.

Un Guerrier traversa le brouillard. Ce n'était qu'un enfant. Matt l'expédia par terre avant d'être tiré par la manche.

– Il faut y aller, insista Fen. Les jumeaux ne tiendront pas éternellement.

– Ce sont eux qui font ça ?

– Non, c'est un phénomène naturel. C'est très courant, par ici. (Fen soupira de sa façon si agaçante et ajouta :) Mais oui, c'est eux !

Matt hésitait. Malgré les conseils de son cerveau, il lui faisait confiance. Tout simplement. Il inspira profondément.

– Bon. Laurie est en sécurité ?

Fen s'assombrit. Matt sentit qu'il était agacé. Apparemment, il détestait que Matt s'inquiète pour elle. Croyait-il qu'il l'aimait un peu trop tendrement ? Il allait devoir mettre les choses au clair tôt ou tard. L'univers de Fen était peut-être différent mais au moins, dans celui de Matt, on pouvait être l'ami d'une fille sans aller plus loin.

– Évidemment, riposta Fen. Je veille sur elle.

Matt faillit répondre « Moi aussi ».

– Bon, on récupère Baldwin et on…

– Je l'ai, coupa une voix.

Laurie apparut, Baldwin à côté d'elle. Fen se figea sur place.

– Je croyais t'avoir dit de...
– Ben ouais. (Laurie roula les yeux.) Et un jour, tu finiras par comprendre que je ne suis pas...
Deux Guerriers bondirent soudain hors du brouillard. Matt en repoussa un. Baldwin et Fen faillirent se percuter le crâne en sautant sur le second. D'un crochet du droit, Fen l'envoya rejoindre celui de Matt, dans la brume.
Un grognement s'en éleva, puis un second.
– Je dois récupérer le bouclier, dit Matt.
– Hein ? s'exclama Fen. Parce que en plus, tu ne l'as pas sur toi ?
– Ils l'ont repris, expliqua Baldwin.
– Je vais le chercher, assura Matt. Laurie, ouvre un portail et pars avec eux. Je vous rejoindrai.
Comme elle ne répondait pas, Matt regarda à travers le voile de brouillard qui les séparait.
– Laurie ?
– Ça fait un moment que j'essaye, expliqua-t-elle. D'ouvrir une porte. Je n'y arrive pas.
– Bon. (Matt reprit son souffle.) Je... je vais chercher le bouclier. Vous, euh... vous retournez vous cacher.
– Je peux venir avec toi ? proposa Baldwin.
– Fen ? appela Laurie. Je veux que tu accompagnes Matt.
– Non. Je veux être sûr que tu...
– Vas-y avec lui. Je t'en supplie. Puisque les ennemis se transforment en loups, fais comme eux et reste près de Matt. (Elle regarda son cousin en face.) Quand j'aurai recouvré mon souffle, j'ouvrirai un portail. Baldwin partira avec moi.
Fen sembla admettre qu'ils n'avaient pas le temps de se disputer. Il hocha la tête et, d'un ton bourru, ordonna à

Baldwin de protéger Laurie. Baldwin lui promit de faire le nécessaire et il se glissa dans le brouillard avec elle. Tandis que Matt esquivait l'attaque d'un Guerrier, Fen s'éloigna pour se transformer en loup.

Ils s'approchèrent de la tente de Skull. Matt ne savait plus où elle était, au milieu de la brume, mais Fen semblait le repérer à l'odorat. Il était possible que le Guerrier ait rangé le bouclier ailleurs mais, tandis qu'il suivait Fen, Matt sentit son amulette vibrer, confirmant que les ennemis n'étaient pas si malins que ça. Le bouclier était bel et bien sous la toile de Skull.

Matt sortit de la grisaille, face à la tente… et à deux Guerriers musclés qui montaient la garde. Le plus grand sourit méchamment.

– Skull nous avait prévenus que tu ne partirais pas sans avoir repris ce que tu étais venu chercher. (Il haussa le ton.) Hé, Sk…

Sans le laisser finir, Matt lui infligea le coup qu'il avait reçu de Skull – en plein sur le plexus. Jamais il n'aurait fait cela pendant un combat loyal, mais ce combat-là n'avait rien de loyal. Cela suffit à faire taire son adversaire. Sans laisser au second le temps de sonner l'alarme, Fen bondit hors du brouillard et le flanqua par terre. Puis il mordit l'air, tourné vers Matt, qui n'eut pas besoin d'un dictionnaire pour comprendre ce qu'il disait : « Remue-toi, saute dans la tente et attrape ce qu'on cherche ! »

Le bouclier était revenu là où Matt l'avait trouvé un peu plus tôt : sous les couvertures. Sans glisser la bride sur son épaule, il le plaqua sur son torse pour sortir sous protection. Il lâchait la toile derrière lui quand un petit Guerrier fonça vers lui. Par réflexe, Matt leva le bouclier… et le garçon le percuta de plein fouet, la tête la première, avant de chanceler en arrière, hébété.

Quand Matt invita Fen à le suivre dans le brouillard, Fen recula en agitant son museau entre le bouclier et le gamin : il conseillait à Matt de le frapper une seconde fois. Matt regarda l'enfant – il avait peut-être onze ans – se tenir le crâne en battant des cils. Sur le point de le cogner une seconde fois, il fut pris de nausée. En quelques jours, il avait beaucoup évolué – au point d'accepter de frapper un enfant –, mais là, c'était trop.

Il secoua la tête. Quand Fen fit mine de bondir sur le malheureux étourdi, Matt l'attrapa par la peau du cou. Fen grogna et claqua des mâchoires, il gronda et se débattit, tant et si bien qu'il parvint à se libérer pour déguerpir dans le brouillard. Matt le suivit.

Ils avaient fait à peine trois pas quand le petit brailla :

– Ils sont là ! Près de la tente de Skull ! Ils ont pris le bouclier !

Fen adressa un nouveau grognement à Matt comme pour lui dire : « C'est ce que je craignais », sans ralentir. Ils étaient au milieu de la brume, et tant qu'ils couraient dans le bon sens, ils s'éloignaient du campement...

Matt aperçut une forme sombre à sa droite. Il se tourna, prêt à frapper son agresseur, mais il comprit que celui-ci était à plus de cinq mètres et qu'il allait dans le sens inverse. Il était accompagné de silhouettes d'hommes et de loups mélangés. La brume se dissipait.

C'était normal. Il n'aurait pas été malin de se diviser davantage ; Ray et Reyna avaient donc franchi le portail en même temps que Laurie. Plus personne n'était là pour émettre du brouillard.

Au moins, les Guerriers filaient dans l'autre direc…

– Les voilà ! cria une fille.

Matt et Fen accélérèrent. Mentalement, Matt calcula combien il en avait vu. Quatre Guerriers et deux loups, pensait-il. Aucun n'était plus grand que lui. Ils pourraient peut-être résister en attendant que le reste de l'équipe les rejoigne.

Quand il se retourna, il dénombra au moins neuf formes, deux de plus ayant paru à gauche. Non, pas question de s'arrêter pour les combattre.

– Fen !

La voix de Laurie avait retenti au loin.

– Matt ! J'ai réussi, le portail est ouvert !

– Franchis-le ! répondit Matt. On arrive !

– Je fais passer les copains et je le laisse ouvert !

– Non ! Nous avons des Guerriers à nos trousses !

Matt regarda la masse de plus en plus compacte qui le pistait. Deux loups menaient la charge.

– Et des loups ! Passe la porte !

Silence. Allait-elle lui obéir ? Ou pensait-elle qu'il exagérait ? Qu'il voulait la mettre hors de danger parce qu'elle était une fille ? Une semaine plus tôt, il l'aurait fait, mais depuis, il s'était aperçu que Laurie était capable de se protéger. Elle n'était pas très grande, elle ne savait ni se transformer en loup ni lancer le marteau de Thor, mais elle était intelligente.

Le problème, c'était qu'il lui avait si souvent récité l'argument « Tu es une fille donc on doit te protéger » que, face à un vrai danger, elle n'allait plus le croire. Un peu comme quand on crie au loup – il se tourna vers les deux gros canidés qui lui frôlaient les talons.

« Passe la porte, Laurie. Je t'en supplie, passe la porte. »

Devant eux, il aperçut la clairière. Et, au milieu, le cercle coloré miroitait. Quelqu'un se tenait devant. Une forme à peine reconnaissable, sous le dernier voile de brouillard.

– Laurie ! cria Matt. Passe la porte…

– Non, c'est moi ! annonça Baldwin. Je suis resté pour me battre, au cas où.

Quand il regarda derrière eux, ses yeux s'écarquillèrent.

– Oh la la !

Matt ne put se retenir de pouffer de rire, tout en courant.

– Franchis le portail. On est juste derrière toi.

Baldwin patienta jusqu'à leur arrivée. Puis, avec Fen, il sauta le mur. Ils arrivèrent de l'autre côté, roulant l'un près de l'autre. Matt se griffa le bras et Fen grogna quand le pied de Baldwin l'atteignit au ventre. Ils restèrent ainsi une seconde, le temps de reprendre leur souffle, puis Matt entendit Laurie :

– Euh, les garçons…

Il leva le nez ; le portail avait disparu. Et, à la place… Deux loups, très troublés, se trouvaient au milieu du jardin de Baldwin.

– Qu'est-ce que vous pensez de ce tour de magie ? leur demanda Laurie. Je suis incapable de me transformer en gros monstre poilu, d'accord, mais vous devez reconnaître que ça, c'est cool. Et utile.

Les loups bougèrent comme s'ils venaient de comprendre qu'ils n'étaient pas seuls. Ils regardèrent tout le monde tour à tour. L'un partit en courant vers le fond du jardin pour sauter par-dessus la clôture. L'autre râla et hérissa son poil, la tête au ras du sol. Puis, après avoir lui aussi considéré les sept visages face à lui, il prit ses pattes à son cou.

– Attrapez-le ! ordonna Matt en partant à la poursuite de l'animal.

Avec un petit cri, Baldwin saisit le loup par la queue. L'animal se retourna et parvint à se libérer, mais Matt l'attrapa sans parvenir à garder en main autre chose qu'une poignée de poils. Il virevolta et donna au loup un coup sur le museau. C'était un geste que son père lui avait appris pour affronter les animaux errants ou les coyotes. Le loup hurla de douleur. Les deux mains plaquées sur lui, Matt lui sauta sur le flanc pour le faire basculer. Après un petit combat, et avec l'aide de Baldwin, Matt l'immobilisa enfin. Baldwin s'assit alors sur l'animal, affichant un grand sourire de chasseur satisfait. Astrid se mit à rire. Même Ray et Reyna sourirent devant cette scène.

Caché derrière l'abri, Fen s'avança. Il avait repris sa forme humaine et il secouait la tête.

– Oui, je sais, lança Matt. J'ai la manie d'attaquer ceux qui pourraient me tuer. Je trouve ça plutôt marrant.

Baldwin sourit :

– Je ne suis pas fou, tu vois bien.

– Bien sûr que si, riposta Fen. Et Thorsen est au moins aussi taré que toi. On devrait peut-être vous remercier parce que vous n'avez pas décidé de fondre sur tout le campement des Guerriers à vous tout seuls !

– On y a pensé, répondit Baldwin. Mais tu nous as gâché le plaisir. Rabat-joie.

Fen roula des yeux. Puis il montra le loup.

– C'est qui, ce prisonnier ?

En regardant le Guerrier qu'ils détenaient, Matt fut tenté de pousser à son tour un petit cri de joie. Il se retint, évidemment. Cela n'aurait pas été digne d'un chef. Il ressentait pourtant une joie profonde. Celle du succès.

« On a tout bon. Nous tenons le bouclier. Les descendants sont avec nous. Nous sommes à deux doigts de rejoindre Odin, qui nous aidera à aller de l'avant. Nous avons réussi, et c'est moi qui ai mené la troupe, sans patauger. J'ai fait quelques erreurs, mais j'en ai tiré des leçons. Je suis capable de mener ma mission. Vraiment capable. »

– Hé, Thorsen, appela Fen. Je t'ai posé une question. Il sert à quoi, ce prisonnier ?

Matt eut un sourire.

– Je veux l'interroger.

– L'interroger ? Tu te prends pour qui ? Oh, attends... (Il pouffa avec dégoût et passa par-dessus le loup.) Sur quoi crois-tu qu'il te renseignera ?

– Sur à peu près tout. Les projets des Guerriers. La raison pour laquelle ils détenaient le bouclier. Pourquoi ils voulaient me retenir. Pourquoi ils veulent que le Ragnarök ait lieu.

Matt se tut un moment tout en dévisageant Fen.

– Et, en premier lieu, je veux savoir qui leur donne des ordres.

– Des ordres ? Les Guerriers ne reçoivent d'ordre de personne.

– Je crois que si. Ils m'ont menacé de me livrer à je ne sais qui.

Fen haussa les épaules.

– D'autres Guerriers, probablement. Il y a plusieurs bandes. Des tas.

Astrid s'avança.

– À mon avis, Fen dit vrai. D'après Owen, les Guerriers agissent seuls. Ils représentent Loki lors du combat final. Loki était chargé de s'occuper des monstres. Personne ne l'a forcé.

– Réflexion faite, dit Fen, Thorsen a peut-être raison sur un point : Skull est un bon chef. Mais est-il assez bon pour mener tous les monstres qui participeront au Ragnarök ? Sûrement pas.

Astrid se tourna vers lui.

– Tu ne peux pas te retenir, hein ? Dès que je dis quelque chose, tu prétends le contraire. Et si je suis d'accord, tu changes d'avis. Si je déclarais que le ciel est bleu, tu soutiendrais qu'il est violet.

– Même pas, riposta Fen, un doigt tendu vers le haut. Il est noir.

Astrid s'éloigna, furieuse. Matt se redressa pour la rattraper mais, d'un geste, Laurie l'en dissuada, avant de saisir Astrid par la main.

– Restons soudés. Nous avons intérêt à interroger le Guerrier, je suis d'accord. Je ne sais pas si un gros méchant chef tire les ficelles, mais même s'il n'existe pas, le gars que nous tenons nous renseignera. Je n'en doute pas.

Baldwin hocha la tête.

– Elle a raison. Alors, comment on s'organise ?

23

✦

FEN

TOUT S'EFFONDRE

Le Guerrier, Paul, avait repris sa forme humaine. Matt l'avait traîné jusqu'à la cabane de jardin. Fen et lui le dévisageaient. Derrière le prisonnier, Baldwin fouillait dans une grosse boîte en carton en marmonnant.

Matt interrogea Paul – qui refusa catégoriquement de lui répondre – tandis que Fen jouait les gardes-chiourmes : dès que Paul tentait de se lever pour s'enfuir, il le flanquait par terre.

Même s'il avait grandi dans un monde de combat et de rude discipline, Fen se trouvait cruel. Au moins, Laurie n'était pas là pour les voir. Il n'avait pas fait de mal à Paul, non : il l'avait seulement frappé pour l'empêcher de s'échapper. En revanche, Matt était trop gentil pour forcer quelqu'un à parler. Fen n'était pas vraiment méchant. Il était moins gentil que Matt, voilà tout. Et puis, la bande répondait à des règles strictes ; qu'on l'admette ou non, Matt était le chef. Fen resta donc silencieux en attendant que Matt prenne une décision.

– A-ha ! s'exclama Baldwin.

Fen lui jeta un coup d'œil. Au moins, le fait de détenir un ennemi ne faisait pas flipper Baldwin. Il venait de mettre la main sur une chemise miteuse emmêlée dans une vieille guirlande de Noël.

En arrière-plan, Matt interrogeait le prisonnier sans s'arrêter : quels plans les Guerriers suivaient, où ils comptaient aller, où trouver le Mjölnir, et pourquoi ils s'étaient emparés du bouclier. Ce fut une perte de temps car jamais aucun Guerrier ne trahissait sa bande. Fen en était conscient, et il le respectait. De la même façon, si Matt ou Fen avaient été détenus, ils n'auraient rien raconté, eux non plus, il en était sûr.

– Ce type ne te renseignera pas, finit-il par annoncer. Skull et Hattie le tueraient, s'il parlait.

– On ne les laissera pas faire, soutint Matt. (Il se tourna vers Paul pour ajouter :) Renseigne-nous et on te protégera.

Paul ricana et fit un geste grossier.

– Là…

D'une main, Baldwin souleva ce qu'il avait trouvé : une camisole de force.

– Dans le temps, révéla-t-il sans se décontenancer, je jouais à imiter Houdini. Cette chemise empêcherait n'importe qui de s'échapper.

De l'autre main, il tenait un rouleau de chatterton.

– Et ça, ça l'aidera à se taire. Mes parents ne reviendront pas avant demain, mais si les voisins l'entendent brailler, ils appelleront ma mère.

– Je… ne crois pas…, commença Matt.

– Laissons ce gars réfléchir, suggéra Fen. Nous, on rentre et on mange, puis on revient discuter avec lui, plus tard.

– Manger, je n'ai rien contre, admit Baldwin.

Au bout d'un moment, Matt céda :

– Bon, d'accord.

Soulagé, Fen colla un morceau de Scotch sur la bouche de Paul et, aidé de Matt, il le ligota dans la camisole.

– Ne m'attendez pas. Je vais lui donner quelques conseils, de loup à loup.

– D'accord, mais ensuite, je veux te parler, dit Matt très calmement.

Avec le plus grand détachement possible, Fen répondit :

– Entendu.

Après un hochement de tête, Matt s'éloigna avec Baldwin.

Fen considéra le jeune *wulfenkind*, espérant le soumettre.

– Réfléchis un peu, Paul. Quoi que tu fasses, Skull te battra pour savoir si tu nous as renseignés. On te propose de rester avec nous. Ne sois pas idiot.

Paul grogna derrière le bâillon en roulant les yeux.

– Tu commets une erreur, insista Fen.

Il sortit de l'appentis et ferma la porte derrière lui.

* * *

Tout au long de sa vie, Fen s'était rarement senti à sa place. Avec Laurie, il était lui-même, mais malgré cela, il avait dû lui cacher bien des choses. Le fait qu'il soit membre d'une équipe, qu'il fasse partie des descendants du Nord, qu'il soit destiné à agir pour accomplir un acte réel et crucial, tout cela lui pesait lourdement – et il pressentait que le dénouement n'était pas loin. L'expression de Matt, au moment où il lui avait dit qu'il voulait l'interroger, avait été plutôt claire : à coup sûr, l'un des Guerriers avait parlé de lui.

Tout en s'approchant de la maison de Baldwin, il reconnut intérieurement qu'il aurait dû parler des Guerriers à Matt et Laurie, leur expliquer qu'ils l'avaient chargé de leur livrer Matt. Mais il n'avait pas pu. À présent, il ne savait plus ce qu'il devait dire, ni ce que Matt savait. Il aimait bien ce garçon, finalement, et à tout le moins, il le respectait. Pour autant, il n'était pas prêt à s'expliquer avec lui devant tout le monde. Un frisson le traversa à l'idée qu'il pourrait être non seulement exclu, mais aussi détesté.

« Et si Matt me prenait pour un traître ? Je n'ai rien fait de mal, du moins pas jusqu'au bout. »

Il se demanda comment Laurie réagirait. Elle était l'être qui comptait le plus à ses yeux, depuis toujours, elle l'avait secondé dans toutes les épreuves, mais ils n'étaient plus seuls. Elle faisait aussi confiance à Matt, maintenant. Fen traversa le porche à grands pas pour retourner dans le jardin et examiner la situation. Baldwin était sympa. Il s'était bien comporté, quoi qu'on en dise. Quant aux jumeaux, ils étaient imprévisibles; ils devenaient plus sociables, sans pour autant se fondre dans le groupe. Face à Astrid, Fen se sentait mal à l'aise. Il se moquait de son opinion sur lui, mais elle était bien vue par toute l'équipe, elle. Si les Guerriers avaient divulgué quelque chose à Matt ou aux autres et avaient été entendus, les choses tourneraient mal pour lui. Il n'était pas prêt à l'admettre ouvertement, mais il ne voulait pas être éjecté. Il devait parler à Laurie et à Matt.

Il allait saisir la poignée quand la porte s'ouvrit. Face à lui, Laurie semblait bouillir de rage, et Fen sentit soudain toutes ses peurs se concrétiser.

– Qu'est-ce qu'il y a ?
– J'en ai ras le bol, commença-t-elle.
Elle referma derrière elle et s'avança.
– De quoi ?
– Que tu te comportes comme si j'étais une incapable ! Tu ne peux pas continuer comme ça.
Son inquiétude d'être exclu de l'équipe s'intensifia. S'il partait, il emmènerait Laurie. Il était hors de question de la laisser derrière lui. Oncle Stig, Kris, toute la famille en somme, lui en voudraient à mort si Laurie était blessée – ou pire.
– Ah ouais ? N'empêche que tu as pris des risques, protesta-t-il.
Laurie lui plaqua son poing sur la poitrine.
– Comme toi, comme Matt, comme Baldwin...
– Non, en fait, je ne risquais rien, coupa Baldwin.
Fen regarda alentour, troublé.
– Levez la tête !
Fen et Laurie se retournèrent en même temps. Penché à la fenêtre, à l'étage, Baldwin les regardait.
– Matt aurait pu être blessé, et vous aussi. Les loups semblaient vraiment te détester, Fen. Ils nous ont dit que tu étais de leur bord et que c'était toi qui leur avais livré le bouclier. Laurie, ajouta-t-il, si on a un peu de temps, je ne sais pas quand, tu pourrais m'ouvrir une porte pour que je découvre le gui ?
Fen n'eut pas besoin de la regarder pour deviner qu'elle avait du mal à le croire. Ce fut lui qui répondit fermement :
– Non.
Baldwin leva les mains, d'un geste apaisant.

– Ce n'était qu'une idée !

– Une mauvaise idée, répliqua Fen.

Il regretta son attitude en constatant que Baldwin semblait froissé. De tous les descendants, seul Baldwin ne l'agaçait pas. C'était une conséquence de ses origines, et la source mythique de cet effet ne le rendait pas moins réel.

– Je vais commander des pizzas, bafouilla Baldwin. C'est pour ça que je vous cherchais. Qu'est-ce qui vous plairait ?

– Ce que tu voudras, dit Fen le plus doucement possible.

La présence de Laurie le gênait, mais si Baldwin était bizarre, ce n'était pas sa faute ; de même, on ne pouvait pas reprocher à Laurie d'ouvrir des portes magiques ni à Fen de se transformer en loup. Fen regarda furtivement Baldwin.

– Excuse-moi.

Baldwin sourit.

– Pas de problème.

Puis il s'éloigna pour demander bien fort si quelqu'un voulait un supplément d'anchois ou d'olives.

Fen et Laurie se retrouvèrent alors seuls sur la véranda. Depuis qu'elle savait qu'il lui avait caché des choses, il avait du mal à la regarder en face, à trouver sa place dans l'équipe, à être lui-même sans déranger les autres. Il rassembla ses forces, prêt à être accablé de reproches sur sa relation avec les Guerriers.

Au lieu de reprendre les idées que Baldwin venait d'aborder, Laurie continua sa diatribe :

– Tu dois me faire confiance, Fen. Je ne veux pas mourir, pas plus que je ne veux voir mourir l'un d'entre vous.

Mais si nous n'arrêtons pas le Ragnarök, nous disparaîtrons tous. Pour éviter ça, nous devons combiner nos forces. Je fais partie de l'équipe, que ça te plaise ou non.

– Je veux te protéger, rien de plus. Thorsen aussi, marmonna Fen.

– Matt a su changer d'avis. Tu pourrais peut-être faire comme lui, suggéra-t-elle.

Fen grogna.

– Et toi, tu pourrais rester en lieu sûr. Le descendant qui doit aller au combat, ce n'est pas toi, c'est moi.

Elle se redressa pour le regarder fixement.

– Parfait ! Tu te battras, mais il n'est pas question que tu agisses comme si je ne servais à rien. C'est moi qui ai ouvert le portail, quand on est allés reprendre le bouclier que tu avais livré aux Guerriers.

Fen lui rendit son regard. Elle avait donc entendu la remarque de Baldwin. Il secoua la tête.

– Ton pouvoir consiste à ouvrir des portes pour s'échapper. Comment feras-tu pour te protéger des monstres qui apparaissent sans cesse ?

Elle battit des cils pour effacer ses premières larmes.

– Nous formons une équipe. Nous nous entraidons et nous luttons ensemble. Une équipe, ça fonctionne comme ça. Et c'est de cette manière que nous arrêterons le Ragnarök. Toi qui es un loup, dis-toi que nous sommes une bande.

Pour Fen, c'était justement l'idée de rejoindre une bande qui ne passait pas. Pendant presque toute sa vie, Laurie avait été la personne la plus précieuse pour lui. Il s'était toujours dit qu'ils vivraient ensemble quand elle saurait se transformer – ou qu'il lui cacherait ses capacités pour la protéger, si elle ne se transformait pas. S'il n'avait pas de parents, il avait au moins fait d'elle une sorte de sœur. Afin de devenir son confident, son presque frère, il avait tout fait pour la protéger; alors, si elle refusait qu'il la défende, il valait mieux qu'ils s'en aillent et laissent à Thorsen la tâche de sauver le monde.

– Tu sais quoi ? Je n'ai peut-être pas envie de rejoindre cette bande-là ! On ferait mieux de rentrer chez nous, loin du danger.

– Quel imbécile tu fais ! Nous ne serions nulle part à l'abri du danger ! C'est la fin du monde !

Elle rentra en claquant la porte, le laissant dehors. Il était seul mais c'était ce qu'il voulait. Et pourtant, à peine fut-elle partie qu'il dut reconnaître qu'il n'était pas satisfait. Il craignait surtout que Laurie découvre ce qu'il avait fait et en vienne à le détester.

Fen se frotta le visage. Il était couvert de bleus et de plaies, fatigué et, il dut l'admettre, il avait peur. Affronter les Guerriers, c'était une chose, mais le plus dur était d'admettre que s'il échouait – lui et personne d'autre –, cela causerait la fin du monde. C'était bien plus pénible que de recevoir des coups. Au début, quand Skull et Hattie avaient mentionné cette menace, il les avait pris pour des fous. Désormais, il les combattait pour éviter cela, et il se sentait… dépassé. Que se passerait-il si Matt le priait de s'en aller ? Ou s'ils échouaient ? Si le serpent tuait Matt ? Si, alors qu'ils coupaient la route à un troll, une mara ou un autre monstre, Laurie était blessée ? Si Baldwin mourait, comme dans les mythes ? Si Fen ou Laurie changeaient de camp ? « D'ailleurs, à quoi voit-on que quelqu'un a changé de camp ? » Il ferma les yeux et s'efforça de ne plus penser à toutes ces questions sans réponse, surtout la dernière. Il resta un moment assis par terre, puis la porte s'ouvrit. Il s'attendait à découvrir Laurie ou Baldwin, mais quand il se retourna, il vit Matt.

– Tu t'imaginais que je ne saurais jamais que tu avais volé le bouclier ? commença celui-ci. Déjà, tu aurais dû m'en parler. Ensuite, tu aurais pu aller au campement avec moi.

– J'y suis allé. Je t'ai sauvé la peau, Thorsen. Une fois de plus. Je ne vois pas ce que tu racontes, là...

– Arrête, coupa Matt. Ça y est, je comprends. D'abord, tu as proposé d'aller chercher le bouclier tout seul. Ensuite, tu as rechigné à entrer dans le campement des Guerriers. Tu ne voulais surtout pas que j'apprenne ta collaboration avec eux.

– Les loups sont soumis à une taxe, répondit Fen. Il s'agissait de payer notre impôt, à Laurie et à moi. J'ignorais l'importance du bouclier. Tout ce que je savais, c'était qu'il fallait le leur livrer.

– Et il était question de me livrer, moi aussi ? ajouta Matt.

Fen se figea. Il avait deviné qu'aller chercher le bouclier serait risqué, mais jamais il n'avait pensé que Skull ferait des révélations à Matt. « Hein ? Ils se sont donc arrêtés en plein combat pour discuter tranquillement ? » Fen grogna.

– Pourtant, je ne l'ai pas fait ! plaida-t-il. Je me suis battu de votre côté, contre les Guerriers. J'ai parcouru des kilomètres avec vous, j'ai fait face aux monstres avec vous. J'avais peut-être promis de te livrer ; n'empêche que je ne l'ai pas fait.

Ils se faisaient face. Fen sentait son cœur battre comme s'il était en plein combat, alors qu'ils ne faisaient que se regarder. Enfin, Matt rabattit les épaules et hocha la tête.

– D'accord. Je te crois. Mais les secrets, c'est terminé ! On doit se serrer les coudes, maintenant, se faire confiance, se protéger mutuellement pour que personne ne soit blessé.

Fen eut envie de formuler une belle réponse, de prétendre qu'il n'avait rien fait de mal mais il n'y parvint pas. Si, par sa faute, quelqu'un était blessé, il en serait accablé, lui qui voulait vraiment sauver le monde. Il haussa mollement les épaules, sans rien dire.

– Lors du Ragnarök, Loki était l'ennemi de Thor, reprit Matt. Pourtant, selon certaines variantes de l'histoire, ils étaient amis. Ils voyageaient ensemble. Ils luttaient côte à côte. Nous devons nous en tenir à ces versions-là. Soyons amis.

Fen, sans trop savoir quoi répondre, se contenta de déclarer :

– Comme tu veux.

Matt se retourna et repartit. Fen crut un moment que Ray, Reyna et Astrid viendraient lui faire la morale à leur tour. Il avait l'impression que tout le monde voulait lui rappeler ses erreurs passées ou, pire encore, lui annoncer ses erreurs futures.

Vingt minutes plus tard, quand Baldwin sortit pour payer le livreur de pizzas, Fen prit l'un des cartons et le suivit jusqu'à la cuisine. Astrid s'y trouvait déjà.

– J'ai tout préparé, signala-t-elle.

Sur la table étaient soigneusement posés des assiettes, des serviettes et des verres, du sel, du poivre, du fromage râpé et des flocons de piment rouge.

– Merci, dit Baldwin.

Astrid lui fit un grand sourire.

– C'est toi qui as fait le plus gros. Ça, c'était facile.

– Fayote, murmura Fen.

Loin de riposter, Astrid lui adressa son sourire surdimensionné.

– Oh, merci à toi aussi, Fen, merci d'être qui tu es !

Il claqua des dents devant elle, et elle quitta la cuisine. Fen enchaîna :

– Elle ne m'inspire pas confiance.

– Tu ne fais confiance à personne, de toute façon, répondit Baldwin.

– Même pas vrai, objecta Fen en prenant une part de pizza. Je fais confiance à Laurie, à Thorsen… à toi.

Baldwin haussa les épaules.

– Bien sûr, comme tout le monde. C'est comme mon insensibilité à la douleur. Je n'y suis pour rien. Notre chef, c'est Matt. Même si tu n'apprécies pas Astrid, elle avait raison sur ce point. Il nous mènera à la grande bataille, tu comprends ? D'une manière ou d'une autre, tu lui fais déjà confiance, sinon tu ne serais pas ici.

Fen savait que Baldwin avait raison, et pourtant il n'appréciait toujours pas Astrid ni les jumeaux. « Les loups n'aiment pas les sorcières, si ça se trouve ? » Il dévora sa part de pizza en y réfléchissant. Il comptait poser cette question à Matt, plus tard. En attendant, il voulait juste se détendre. Pour discuter aussi, Baldwin était sympa. Il n'était pas agressif, contrairement à Laurie et à Matt.

– On mange ? demanda Reyna – ou peut-être Ray – en entrant dans la pièce.

Ils étaient si soudés que cela troublait Fen.

Derrière eux, Laurie, Matt et Astrid arrivaient en riant. Baldwin se mit à sourire à sa manière, celle qui incitait Fen à faire des efforts avec les jeunes magiciens. Il était peut-être trop difficile, après tout.

Fen les salua d'un mouvement de tête et reprit une part de pizza.

Les deux garçons leur laissèrent la cuisine pour aller chercher un film dans le salon. Ils avaient plus de chance d'échapper à une comédie gentillette s'ils faisaient leur choix alors que les filles étaient encore dans la cuisine. En plus, agir en compagnie d'un copain lui faisait plaisir. Laurie semblait remontée contre lui ; Matt ne paraissait pas réellement fâché mais, selon Fen, il se retenait. L'épisode des Guerriers l'avait visiblement vexé.

« Je voudrais réduire Skull en miettes. »

– Fen ?

Il leva la tête. Baldwin sortait des films d'un placard.

– Tu recommences à grommeler dans ton coin, lui signala-t-il. C'est un peu bizarre.

Les bras levés, il montra sa sélection à Fen. D'une main, il tenait *Star Wars* et de l'autre, un film dont l'affiche montrait une explosion.

– Dans l'espace ou sur Terre ? Des monstres ou des hommes ?

– N'importe. Du moment qu'il n'y a pas de scène de danse ni de séquence émotion, précisa-t-il en pliant les doigts pour mimer des guillemets.

Le film commençait à peine quand tout le monde entra dans le salon. Astrid se laissa tomber sur le sol. Ray et Reyna prirent le canapé avec Laurie. Il restait donc deux fauteuils. Matt, fidèle à ses habitudes, en offrit un à Astrid, qui se mit à rire :

– Prends-le donc. Moi, je préfère m'asseoir par terre.

Fen ouvrait la bouche pour faire une remarque quand Baldwin intervint.

– Oh zut... Il nous manque le piment et le fromage.

Ils se servirent dans la boîte à pizza et Fen proposa :

– Je vais y aller.

– OK, admit Baldwin tout en se dirigeant lui-même vers la cuisine.

Le bol de piment broyé était resté sur le plan de travail.

– J'adore ça, avoua Fen.

– Moi aussi ! Ma mère n'aime pas ça, mais moi, j'en viderais un bocal entier.

Baldwin lui tendit sa part de pizza pour que Fen la saupoudre.

En route vers le salon, Baldwin prit une bouchée de pizza et se mit à tousser.

– Ça va ?

Le malheureux se tenait la gorge des deux mains. D'un geste vif, Laurie lui tendit son verre d'eau.

– Bois un coup, ça passera.

Mais Baldwin se pencha et saisit Fen par le bras, assez fort pour le faire trébucher.

– Il a dû avaler de travers, commenta Fen en lui tapant le dos.

Il prit le verre de Laurie et voulut aider Baldwin à en prendre une gorgée. Cela ne donna rien, et Fen décida d'appliquer la méthode de Heimlich, qu'il avait apprise pendant ses leçons de premiers secours. Matt le devina et fit reculer tous les copains. Baldwin commença à agiter les bras, expédiant le verre qui se brisa au sol. D'une main, il se serrait la gorge et de l'autre, il tenait Fen.

Et soudain, il s'arrêta.

Il arrêta de tenir Fen, de bouger, de respirer. Il arrêta tout.

Le sentant basculer, Fen le retint pour le poser doucement au sol. Quand il lui prit le pouls, il ne sentit rien. Affolé, il lui comprima la poitrine comme il avait vu faire à la télévision. Dans les films, ça marchait. Un personnage pressait le torse d'un autre, puis… et puis quoi ? Fen resta en suspens. Oui, ensuite, on lui faisait du bouche-à-bouche. Fen plaqua ses paumes l'une sur l'autre et appuya de toutes ses forces sur la poitrine de Baldwin. Cela n'eut aucun effet.

Pendant ce temps, Matt prit la tension du malheureux. Fen se penchait pour lui souffler dans la bouche quand Matt le prit par l'épaule.

– Il est mort.

– Non, non, non ! protesta Fen. Il ne peut pas mourir. Il résiste à la douleur. Non…

Matt le regarda dans les yeux et secoua la tête.

– Fen…

– Pas question, grogna Fen. Tout ira bien. Vous, là, les sorciers ! Faites quelque chose !

– La magie ne réveille pas les morts, répondit Reyna.

Astrid se mit à sangloter. Elle s'effondra sur Matt, qui passa un bras autour d'elle afin de l'empêcher de tomber.

– C'est comme dans le mythe ! Balder est mort ! (Elle montra Fen du doigt.) Qu'est-ce que tu lui as fait ?

Fen s'agenouilla près du corps inerte de Baldwin. Personne ne protesta contre les soupçons d'Astrid pour dire que Fen était innocent. Matt maintenait Astrid, toujours en larmes. Reyna et Ray, les yeux écarquillés par la stupeur, fixaient Fen. Laurie ne bougeait pas. Elle ne faisait rien, ne disait rien. Elle regardait simplement Baldwin.

– Aidez-moi, implora Fen.

Ray s'approcha pour l'aider à soulever le corps. Sans un mot, ils le portèrent jusqu'à sa chambre.

– Je le tiens, dit Fen en se cambrant pour résister au poids de Baldwin. Tire la couverture.

Il posa Baldwin sur le matelas et, sans lever le nez, ordonna à Ray :

– Sors d'ici.

– Ce n'est pas ta faute. Tu as tout fait pour le sauver.

– Sors, je te dis, insista Fen.

Puis il s'assit par terre, près de Baldwin.

– Je n'y comprends rien. (Ses larmes se mirent à couler.) Saletés de mythes. Comment peut-on suffoquer au point d'en mourir ?

Fen arrangea Baldwin pour donner l'impression qu'il s'était endormi, puis il remonta le drap par-dessus son visage.

Le mythe était devenu réalité… Cela sous-entendait que Loki en était la cause. C'était donc sa faute.

24

✦

MATT

ACCABLÉ DE DOULEUR

Incapable de tenir en place, Matt tournait en rond dans la maison sans but précis, juste pour bouger.

Baldwin était mort.

Mort. Bel et bien mort. Il ne faisait pas la sieste dans sa chambre. Il n'avait pas été assommé. Il était mort.

Comme dans le mythe.

C'était la faute de Matt. Alors qu'il connaissait la légende, il avait recruté Baldwin. Il s'était dit que les choses ne se passeraient pas de la même façon, que c'était impossible. C'était précisément leur but : faire mentir les vieilles histoires et les empêcher de se répéter.

Dans le mythe, Loki était responsable du décès de Balder. Sans aller jusqu'à le tuer, il avait tout organisé. Matt était certain que les choses ne s'étaient pas déroulées ainsi, pourtant. Fen appréciait Baldwin. Réellement, sincèrement, avec des sentiments qu'il n'éprouvait pour personne d'autre, sinon sa cousine.

Même si la mort avait emporté quelqu'un que Fen n'aimait pas – Astrid, par exemple –, Matt ne l'aurait jamais soupçonné d'y être pour quelque chose. L'idée ne lui serait même pas venue.

Non, personne n'avait tué Baldwin. C'était forcément un accident. Mais comment était-ce possible ? Une seule chose pouvait atteindre Baldwin : le gui. Aucune pizzeria ne vendait de pizza au gui.

Donc, si ce n'était pas accidentel...

Quelqu'un avait saupoudré la pizza de gui – râpé, pour qu'il ressemble à une épice – avant de servir Baldwin.

Une minute... Baldwin était allé chercher le piment rouge dans la cuisine. Le gui avait forcément été broyé au-dessus de ce bol. Qui avait donc sorti le piment du placard ? Fen et Baldwin avaient préparé le...

Non, celle qui avait mis la table, c'était Astrid. Ensuite, elle était partie en oubliant les épices.

Matt secoua la tête. C'était complètement fou. Il ne fallait pas y croire. Surtout pas.

Avant tout, il devait interroger Astrid. Elle avait lancé des accusations inacceptables. On pense ce qu'on veut des autres, mais on ne les accuse pas de meurtre impunément.

Matt s'arrêta de déambuler. Il avait quelque chose à faire : trouver Astrid. Il inspecta d'abord les chambres de l'étage, dont celle de Baldwin, où il jeta un rapide coup d'œil pour éviter de voir le corps étendu sur le lit.

Ce n'était qu'un corps. Ce n'était pas Baldwin. Pas le garçon avec qui il discutait, riait et faisait équipe quelques heures plus tôt.

Matt inspira profondément en tirant la porte. Soudain, il s'immobilisa. Il manquait quelque chose. Le bouclier. Il l'avait rangé dans cette pièce, posé contre son sac. Et il ne restait plus que son sac à dos.

Il repartit vers le couloir et faillit percuter Laurie. Il ouvrit la bouche, comptant lui demander où était Fen, et pourtant, il dit autre chose :

– As-tu vu Astrid ?

Il ne se reprit pas pour corriger sa phrase. Il savait ce qu'il venait de demander et, au fond de lui, il savait que c'était la bonne question.

– Heu, je ne sais pas. J'ai entendu claquer la porte de derrière et il me semble avoir entendu Reyna dire que c'était Astrid, mais...

Matt partit en trombe.

* * *

Quand il sortit, Astrid sautait par-dessus la clôture. Elle avait sur les épaules un sac de sport énorme, tendu autour d'un objet volumineux.

Volumineux ? C'était le bouclier. Matt le devina avant de commencer à courir dans le jardin et de sentir son amulette frémir.

Arrivé devant le muret, il appela :

– Hé, Astrid !

Elle était dans la cour des voisins, à moitié cachée derrière une collection de rosiers. Matt vit la bride du sac glisser de l'épaule d'Astrid quand elle le posa par terre. Puis elle réapparut de l'autre côté de la roseraie, les mains vides.

– Coucou, dit-elle.

Avec un sourire un peu triste, les yeux baissés, elle passa sa main sous ses yeux comme si elle avait pleuré.

– Où tu vas ? demanda-t-il d'un ton neutre.

– Je voulais... (Elle repassa la main sous ses paupières.) Je voulais passer quelques minutes en solitaire.

– Oh. D'accord. Je pensais… On aurait dit que tu t'en allais. Pour de bon.

Sans répondre, elle se rapprocha de lui. Elle inspira profondément et prononça lentement, comme si les mots la faisaient souffrir :

– Je crois bien que je pars, oui. Je suis désolée, Matt, mais les choses ne tournent pas rond. Fen… Il me fait peur. Il a tué Baldwin, j'en suis certaine. J'ignore comment, et pourtant… (Elle frissonna.) C'est un monstre. Tu n'en es pas encore conscient, mais ça viendra. En attendant… (elle lui posa la main sur le bras)… sois prudent. Je ne voudrais pas qu'il te fasse du mal.

– Je n'ai rien à craindre. Mais je ne comprends pas pourquoi il a tué Baldwin.

Il s'était efforcé de poser la question comme s'il y croyait.

– Parce que les mythes l'annoncent. C'était son destin. Tu le sais bien. (Elle serra les doigts sur son bras.) Il y a un traître parmi tes proches, et je prie pour que les dieux te permettent de le débusquer avant qu'il ne soit trop tard. Toutefois, au cas où tu ne le découvrirais pas, je vais de mon côté chercher Odin pour lui demander de t'aider à ouvrir les yeux. Oublie ce que je t'ai dit à propos du Marteau. Si tu le trouvais, Fen ne manquerait pas de le voler. Mets ton bouclier en sûreté, aussi. Il va sûrement le chercher, à moins qu'il ne l'ait déjà pris.

– Je ne suis pas inquiet sur ce point. Je sais parfaitement où est le bouclier.

– Tu en es sûr ? Tu devrais quand même vérifier qu'il est où tu crois, et le cacher.

– Il est déjà caché. Juste derrière toi.

Matt libéra son bras et s'approcha des rosiers.

Astrid se jeta sur lui, la main tendue, mais il l'écarta d'un geste. Quand il se pencha pour prendre le sac, elle lui sauta sur le dos, saisit son tee-shirt et le tira assez fort pour serrer le col autour de son cou. Il toussa et se retourna, le poing tendu. Il la frappa et, à cet instant, son amulette sembla prendre feu, rayonnant si fort qu'il en perdit le souffle.

Elle bondit vers lui, défigurée par une atroce grimace qui le figea d'horreur. Elle sauta, le faisant basculer en arrière, et atterrit sur lui. L'amulette étincela plus fort, grillant la peau de Matt.

« Elle n'aurait pas pu se déclencher plus tôt ? Un avertissement ne m'aurait pas fait de mal. »

Matt infligea à Astrid un coup droit, aussitôt suivi d'un second. Il se redressait quand elle rebondit vers lui pour reprendre son tee-shirt, l'enrouler entre ses mains. Quand elle siffla, il aperçut ses dents blanches qui filaient droit vers son cou. Il parvint à la repousser avant qu'elle ne le morde. Encore un effort, et elle s'effondra. Quand elle tenta de se relever, Matt lui décocha un coup supplémentaire.

Alors qu'elle tentait de se lever, elle s'arrêta net. Elle baissa les épaules, plaqua ses mains sur son visage. Et se mit à pleurer.

– Ce n'est pas ma faute, sanglota-t-elle. Il m'a forcée. Il a menacé de tuer ma famille si je n'obéissais pas.

– Qui t'a donné cet ordre ? demanda Matt.

– L… lui, toussa-t-elle. Il m'a obligée et si je n'y retourne pas, il les tuera. (Elle leva le visage pour le regarder. Ses yeux semblaient réellement rouges.) Je t'en prie, Matt,

laisse-moi partir. Je lui raconterai que vous êtes partis vers le nord. Vous serez tranquilles.

Elle tendit la main pour enrouler ses doigts autour de son bras, et à cet instant, l'amulette se remit à brûler. Matt secoua la tête.

– Tu vas commencer par répondre à deux ou trois questions. Ensuite, si je pense que tu m'as dit la vérité, je te laisserai partir.

Un trait rouge traversa les yeux d'Astrid.

– Tu es incapable de baisser les bras, hein ?

D'un bond, elle se remit sur pieds et le poussa brutalement. Comme il était accroupi, il perdit l'équilibre. Voyant qu'elle filait vers le sac, il protesta :

– Non !

Il tendit la main et lança le Marteau, mais elle changea brutalement de direction alors qu'elle était sur le point de saisir le sac, et elle repartit vers la parcelle des voisins.

Matt hésita une seconde. Il regarda le sac. Puis il bondit, l'attrapa et se lança à la poursuite d'Astrid. Derrière elle, il sauta par-dessus trois murets, mais elle était rapide et à chaque obstacle, il prenait du retard, tant et si bien qu'au quatrième, il ne la vit plus.

– Toi, là ! cria quelqu'un.

Matt leva la tête vers une fenêtre ; au premier étage, un homme le regardait d'un œil mauvais.

– Sors de mon jardin, sinon je descends et tu verras…

Matt n'entendit pas la fin. Il courait déjà vers la rue.

* * *

Matt passa vingt minutes à chercher Astrid. Elle n'était nulle part. Il fallait qu'il rentre pour demander à Fen de la flairer. En attendant, il avait au moins récupéré le bouclier. Et ils détenaient toujours Paul. Ce qu'Astrid savait, un Guerrier le savait aussi, forcément.

Matt retourna vers la cabane de jardin. Il ouvrit la porte pour jeter un coup d'œil à l'intérieur. Des cordes étaient entassées à côté de bouts de chatterton, par terre. Paul s'était évadé.

25

LAURIE

ALLONS À HEL

Quant Matt était monté jusqu'à la chambre de Baldwin pour parler avec Fen, Laurie était derrière lui. Ils ne s'étaient pas dit un mot, mais elle savait aussi bien que lui que Fen avait tenté de sauver Baldwin. Elle aurait voulu le lui dire mais depuis, il était parti. Elle s'approcha de la fenêtre – toujours ouverte –, sans voir son cousin nulle part. Matt était sorti juste après Fen mais, de toute façon, Matt n'aurait probablement pas su convaincre Fen de revenir vers eux.

Elle avait déjà assisté à des enterrements, et ce n'était pas la première fois qu'elle se retrouvait au chevet d'un mort. Avec Baldwin, c'était différent. Expressif, enjoué, il était un peu toqué mais il était lui-même. Rester dans cette pièce avec le corps de Baldwin, ce n'était pas la même chose qu'accompagner son père à une veillée au funérarium. Là, il s'agissait d'un ami, d'un descendant, frappé par la mort.

Tout cela lui semblait irréel, bien plus que les trolls et les maras. Les monstres, c'était une chose, mais un ami décédé, c'était différent. Elle avait l'impression d'être dans le brouillard, trop choquée pour pleurer, même si les larmes roulaient sous ses yeux.

Elle redescendit au rez-de-chaussée. Fen, Matt et Astrid n'étaient déjà plus là. Elle était seule avec les jumeaux, qui s'étaient retirés dans une autre pièce. Leur réussite pour se procurer le bouclier avait été suivie d'une perte que personne n'avait vue venir.

« Comment peut-on mourir en mangeant de la pizza ? » C'était absurde. Voire impossible. Ils n'étaient même pas au combat.

Laurie se laissa tomber sur le canapé, songeant à quelle vitesse la situation avait basculé. Rester chez Baldwin alors qu'il était mort, c'était une erreur. Elle imagina ses parents en train de découvrir son corps à leur retour. Le garçon qui résistait à toutes les blessures avait péri – cela n'avait aucun sens.

La seule chose qui pouvait tuer ou blesser Baldwin, c'était le gui. Aucune variété de pizza n'était parfumée au gui. Non, décidément, cela n'avait aucun sens.

La porte s'ouvrit ; Laurie se redressa. Fen entra dans la cuisine.

– Je suis navrée, murmura-t-elle.

Elle comptait le rejoindre, le prendre dans ses bras et le serrer contre elle, mais il paraissait si fâché qu'elle s'arrêta.

Quand il la regarda, elle devina qu'il voulait lui assurer que tout allait bien alors que ce n'était pas le cas. Si quelqu'un avait fait à Laurie le moindre reproche, Fen aurait volé à son secours – qu'elle soit innocente ou non. Pour sa part, elle ne pensait pas qu'il avait mal agi, pas même au moment où Astrid l'en avait accusé. Mais elle

était alors sous le choc, effrayée, en larmes. Le temps qu'elle se reprenne et décide de s'exprimer, Fen avait quitté la pièce.

– Je n'ai jamais pensé que tu avais mal agi, assura-t-elle. C'est juste que… je n'ai pas eu le temps de te le dire. Sinon, je l'aurais fait. Baldwin était là, à nos pieds, en train de…

Sa voix s'éteignit et elle balaya les larmes qui roulaient sur ses joues une fois de plus.

– … de mourir, acheva Fen.

Il saisit le bocal de piment et dévissa le couvercle. Sans un mot, il s'en versa une pincée dans la main et écrasa les flocons du bout du doigt.

– Il n'y a pas que du piment, annonça-t-il platement.

Le regard de Laurie passa de la main levée de son cousin à ses yeux rouges et gonflés. En cet instant, il ne pleurait pas, mais elle sentait qu'il avait versé des larmes.

– Du gui ? suggéra-t-elle.

– Forcément. Quelqu'un a ajouté du gui dans le récipient avant de le laisser sur la table pour que… C'est Astrid.

Fen leva les yeux, soudain pris de rage.

– Elle nous a dit que sa tâche avait été facile. Elle m'a remercié. Avant de le remercier, lui aussi. (Il plaqua sa main sur la table.) Elle l'a empoisonné, et elle savait que je n'y pourrais rien.

La voix de Fen, à bout de nerfs, ressemblait plus que jamais aux grondements d'un animal en furie.

– Elle l'a regardé mourir. Elle l'a tué.

Laurie sentit la colère monter en lui, incapable d'intervenir. Astrid avait empoisonné Baldwin. Elle avait mis du gui dans le bocal de piment, puis Fen avait parsemé la pizza de Baldwin de ce poison, sans se douter qu'il était sur le point de le tuer.

– Je n'ai pas pu le sauver, murmura Fen.

Laurie lui prit le bras.

– Ce n'est pas ta faute.

Fen ne chercha pas à se dégager, sans pour autant se tourner vers elle.

– Exactement comme dans le mythe. Je l'ai tué indirectement.

Laurie le serra contre elle, à la fois pour se donner du temps et pour le calmer. Elle n'était pas persuadée qu'il saurait se contenir s'il revoyait Astrid. « Et si elle revenait ? » C'était indéniable, l'un des membres de l'équipe en avait assassiné un autre. Saurait-elle retenir Fen d'agir ainsi à son tour ? Et lui, en était-il capable ?

Ils étaient toujours dans la même position quand Matt arriva. Il semblait aussi traumatisé que Laurie. Fen se dégagea et redressa les épaules, prêt à se battre.

– Astrid s'est enfuie, annonça Matt.

Au même moment, Fen déclara :

– C'est Astrid qui a empoisonné Baldwin.

Pendant un long moment, les deux garçons se considérèrent. Puis Matt inspira profondément.

– Tu avais vu juste, admit-il. Il ne fallait pas lui faire confiance. J'aurais dû t'écouter.

Fen haussa les épaules.

– Je n'avais aucune preuve.

Matt le fixa.

– N'empêche que j'aurais dû t'écouter.

Fen hocha la tête en piétinant, mal à l'aise. Laurie s'éclaircit la voix et vint à son secours.

– Matt, qu'est-ce qui se passe, dans le mythe ? Après la mort de Balder, comment les dieux ont réagi ?

Matt réfléchit, puis sourit lentement.

– Ils sont allés le chercher.

– Le chercher où ?

– À Hel, l'univers des morts.

Matt regarda tour à tour Laurie et Fen, puis revint vers Laurie.

– Tu crois que tu pourrais ouvrir ce portail-là ?

Laurie inspira profondément avant de songer à répondre. La décision n'avait rien de léger. Aller à Hel ? Était-ce seulement possible ? Quels monstres rôdaient là-bas ? Des craintes de toute sorte tourbillonnaient en elle, et pourtant, au milieu de cette peur, il y avait de l'espoir. S'ils y arrivaient, ils pourraient ramener Baldwin. Elle hocha la tête.

– Oui, je sais où trouver les descendants du Nord.

Les garçons parurent soudain moins tristes et Laurie sentit qu'elle souriait, elle aussi. Il était inutile de discuter de la suite des événements. Ils savaient ce qu'ils devaient faire.

Les jumeaux entrèrent à leur tour.

– On devrait partir avant que les parents de Baldwin débarquent, suggéra Ray.

– C'est prévu, répondit Laurie avant de se tourner vers Matt pour ajouter : Au fait, est-ce que les dieux ont réussi ?

– Non, avoua-t-il mollement. Selon le mythe, la déesse Hel a refusé de leur rendre Balder parce que Loki n'avait pas versé une larme. (Il tapa Fen à l'épaule.) Ce n'est pas ton cas.

Fen sourit.

– Eh bien, si c'est ça… allons à Hel.

À suivre…

Achevé d'imprimer en Italie par Rotolito
Dépôt légal : 1er trimestre 2014